KB058978

WORLD TEACHER 5
이 세 계 식   교 육   에 이 전 트

네코 코이치 지음 Nardack 일러스트 이승원 옮김

레우스 *Reus*

시리우스 *Sirius*

새로운 동료와 함께, 여행을 시작하다 ──.

호쿠토 *Hokuto*

에밀리아 *Emilia*

리스 *Wreath*

노엘 *Noel*

기다리세요!

메이드복을 입고
요리가 담긴 목제 쟁반을 무기처럼
들고 있는 그녀는 바로── 노엘이다.

......

월드 티처

이 세 계 식 교 육 에 이 전 트

네코 코이치 지음
Nardack 일러스트
이승원 옮김

5

CONTENTS

《프롤로그》 7

《당신과 함께》 25

《진정한 가족》 93

《노엘의 집과 유쾌한 가족들》 149

《강함의 목표》 199

《다음 세계로》 266

《에필로그》 295

번외편 《'G' 출몰》 308

번외편 《에리나 식당의 어느 하루》 351

Illust: Nardack

학교를 졸업한 후, 뒷정리를 마치고 다이아장을 나선 우리는 엘리시온에 있는 여관 '바람이 머무는 나무'에 도착했다.

그리고 친하게 지내는 여관 주인에게 여행을 떠날 거라는 사실을 알리자, 그녀는 작별을 아쉬워하면서도 축복을 해준 후, 서비스로써 비싼 방을 싼 가격에 내줬다.

처음 엘리시온에 왔을 때는 셋이서 한 방을 썼지만, 지금은 리스도 있기에 따로 방을 쓰기로 했다.

"형님. 내일 출발할 거지?"

"그래. 부탁해뒀던 물건의 준비가 아직 끝나지 않은 것 같거든."

오늘은 이 여관에 묵고, 내일 아침에 가르간 상회에 가서 그 물건을 수령하면 바로 엘리시온을 떠날 예정이다.

그때 지인들이 배웅을 오기로 했지만, 내 지인은 매직 마스터인 로드벨과 엘리시온의 차기 여왕인 리펠 공주 같은 사람들이다. 일단 변장을 하고 오겠지만, 그들의 정체가 밝혀지면 소동이 벌어질 것이다.

"그럼 오늘은 뭘 할 건가요?"

"길드에 가서 적당한 의뢰가 없나 찾아볼까?"

우리 방에 온 에밀리아와 리스가 오늘 어떻게 할 건지를 물었지만, 내일 여행을 떠날 건데 오늘 의뢰를 수행하는 것도 좀 그랬다.

"으음…… 가르간 상회에 가보고 결정하자."

여관을 나선 우리가 가르간 상회로 향하고 있을 때, 앞장서서 걷고 있던 레우스가 왠지 즐거운 표정을 지으며 우리를 돌아보았다.

"이제부터 형님이 만든 그걸 보러 갈 거지? 나는 아직 본 적이 없어서 기대돼."

"아, 그래. 레우스는 본 적이 없구나."

"저희도 제대로 보지는 못했지만, 정말 멋졌어요. 겉보기에는 일반적인 것들과 딱히 다르지 않은 것 같지만, 다양한 기능이 가득 들어 있었잖아요. 마치 조그마한 집 같았어요."

졸업을 1년 앞둔 어느 날, 나는 여행을 하려면 어떤 게 필요할지 생각했다. 그리고 가장 먼저 떠오른 것이 바로 여행에 필요한 물자를 운반할 방법이었다.

발과 허리를 단련할 수 있으니 걷는 건 괜찮지만, 인간의 손으로 옮길 수 있는 양은 한정되어 있으니, 꼭 필요할 물건 이외에는 가지고 갈 수 없다.

그래서 마차가 필요했다.

애초에 내가 여행을 시작하는 이유는 대륙에 존재하는 독자적인 문화와 종족의 습관 같은 신기한 문물과 광경을 보기 위해서이며, 일부러 힘든 여행을 할 생각은 없다.

쾌적한 여행을 하기 위해서라면 마차가 필요할 것 같았기에, 바로 행동을 시작했다.

아직 1년이라는 시간이 있었기에, 나는 가르간 상회의 도움을 받아 전용 마차를 만들기로 했다.

에밀리아가 말한 것처럼, 이제 돌아갈 집이 없는 우리에게 있어 조그마한 집 같은 것이라고 할 수 있으리라.

"미리 말해두겠는데, 나는 의견만 내놨어. 실제로 만든 사람은 가르간 상회 사람들이지. 참고로 새로운 기술도 잔뜩 들어갔으니까, 기능성은 끝내줄 거야."

"오오! 더 기대되는걸!"

"그 마차가 시리우스 님과 저희의 새로운 집인 거군요. 후후…… 그 마차의 넓이라면 잘 때 시리우스 님에게 꼭 붙어서 자야될 거예요."

"어?! 화, 확실히 넷이서 같이 자기에는 좀 좁기는 해."

"그래요. 그러니 합법적으로 시리우스 님과 동침을 할 수 있어요!"

흥분한 어조로 저런 소리를 하는 에밀리아에게는 미안하지만, 야영을 할 때는 비라도 내리지 않는 한, 나는 밖에서 침낭에 들어가 잘 생각이다.

게다가 보초도 서야만 하니, 에밀리아가 상상하는 대로 될 가능성은 낮았다.

하지만 에밀리아는 그럴 가능성이 있다는 것만으로 충분한지, 의욕을 불태우고 있었다.

내가 레우스와는 다른 이유로 시끌벅적한 두 사람을 보며 한숨을 내쉬는 가운데, 우리는 가르간 상회에 도착했다.

내일은 이곳에서 완성된 마차를 넘겨받은 후, 지인들에게 배응을 받으며 여행을 시작할 예정이지만……

"나리, 죄송함다! 실은 마차가 아직 준비되지 않았어요!"

우리의 여행은 시작되기도 전부터 벽에 부딪쳤다.

우리가 안내를 받으며 안쪽에 있는 방에 가보니, 이 가게의 지배인인 잭이 나타났다. 그리고 그는 우리를 보자마자 무릎을 꿇으며 사죄를 한 것이다.

"저기…… 우선 설명을 해줘. 그리고 잭은 이곳의 대표니까 함부로 무릎을 꿇지 않는 편이 좋아."

"아, 알았슴다! 우선 앉으시죠."

우리가 소파에 앉자, 잭이 맞은편에 앉으면서 또 고개를 숙였다.

"나리, 정말 죄송함다. 실은…… 마차 준비에 시간이 더 걸릴 것 같슴다."

"이유가 뭐야? 이틀 전에 확인했을 때는 별문제 없었잖아?"

"아, 마차 자체에는 문제가 없슴다. 부탁하신 물자는 전부 실어뒀고, 마차에 탑재된 기능도 전부 완벽하죠. 그 마차라면 10년 정도는 거뜬히 버틸겁다."

"그럼 뭐가 문제인데?"

"저기…… 그 마차를 끌 말이 없슴다."

자세한 설명을 들어보니, 뛰어난 말을 기르는 유명한 마을에 주문을 했지만, 오늘 아침에서야 말을 납품할 수 없다는 연락이 왔다고 한다.

"나리 일행에게 걸맞은 멋진 말을 주문했는데, 결과가 요 모양 요 꼴입다. 단골인 나리들에게 이렇게 폐를 끼치다니, 저는 장사꾼으로서 실격입다."

"주문한 말이 아니면 안 되는 거야?"

"나리 일행의 마차는 웬만한 말에게는 벅찰겁다. 평범한 말 두 마리로 끌 수도 있지만, 그래도 사흘 정도는 걸릴겁다……."

아무래도 다른 곳도 말이 부족한 탓에 수급에 문제가 생긴 것 같았다.

나는 이야기를 마치고 한숨을 내쉬는 잭에게 개의치 말라고 말했다.

일단 말이 오려면 최소 사흘은 걸린다고 하니 그 사이에 뭘 할 지 생각해보고 있을 때, 옆에 앉아 있던 레우스가 갑자기 벌떡 일어났다.

"그럼 내가 마차를 끌게! 훈련도 될 거야!"

"안 돼."

"그래, 레우스. 네가 말이라면 시리우스 님의 품성이 의심받을지도 모르잖니. 그리고 설령 허락을 받더라도 마차 말처럼 하루 종일 마차를 끌어야만 할 거야."

"형님을 위해서라면 그 정도는 할 수 있어! 그건 누나도 마찬가지잖아?"

"그래. 나도 시리우스 님을 위해서라면 마차 한두 개 정도는……."

"이야기가 탈선됐고, 그런 걸 허락할 생각도 없는데다, 애초에 이건 그런 문제가 아냐."

게다가 레우스에게 마차를 끌게 하면 남들 눈에 너무 띌 테고, 주위에서 차가운 시선이 쏟아질 것이다.

나는 내버려 두면 끝도 없이 폭주하는 남매를 달랜 후, 앞으로 어떻게 할지 생각했다.

"즉, 적어도 사흘은 발이 묶이는 거구나. 뭘 하지?"

"길드에서 의뢰를 받아서 랭크라도 올릴까?"

"그것도 괜찮을 것 같네. 토벌 관련 의뢰가 있으면 받아볼까?"

"아, 나리. 길드에 갈 검까? 그럼 해드릴 이야기가 있슴다 만……."

잭은 말에 관한 정보를 모으다 알게 된 것인데, 머지않아 길드에 어떤 마을의 의뢰가 들어갈 거라는 이야기를 해줬다.

그 마을은 말을 길러서 판매하는 것을 생업으로 삼고 있으며, 잭이 우리의 말을 사려고 한 곳도 그 마을이었다고 한다.

"고트라는 이름의 마을인데, 거기에는 광대한 목장을 있죠. 그런데 골치 아픈 일이 벌어져서 길드에 조사 의뢰를 한다…… 는 대답을 들었슴다. 고트 마을까지는 걸어서 한나절 거리니까, 그 마을의 의뢰를 해결하면 말을 나눠줄지도 몰라요."

"그래? 그럼 마냥 기다리기만 하지 말고 가보도록 할까."

"의뢰라면 얼마든지 받아도 됨다. 나리 일행이 돌아올 즈음에 는 다른 말을 준비할 수 있을지도 모르고요."

만약 우리가 말을 얻어온다면, 준비된 말은 팔면 되니 개의치 말라고 잭은 말했다.

"결정됐네. 미안하지만 며칠 먹을 식량을 준비해줘."

"예. 금방 준비하죠."

그 마을에는 내일 출발하기로 한 우리는 길드에 얼굴을 비춘 후, 지인들의 집을 돌면서 출발이 연기됐다는 사실을 알리기로 했다.

우리는 부탁했던 짐을 받은 후, 잭이 가르쳐준 의뢰를 받기 위해 모험가 길드로 향했다.

길드에는 카운터가 여러 개 있지만, 우리는 길드 등록 때 신세를 졌던 여성에게 말을 걸었다.

그녀는 우리의 실력을 알고 있으니, 괜한 설명을 할 필요가 없는 것이다.

이미 우리의 얼굴을 외운 그 여성 직원은 우리를 보자마자 영업용 미소가 아니라 자연스러운 미소를 지었다.

"어머, 시리우스 군이잖아. 오늘은 무슨 일이니?"

"다른 데서 들은 건데, 말을 기르는 마을에서 의뢰가 하나 들어왔다면서요?"

"거기서 들어온 의뢰가 있기는 한데…… 진짜로 맡을 거니? 내일 이 마을을 떠난다고 했잖아."

"실은 여행에 필요한 말을 그 마을에 주문했는데, 무슨 일이 생겼는지 받지를 못해서요. 그래서 마냥 기다릴 바에야 직접 가보기로 했어요."

"……그래. 그럼 의뢰서를 가지고 올 테니까 카드를 준비해주렴."

원래 모험가 길드에서 의뢰를 받을 때는 길드 벽에 붙어 있는 의뢰서를 떼어서 카운터에 가져간 후, 길드 카드로 본인의 랭크를 확인하고 맡게 되어 있다.

그리고 의뢰서에 적힌 의뢰자에게서 사인을 받아, 길드에 돌아온 뒤 보고를 하면 의뢰를 달성한 것이 되며, 보수를 받을 수 있다.

"가지고 온다고요? 아직 벽에 붙이지도 않은 의뢰를 저희한테 줘도 되나요?"

"원래는 그러면 안 되지만 사정이 있거든. 의뢰 내용을 들어볼래?"

"예. 부탁드릴게요."

"알았어. 어제 고트라는 마을에서 기르던 말이 마물에게 공격을 받았는데, 그 마물의 정체가 판명되지 않았어. 그래서 이건 그 마물을 조사해달라는 의뢰야."

"마물에게 공격을 받았는데, 조사만 하는 건가요?"

"어라, 이상하네. 왜 토벌 의뢰가 아닌 건데?"

"말만 피해를 입었으니 상대가 고블린일 가능성이 크기 때문이래. 고블린이라면 마을에 상주하는 자경단만으로도 해치울 수 있고, 토벌 의뢰를 하게 되면 보수 금액이 상당하잖니."

의뢰서에 적힌 보수 금액은 동화 여덟 닢이었다. 만약 조사가 아니라 토벌 의뢰였다면 보수 금액이 은화 몇 닢이 되었을 것이다.

"으음…… 돈이 중요한 건 알지만, 마물이 고블린이 아니라 강한 마물이라면 의뢰를 맡은 모험가만이 아니라 마을도 위험하지 않아?"

"맞아. 하지만 그 마을은 금전적으로 여유가 없거든. 가능한 한 지출을 줄이고 싶은 심정도 이해는 돼. 그리고 고트 마을의 주위에서 강한 마물이 나타났다는 이야기도 들은 적이 없어. 그래서 여러모로 판단을 내리기 힘든 의뢰라 시리우스 군 일행에게 딱 맞을 거야."

"저희……에게요?"

"응. 시리우스 군 일행이라면 꽤 강한 마물에도 대처할 수 있을 거잖아. 고블린을 조사하러 가서 아예 전멸시킨 적도 있고, 채취 의뢰인데 중급 모험가도 벅차하는 쟈오라 스네이크를 사냥한 실적도 있으니까 말이야."

내가 돌아보자, 제자들은 고개를 돌렸다.

1년 전 일이지만, 지금도 회자되는 것은 그만큼 충격적인 일이었기 때문이리라.

뭐랄까…… 제자들이 사고를 쳐서 죄송합니다.

"게다가 길드의 카운터는 각 모험가에게 맞는 의뢰를 추천하는 게 일이잖니. 어차피 곧 벽에 붙일 의뢰였으니까, 개의치 말고 받아도 돼."

"그럼 이 의뢰를 맡을게요. 혹시 다른 정보는 없나요?"

"으음, 현 시점에서 판명된 것은 마물이 하룻밤 사이에 수많은 말을 납치해서 산속으로 도망쳤다…… 정도일까? 나중에 현지에 가서 확인해봐."

"예. 오늘은 이미 늦었으니, 내일 출발할 거예요."

"힘내. 아, 맞다. 의뢰와 상관은 없는데, 고트 마을 인근의 산속에는……."

어떤 정보를 듣고 길드를 나선 우리는 여행 출발이 연기됐다는 것을 지인들에게 알린 후 여관으로 돌아갔다.

이동에 한나절이 걸린다고 해도, 고트 마을에 도착하자마자 산에 들어가야 할 가능성도 있으니 준비는 철저하게 해두는 편이 좋을 것이다.

준비를 마치자 저녁 시간이 되었기에, 우리는 여관 식당에서 식사를 하면서 내일 일정에 관해 이야기했다.

"며칠 더 있어야 여행을 떠날 수 있겠네. 노엘 누나는 우리가 오기만 목이 빠져라 기다리고 있을 텐데 말이야."

"빨리 안 가면 언니가 삐칠지도 몰라요."

남매는 이 여관의 명물인 쟈오라 스네이크의 스테이크를 먹으면서 노엘과의 재회를 고대하는 듯한 말을 했다.

그리고 에밀리아에게서 이야기를 듣던 리스 또한 노엘 가족과 만나는 것이 기대된다는 듯이 웃고 있었다.

"나도 빨리 만나보고 싶어. 전에 편지를 보니, 태어난 아기를 빨리 보여주고 싶어서 죽겠다는 듯한 눈치였잖아."

"누나도 리스와 빨리 만나보고 싶어 하는 것 같았어요. 말을 확보하면 바로 출발하죠."

"아, 노엘에게는 미안하지만 그 전에 들를 곳이 있어. 다 같이 어머니의 성묘를 하러 가자."

"아…… 맞아요. 에리나 씨에게 보고해야만 하죠."

"응! 에리나 씨에게 성장한 우리를 보여줘야지!"

남매는 성묘라는 말을 듣더니 미소를 지었다.

레우스가 방금 말한 것처럼 어머니에게 성장한 우리뿐만 아니라, 나의 새로운 제자이자 남매의 친구인 리스도 소개해야만 한다.

어머니에 대해서 모르는 리스가 또 추가 주문한 음식을 먹으며 나를 쳐다보았다.

"에리나 씨……라고 했지? 나도 같이 가도 돼?"

"당연하지."

"예. 제 단짝친구라고 에리나 씨에게 소개하고 싶어요."

"내 새로운 누나이기도 하잖아!"

나는 사이좋게 웃고 있는 세 사람을 보면서, 리스와 함께 여행을 하게 되어서 정말 다행이라고 생각했다.

리스의 가족이 믿고 그녀를 맡겨줬으니, 나 또한 스승으로서만이 아니라 한 사람의 남자로서 그녀를 지켜줘야만 한다.

만약 그녀한테 무슨 일이 생긴다면, 나는 진짜로 그녀의 언니와 아버지에게 살해당할 것이다.

식사를 마친 우리는 각자의 방으로 돌아갔지만, 아직 자기에는 이른 시간이라면서 에밀리아와 리스가 우리 방으로 왔다.

그리고 에밀리아가 타준 홍차를 마시면서 느긋하게 시간을 보내고 있을 때, 자신의 애검을 손질하던 레우스가 뭔가를 눈치채고 고개를 들었다.

"저기, 형님. 노엘 누나와 만난 다음에는 어떻게 할 거야?"

"실은 나도 그게 궁금했어. 그 다음에 어디에 갈지 정해둔 거야?"

"물론이지. 노엘 가족이 사는 마을에 며칠 묵은 다음, 근처에 있는 항구로 가서 아드로드 대륙에 갈 거야."

"아드로드. 저와 레우스가 살던 대륙이군요."

"그런데 왜 바로 다른 대륙에 가는 건데? 이 대륙에서도 아직 우리가 못 본 게 잔뜩 있잖아?"

"아드로드 대륙에는 나와 재회를 약속한 상대가 있거든."

내가 일곱 살 때 아드로드 대륙에서 만났던 엘프, 피아는 엘프의 관습에 따라 10년…… 즉 앞으로 1년 동안 고향인 숲에서 나올 수 없다.

하지만 피아가 숲 입구까지 와준다면, 적어도 그녀의 얼굴을 볼 수는 있을 것이다.

아니면 1년 동안 아드로드 대륙을 관광한 다음, 기한에 딱 맞춰 찾아간다는 방법도 있으니, 일단 아드로드 대륙으로 건너가기로 한 것이다.

꽤 광대한 대륙이라고 들었기에, 느긋하게 관광을 하다 보면 1년 정도는 훌쩍 지나갈 것이다.

호기심이 왕성하고, 구김 없는 미소가 매력적이었던 피아를 내가 떠올리고 있을 때, 눈앞에 서 있던 에밀리아가 묘한 반응을 보이고 있다는 사실을 눈치챘다.

"시리우스 님. 재회하기로 약속한 상대라면, 바로 그 엘프 분 말인가요?"

"그렇기는 한데…… 에밀리아, 왜 그래? 왜 그렇게 경계하는 거야?"

"일전에 에리나 씨가 그 엘프 여성을 조심하라고 하셨어요. 저 또한 마음을 허락할 상대는 아니라고 생각하거든요."

피아가 나와 맺어지고 싶다는 소리를 했다는 건 알리지 않았지만, 여자의 감으로 눈치를 챈 것일까?

에밀리아가 꼬리와 귀를 세우며 경계하는 모습을 보니 왠지 아내 몰래 불륜을 저지르다 들킨 듯한 느낌이 들었기에, 일단 화제를 바꾸기로 했다.

게다가 피아와의 재회보다 먼저 해결해야 할 일이 있었다.

"엘프와 재회하려면 아직 멀었으니까 개의치 마. 실은 아드로드 대륙에 가는 이유는 더 있어. 우선 은랑족의 마을을 찾아볼까 해."

"은랑족의 마을? 그건 대륙 곳곳에 있을걸?"

"마을이라면 어디라도 상관없어. 최종적으로 에밀리아와 레우스가 살았던 마을을 찾는 게 목적이거든."

"하지만 시리우스 님. 저희의 마을은……."

"응. 다 죽었어."

"그렇기 때문이야."

마물 무리에 의해 멸망한 남매의 마을은 이미 몇 년이나 지났으니 아무것도 없을지도 모른다.

희생된 남매의 가족과 남매는 전부 마물에게 먹혀서 뼈도 남지 않았으리라.

하지만…….

"너희의 가족과 동료들의 묘를 만들어줘야 하잖아."

"시리우스 님…….."

"형님…….."

"혹시 싫다면 안 할게. 괴로운 현실을 떠올리게 될 뿐……
윽?!"

고향에서 벌어진 참극은 남매의 마음에 깊은 상처를 새겼다.

이제 떠올리고 싶지 않아 한다면 가지 않을 생각이었지만, 남
매는 벌떡 일어나더니 내 품에 뛰어들었다.

"감사……해요. 저희에게 이런 기회를 주셔서…… 정말 감사
합니다."

"형님은 역시 최고야!"

은랑족은 동료의식이 강한 종족이다.

책에 적혀 있던 내용에 따르면, 납치당한 아이를 위해 국가를
상대로 싸운 마을도 있다고 한다. 그 동료의식 때문에 숫자가
줄어들었다고 하는, 여러모로 복잡한 종족이기도 했다.

그런 은랑족이 죽은 아이들의 묘를 만들지 않을 리가 없다. 그
리고 내 예상대로, 남매는 동포들의 묘를 만들어주지 못한 것을
아쉬워하고 있었다.

성녀처럼 상냥한 미소를 지은 리스가 지켜보는 가운데, 나는
남매가 진정할 때까지 그들의 머리를 쓰다듬어줬다.

볼일이 있어 복도에 나갔다 취침 시간에 맞춰 방으로 돌아온

나는 방의 불을 끄기 전에 레우스에게 말을 걸었지만…….

"기다렸지? 그럼 불을 끌게."

"예. 그런데 시리우스 님. 동침해도 될까요?"

"뭐?!"

화들짝 놀라며 돌아보니, 레우스가 자고 있던 침대에 에밀리아가 있었다.

내가 방을 나간 사이에 들어온 것 같은데, 그럼 레우스는 어디 있는 걸까?

내가 그런 생각을 하고 있을 때, 에밀리아가 볼을 붉히면서 나를 끌어안으려 했기에, 나는 그녀의 어깨를 잡으며 막았다.

"저기…… 오늘은 시리우스 님의 곁에 있으면 안 될까요? 왠지 잠이 오지 않아서요……."

에밀리아는 내 목적을 듣고 정말 기뻤는지, 감정이 격앙되어서 흥분이 가라앉지 않는 것 같았다.

내일도 여러모로 바쁠 테니, 오늘은 내가 책임을 질 수밖에 없을 것 같았다.

"알았어. 침대에 들어와."

"예!"

그리고 만면에 미소를 지은 에밀리아가 내 침대에 뛰어들어왔다.

"시리우스 씨? 이 시간에 무슨…… 아, 그렇게 된 거구나."

십여 분 후…… 여성들의 방에 찾아온 나를 본 리스는 고개를 갸웃거렸지만, 잠들어 있는 에밀리아를 안아 든 나를 보더니 상황을 파악한 것 같았다.

"또…… 침대에 숨어들었구나."

"그래."

에밀리아가 내 침대에 숨어드는 것은 다이아장에서 몇 번이나 있었던 일이기에 리스도 익숙한 것 같았다.

나도 에밀리아를 재우는데 익숙했지만, 오늘은 꽤 벅찼다.

평소 같으면 같이 자면서 머리를 쓰다듬어주기만 해도 5분 안에 잠들었는데, 오늘은 곱절 가량의 시간이 걸린 것이다.

"어? 그럼 에밀리아의 침대에는……."

리스가 침대의 이불을 치워보니, 그 안에는 입과 몸이 천으로 꽁꽁 묶인 레우스가 자고 있었다.

드디어 대역까지 준비한 건가.

갈수록 솜씨가 좋아지고 있는 에밀리아가 무시무시하게 여겨졌지만, 이런 상태에서도 태연히 자고 있는 레우스가 더 무서웠다.

"이걸로 됐어……. 그럼 잘 자, 리스."

"응…… 잘 자."

그리고 에밀리아와 레우스를 교환한 후, 나는 방으로 돌아갔다.

다음 날, 잠에서 깨어난 에밀리아는 행복한 미소를 짓고 있었지만, 레우스는 고개를 갸웃거리며 아침을 먹었다.

"하아…… 어제는 정말 잘 잤어요. 역시 시리우스 님의 향기를 맡으며 잠드니 정말 좋았다니까요."

"저기, 형님. 어젯밤에 누나가 나를 꽁꽁 묶는 꿈을 꿨어. 하지만 누나가 나한테 그런 짓을 할 리가 없지?"

"……그래."

나는 순진무구한 레우스에게 진실을 밝히지 않기로 마음먹었다.

아침 식사를 마치고 여관을 나선 우리는 엘리시온을 출발했다.

의뢰를 한 고트 마을까지는 걸어서 한나절이 걸리지만, 우리는 서둘러 걸었기에 점심때가 지났을 즈음에 도착할 수 있었다.

말의 사육이 주된 산업인 고트 마을에는 울타리로 둘러싸인 광대한 목초지가 존재했지만, 지금은 말이 단 한 마리도 없었다.

"여기가 고트 마을이구나. 마물에게 습격당한 것 치고는 평화로워 보이네."

"그렇게 보이지만, 한낮에도 말이 하나도 없다는 건 이상해. 정보대로 상당한 숫자의 말을 마물에게 빼앗긴 것 같군."

게다가 마을 전체에서 약간 불온한 분위기가 감돌았기에, 우리는 의뢰주인 촌장을 찾아갔다.

"당신들이 의뢰를 맞아준 모험가야? 꽤 젊어 보이는데, 정말 괜찮은 거지?"

촌장은 느닷없이 찾아온 우리를 미심쩍어 했지만, 길드의 의뢰로 왔다고 말하자 어쩔 수 없다는 듯이 상황을 설명해줬다.

하지만 길드에서 들은 정보와 큰 차이점은 없었기에, 나중에 마을 사람들의 이야기를 들어보는 편이 나을 것 같았다.

"그 후로 마을은 공격을 받지 않았지만, 마물이 무서워서 말을 마구간에서 꺼내놓지를 못해. 방목을 해서 달리게 해야 좋은 말로 성장하거든. 그러니 빨리 마물을 조사해줘."

고블린이라고 판명되면 마을 사람들 전원이 협력해서 해치울 거라면서 조사를 서둘러 달라는 말을 듣고 그 집을 나서자, 레우스가 귀찮다는 듯이 이렇게 중얼거렸다.

"저기, 형님. 확 우리가 마물을 해치워버리는 편이 낫지 않을까?"

"네 심정은 이해하지만, 이건 의뢰거든. 마을의 재정상태도 좋지 않은 것 같으니, 지금은 그들이 원하는 대로 해줘야 해."

의뢰주와 다툼이 일어나면, 나 개인뿐만 아니라 길드 전체의 신용에도 금이 갈 것이다.

우리는 딱히 돈이 필요하지 않으니 몰래 마물을 퇴치하고 촌장과 말을 맞춰서 완료 보고를 해도 되겠지만, 허위보고를 했다는 게 들통나면 나중에 성가셔질 수도 있다.

"아무튼, 마물의 정체부터 알아보자. 지금은 정보를 수집하자고."

"학교를 졸업하고 진짜 모험가가 된 우리의 첫 일거리네. 열심히 해야지."

의욕이 넘치는 제자들을 데리고 마을 사람들을 상대로 탐문조사를 했지만, 다들 억측만 늘어놓을 뿐 마물을 본 사람은 없었다.

그리고 말이 공격을 받은 곳에도 가봤지만, 엄청난 양의 핏자국과 함께 수많은 발자국이 있었다.

마을 사람들의 발자국을 빼더라도, 고블린으로 추정되는 인간형 마물의 발자국이 대량으로 남아 있지만…….

"그건 그렇고 발이 작은 게 신경 쓰이네. 아직 어린 고블린이거나, 아니면……."

"시리우스 님. 이분이 이상한 걸 봤다고 해요."

내가 현장검증을 하며 생각에 잠겨 있을 때, 다른 곳에서 탐문조사를 하고 있던 에밀리아가 한 남성을 데리고 왔다.

자세한 이야기를 들어보니, 이 남성은 촌장이 말리는데도 불구하고 혼자서 숲에 들어갔었다고 한다.

"그랬다가 숲에서 핏자국을 발견했어. 그걸 따라가 봤더니…… 어둑어둑한 숲속에서도 온몸이 새하얗게 빛나고 있는 거대한 마물을 봤지."

"거대한 마물…… 꽤 셀 것 같네."

"하지만 이상하지 않아? 촌장님은 그런 소리를 한 마디도 안 했잖아."

"시, 실은 마을 사람들에게는 이야기 안 했어. 혼나는 게 무서운데다, 그 마물을 본 순간…… 너무 예뻐서 넋을 놓고 쳐다봤거든. 그 녀석한테서는 피 냄새가 안 났으니까 말을 공격하지 않았을 거라고 생각했고, 마을 사람들도 하나같이 고블린이 말을 공격했다고 해서……."

그래서 말할 타이밍을 놓친 걸까.

뭐, 집단의 결정을 번복하는 발언하기 위해서는 용기가 필요하다. 눈앞의 남자는 기가 약해보이니 더 그럴 것이다.

하지만 보고를 제대로 하지 않은 바람에 수많은 이들이 위험에 처하게 될 가능성도 있다.

그 남자에게 협박하는 듯한 말투로 주의를 준 후, 우리는 정보 수집을 계속했다.

그리고 해가 지기 시작했을 즈음, 이 마을에 딱 하나 있는 여관에서 저녁 식사를 마친 우리는 준비를 마치고 촌장의 집으로 향했다.

촌장은 이런 시간에 우리가 찾아온 것을 알고 놀랐지만, 이제부터 숲에 들어갈 거라고 말하자 크게 한숨을 내쉬었다.

"이런 시간에 숲에 들어가? 대체 무슨 생각인 거야? 너희, 진짜로 모험가가 맞는 거야?"

"한밤중에 숲을 돌아다닌 적이 몇 번이나 있고, 우리는 이래 봬도 랭크가 7급이에요. 상대가 고블린이라면 별문제 없을 거예요."

"너희는 괜찮을지 모르지만, 자극을 받은 마물이 마을에 피해를 입히기라도 한다면 곤란하다고."

"어디까지나 조사만 할 거고, 그 점도 유의하고 있어요. 정 걱정이 된다면 이걸 드리죠. 마력을 흘려 넣으면 하늘을 향해 신호를 발사하는 마도구예요."

내가 촌장에게 준 것은 직접 만든 조명탄이다.

조그마한 막대형 케이스에는 마석이 들어 있으며, 통에 그려진 '임팩트'의 마법진으로 내부의 마석을 먼 곳으로 쏜 다음, 그 마석에 그려진 '라이트'의 빛이 주위에 신호를 보내는 마도구다.

설령 빛이 닿지 않는 위치에 있더라도, 나는 '서치'를 쓸 수 있으니 마석에 담긴 방대한 마력을 느낄 수 있을 것이다.

촌장이 마도구의 사용법을 듣고서야 납득을 하자, 우리는 마을 근처에 있는 숲에 들어갔다.

그리고 어두운 숲속을 '라이트'로 비추면서 나아갔지만, 예의 그 마물은 보이지 않았다.

"하얀 마물은 고사하고 아무것도 안 나오네. 좀 더 안쪽으로 들어가 봐야 하는 걸까?"

"하지만 너무 깊숙한 곳까지 들어가면 마을에 돌아가는 데 시간이 걸릴 거야. 촌장님 말처럼 마물이 마을을 습격할 수도 있잖아."

"아까부터 몇 번이나 주위를 조사했지만, 대형 마물이나 마물 무리의 반응을 느껴지지 않으니 괜찮을 거야. 그래도 마음은 단단히 먹자."

"예. 그건 그렇고…… 불가사의한 숲이군요. 걷기만 하는데도 충족감이 느껴진달까, 마음이 맑아지는 느낌이 들어요."

"대기가 마력으로 가득 차있기 때문이겠지. 아무래도 이 숲은 마을 주변보다 마력의 농도가 몇 배는 되는 것 같아."

"응. 정령들도 평소보다 기운이 넘쳐. 힘 조절을 잘못했다간 큰일이 날 것 같아."

우리가 분석을 하면서 숲을 걷고 있을 때, 나는 불가사의한 감각을 느꼈다.

이 숲에 처음 와봤지만, 왠지 반가운 느낌이 들었던 것이다.

그 위화감의 정체를 알지 못한 채 걸음을 내딛다 보니, 앞장서서 걷고 있던 레우스가 갑자기 멈춰 섰다.

"형님. 물가가 근처에 있는 것 같아. 이제 다 온 거 아닐까?"

우리가 일부러 한밤중에 이 숲에 들어온 것은 마물을 조사하는 것뿐만 아니라 이곳에서만 볼 수 있는 진귀한 현상을 보기 위해서다.

길드 직원이 가르쳐준 정보에 따르면, 이 숲에는 달빛을 받으면 빛나는 월광화라는 꽃이 대량으로 자라고 있다고 한다.

숲속에는 월광화가 흐드러지게 핀 물가가 있으며, 그곳에 가면 평생 잊지 못할 만큼 신비적인 광경을 볼 수 있다고 한다.

"주위에 마물의 기척은 느껴지지 않으니, 느긋하게 구경할 수 있겠네. 벌써부터 기대가 되는걸."

"행선지에서 불가사의한 현상을 보는 것도 여행의 즐거움이라고 어머님이 자주 말씀하셨어."

느긋하게 이야기를 나누며 길을 나아간 우리는 드디어 목적지인 조그마한 호수에 도착했다.

그리고 눈앞에 펼쳐진 광경을 본 순간, 우리는 무심결에 입을 열었다.

"멋져요……."

"오오……."

"와아……."

달빛을 받아 흐드러지게 핀 월광화가 푸르스름한 빛을 뿜고 있었다.

그리고 월광화의 빛을 호수의 수면이 반사하면서, 주위만 다른 세계 같았다.

"저기, 형님. 이게 전부 다 월광화인 거야?"

"그래. 그건 그렇고, 이렇게 많을 줄은 몰랐어. 역시 실제로 체험하는 게 최고군."

주위를 둘러보다 월광화가 피어 있지 않은 곳을 발견한 우리는 그곳에 앉아서 눈앞에 펼쳐진 푸른 세계를 마음껏 감상하기로 했다.

"아름다워요……."

"응. 마치 꿈속에 있는 것만 같아."

내 양옆에 앉은 에밀리아와 리스는 이 푸른 세계에 완전히 매료된 것 같았다.

그리고 내 등에 기대앉아서 이 광경을 보던 레우스는 어느새 코를 골고 있었다.

깨우는 편이 좋지 않을까 하는 생각도 들었지만, 이 조용한 공간 속에서 잠이 드는 것도 어찌 보면 당연하다는 생각이 들었다.

"정말…… 흔치 않은 광경을 보고 있는데 잠이나 자다니, 정말 못 말리는 애라니까요. 게다가 시리우스 님의 등에 기대서 자다니…… 약았어요!"

"기분 좋게 자고 있으니 그냥 내버려 두자. 그리고 에밀리아도 얼마든지 기대도 돼."

"정말 그래도 되나요?!"

"몇 번이나 내 침대에 몰래 들어와 놓고 이제 와서 그런 소리를 하는 거야? 자아, 리스도 얼마든지 기대."

"뭐?! 그, 그럼……."

개의치 말라는 듯이 웃음을 터뜨리자, 에밀리아는 만면에 미소를 지으며 내 팔을 꼭 끌어안았고, 리스는 부끄러워하면서도 기쁘다는 듯이 내 어깨에 기댔다.

"우후후…… 행복해요."

"응. 왠지 마음이 행복으로 가득 차는 것 같아."

세 사람이 기대고 있는 탓에 좀 무겁기는 하지만, 이것도 그들이 함께 있어주기에 느낄 수 있는 거라 생각하니 기분이 좋았다.

한동안 이러고 있자고 생각하며 내가 호수 안쪽을 쳐다본 순간, 시야에 새하얀 존재가 들어왔다.

마을 사람들에게 들었던 예의 그 마물이라는 사실을 눈치채고 몸을 긴장시켰지만, 나는 곧 경계심을 풀었다.

정체를 알 수 없는 상대 앞에서 경계심을 푸는 건 말도 안 되는 짓이지만, 저 새하얀 마물은 그러고도 남을 만큼 아름다운데다, 만져서는 안 된다는 생각이 들 만큼 신비로운 느낌이 감돌고 있었던 것이다.

"……시리우스 님? 왜 그러시죠?"

"……무슨 일 있어?"

그런 나의 변화를 눈치챈 걸까. 에밀리아와 리스가 고개를 갸웃거리면서 나를 쳐다본 순간, 잠들어 있던 레우스가 눈을 뜨면서 벌떡 일어섰다.

"하암…… 형님, 왜 그래? 방금 몸을 긴장시켰지?"

"그래. 실은 예의 그 하얀 마물을 발견한 것 같거든. 저쪽을 봐봐."

내가 몸을 일으키면서 마물을 가리키자, 제자들은 하나같이 놀란 표정을 지었다.

그것은…… 월광화의 빛을 반사하며 백은빛깔로 반짝이고 있는 늑대였다.

몸이 말만한 순백의 늑대가 호수 중심에 있는 거대한 바위에 앉아서, 이 경관의 일부가 되고 있었다.

주위의 경치에 정신이 팔려 있었다고는 해도, 내가 기척조차 감지하지 못한 이 늑대는 지금까지 내가 본 마물과는 차원이 다른 존재였다.

우리의 존재를 눈치챘을 텐데도 가만히 있는 것을 보면, 우리 정도는 가볍게 상대해줄 수 있을 정도의 실력을 갖췄을 가능성이 크다.

아무튼 함부로 건드리지 않는 편이 좋으리라.

"아름다운 늑대……. 저게 마을 사람이 말했던 하얀 늑대일까?"

"정보와 일치하니까 아마 틀림없겠지. 잘 들어. 자극을 주지 않도록……."

상대가 강해 보인다는 이유로 다짜고짜 달려들고 볼 것 같은 레우스를 쳐다보니, 그는 어찌 된 영문인지 경악에 찬 표정을 짓고 있었다.

내 팔을 꼭 끌어안은 에밀리아 또한 같은 반응을 보이고 있었다. 나는 에밀리아가 정신을 차리도록 다른 손으로 그녀의 머리를 쓰다듬어줬다.

"헉?! 죄, 죄송합니다. 설마 진짜로 보게 될 줄은 몰랐던지라 정신이 나갔었나 봐요."

"에밀리아는 저게 뭔지 알아?"

"예. 저건 '백랑(百狼)' 님이에요. 은랑족을 비롯해, 수많은 늑대 족들의 선조로 일컬어지고 있으며, 늑대 수인들이 신의 사도로서 숭배하고 있는 분이죠."

"옛날에 아빠한테서 들은 적이 있어. 백랑 님을 만나면 절대 맞서지 말고, 감사의 마음을 다해 대하라고 했어. 당시에는 그 말이 이해가 안 됐지만, 실제로 보니 알겠네. 백랑 님에게 맞서면 안 된다는 걸 말이야."

인간족인 나와 리스는 알 수 없는 무언가를 이 남매는 느끼고 있는 것 같았다.

남매는 절대적인 왕을 만난 것처럼 등을 꼿꼿이 펴더니, 백랑을 계속 응시했다.

백랑은 여전히 우리를 개의치 않으며 자고 있었다. 그런 백랑의 아름다운 모습을 보니, 신의 사도로 불리는 것도 납득이 되었다.

흥미가 생긴 내가 백랑의 행동과 습성에 대해 남매에게 물었지만, 그들은 고개를 저었다.

"죄송하지만 저희도 몰라요. 수백 년에 한 번 모습을 드러낼까 말까 하는 분이시거든요."

"우리 아빠와 할아버지도 본 적이 없댔어."

저렇게 거대한 늑대라면 이 주위 전체를 자기 영역으로 삼더라도 이상할 게 없지만, 백랑은 우리를 경계하지 않으며 계속 잠만 자고 있었다. 설마 우리가 있는 곳이 백랑의 영역 밖인 걸까?

아니…… 전생의 상식을 기준으로 생각해선 안 된다. 상대는 전설적인 존재이며, 어쩌면 영역 같은 걸 가지고 있지 않을지도 모른다.

백랑을 보는 것만으로도 행운이라고 할 수 있을 것 같았다. 그리고 기분 좋게 자고 있는 백랑을 방해해서는 안 된다는 생각이 들었다.

하지만…… 나는 백랑이 신경 쓰인 나머지 한 걸음 앞으로 내디뎠다.

"저기, 시리우스 님? 백랑 님에게 너무 다가가지 않는 편이……."

"저쪽은 우리를 경계하지 않는 것 같고, 좀 더 가까이 가서 보고 싶거든. 하지만 만일의 상황이 벌어질 수도 있으니까 에밀리아는 떨어져 있어."

"싫어요!"

에밀리아는 즉시 대답하더니, 내 팔을 한사코 잡았다. 나는 리스에게 설득을 부탁하려고 그녀를 쳐다보았지만…….

"우리는 동료니까 이럴 때는 같이 가야 한다고 생각해."

"맞아요! 그리고 저는 시리우스 님의 시종이니까 어디든 함께 갈 거예요."

"상대가 백랑 님이든 뭐든 형님을 건드린다면 용서 안 할 거야!"

리스도 내 소매를 꼭 움켜잡았고, 레우스는 백랑한테 겁먹었으면서도 앞으로 나서며 주먹을 말아 쥐었다.

"……골치 아픈 제자들이군."

제자들의 강한 의지를 느낀 나는 그들의 뜻에 따르기로 했다. 다 같이 백랑에게 다가가기로 한 것이다.

그리고 우리를 경계하지 않도록 천천히 호숫가로 가자, 백랑은 고개를 들어 우리를 쳐다보았다.

하지만 백랑은 살기를 뿜는 건 고사하고 경계조차 하지 않았다. 그저 우리를 쳐다보기만 한 것이다.

"……아무리 그래도 너무 무방비한걸. 인간을 적으로 여기지 않는 건가?"

"가까이에서 보니 정말 큰 늑대네. 게다가 털도 고와서, 주위의 경치가 눈에 안 들어올 정도야."

"처, 처음 뵙겠습니다, 백랑 님! 저는 이분의 시종인 에밀리아라고 해요."

"저도 이분의 시종인 레우스입니다!"

나는 남매가 느닷없이 자기소개를 해서 놀랐지만, 백랑이 마치 대답을 하듯 울음소리를 내자 더 놀랐다.

"아, 예! 저야말로 잘 부탁드려요."

"너희는 백랑의 말을 알아듣는 거야?"

"완전히는 알아듣는 건 아니지만, 잘 부탁한다……고 했어요."

"백랑 님은 우리의 말을 이해하는 것 같아. 우리 이름도 똑바로 불러주셨고, 자기는 이름이 없으니까 편한 대로 부르래."

"으음…… 에밀리아보다 레우스가 더 명확하게 이해하는 것 같네. 성별의 다르기 때문일까?"

"어쩌면 레우스만의 특징일지도 모르겠군."

레우스는 저주받은 아이라 불리는 늑대 형태로 변신할 수 있으니, 에밀리아보다 늑대에 더 가까운 걸지도 모른다. 여러 가지 이유가 머릿속에 떠올랐지만, 다른 늑대 종족이 이 자리에 없으니 더는 알아볼 수가 없었다. 그러니 일단은 덮어두기로 했다.

그것보다 백랑과 대화가 가능하다는 점은 여러모로 다행이었다.

남매를 대하는 태도도 온화해 보이니, 느닷없이 전투를 벌이게 될 일은 없을 것 같았다.

하지만 백랑에 대해 아는 게 없고, 사소한 계기로 그의 기분을 상하게 할 수도 있으니, 신중하게 행동해야겠다.

남매의 뒤를 이어 나와 리스도 자기소개를 한 후, 백랑에게 질문을 했다.

"우선 물어보고 싶은 게 있는데, 여기는 네 영역이야? 혹시 그렇다면 멋대로 들어온 걸 사과하고 싶은데……."

"멍!"

"……통역해줘."

"으음…… 백랑 님은 여행을 다니다 우연히 이곳에 들른 것뿐이니까 개의치 말라……고 말했어."

아무래도 백랑 또한 우리와 마찬가지로 다른 곳에서 온 존재 같았다.

이대로 다른 질문을 하려 했지만, 백랑이 먼저 울음소리를 냈다. 그리고 남매가 대답을 했다.

"아, 저희도 우연히…… 이 신기한 경치를 보러…….."

"응…… 흐음…… 그랬구나!"

"멍!"

"……우리는 없는 사람 취급당하는 것 같네."

"어쩔 수 없지. 일단 백랑과의 대화는 저 두 사람에게 맡겨두기로 하고, 얌전히 기다리기로 하자."

나는 리스와 함께 남매와 백랑이 이야기를 나누는 모습을 쳐다보았다. 그런데 백랑이 나를 때때로 힐끔힐끔 쳐다보는 듯한 느낌이 들었다.

그걸 불가사의하게 생각하는 사이, 이야기가 일단락되었는지 남매가 나에게 보고를 했다.

"우선 백랑 님은 남성이에요."

"아…… 응. 그것도 신경은 쓰이는 정보지만, 가장 먼저 그것부터 보고하는 거야?"

"중요한 사항이에요! 설령 백랑 님일지라도 시리우스 님의 곁에 있는 암컷 늑대는 저 하나…… 어험! 그리고 백랑 님은 자기한테 해를 끼치지 않는 한 먼저 공격을 할 생각은 없다고 하세요."

"……그거 다행이야. 그런데 백랑이 인간을 경계하지 않는 이유는 물어봤어?"

에밀리아의 개인적인 발언은 못 들은 걸로 하기로 하고, 방금 그 의문은 백랑을 본 순간부터 계속 신경이 쓰였다.

이렇게 멋진 늑대라면 욕망에 물든 인간들의 표적이 될 테며, 자연스럽게 인간을 경계하게 될 거라고 생각하지만, 백랑은 우리를 보고도 전혀 경계하지 않는 것이다.

"먼 옛날, 인간이 백랑 님의 목숨을 구해준 적이 있다고 해요. 그래서 자기한테 해를 끼치지 않는 한, 먼저 공격하지는 않는다고 하세요."

"그리고 우리는 나쁜 녀석이 아니라는 걸 기척과 태도를 보고 눈치채셨대."

인간의 악의를 본능적으로 느낄 수 있을 뿐만 아니라, 언어를 이해하고 대응할 지성도 지니고 있는 건가.

그 외에도 우리가 뭘 하든 손쉽게 대처할 수 있기 때문에, 경계할 필요가 애초부터 없다고 한다. 이렇게 엄청난 늑대라면 그게 농담이 아니라는 생각이 들었다.

"백랑 님은 어떤 목적 때문에 여행을 하고 있다고 해요. 그리고 이틀 전에 이 호수를 발견하고 여기서 휴식을 취하고 계시대요."

"여기는 마력이 짙은데다, 백랑 님이 옛날에 살았던 장소와 비슷해서 마음에 드셨대."

"살던 장소와 비슷하다고? 아…… 그렇구나."

나는 그 말을 듣고 이 숲에 들어왔을 때부터 느낀 위화감의 정체를 깨달았다.

이 숲은 전생에서 내가 사부와 함께 지냈던 산속과 분위기가 흡사했다.

뜻밖의 일을 통해 의문이 하나 해소되자, 나는 또 질문을 던졌다.

"숲 인근의 마을이 얼마 전에 마물에게 공격을 받았다는데, 혹시 아는 거 없어?"

숲에 들어온 목적은 이 경치를 보는 것만이 아니다. 마을을 습격한 마물의 정체를 조사하는 것도 목적 중 하나인 것이다.

늑대한테서 정보를 모으는 것도 좀 기묘하다고 생각하며 그렇게 물어보자, 백랑은 고개를 갸웃거리면서 낮은 울음소리를 냈다.

"으음…… 인간의 표적이 된 적이 많아서, 마을 같은 곳에는 다가가지 않기 때문에 잘 모르겠대. 하지만 이틀 전에……."

레우스가 말을 이으려던 순간, 백랑이 갑자기 벌떡 일어나며 몸을 날리더니 소리 없이 우리 옆에 착지했다. 그리고 곧 귀와 코를 희미하게 떨더니, 어떤 방향을 응시하며 으르렁거리기 시작했다.

남매는 그런 백랑을 보면서 놀라면서도, 곧 의도를 눈치챘는지 주위를 경계하기 시작했다.

"형님! 포위당했어!"

"나도 눈치챘어. 숫자는…… 서른 정도네. 다들, 방어진형을 짜!"

"""예!"""

방어진형이란 원거리 공격을 주로 사용하는 리스를 지키기 위해 원형으로 진형을 짜는 걸 말하며, 포위당했을 때 사용하는 구호이기도 했다.

우리가 서로의 등을 지키듯 서자, 갑자기 근처 나무에서 뭔가가 튀어나와 우리를 덮쳤다. 하지만 어떤 그림자가 끼어들면서 상대를 날려버렸다.

그 그림자는 바로 방금 으르렁거렸던 백랑이었다. 백랑은 습격자를 날려버린 앞발을 내려놓더니, 하늘을 올려다보며 울부짖었다.

"으으…… 역시 백랑 님이시네요. 우는 소리도 엄청나세요."

"마, 맞아. 몸속 깊은 곳까지 떨리는 것 같아."

"이 땅을 피로 더럽히고 싶지 않으니 꺼져라…… 라고 하셨어. 맞아. 나도 이렇게 아름다운 장소에서 피를 보고 싶지는 않다고."

"동감이야. 그리고 방금 달려든 녀석은 마물이 틀림없었어."

우리를 덮친 녀석은 통칭 헝그리비어라고 불리는 붉은 털로 온몸이 덮인 마물이다.

몸 크기는 성인 남성만하며, 외모는 전생에 존재하던 원숭이와 비슷했다. 그리고 오른손만이 기묘하게 발달되어 있는 점이 특징이다.

그런 헝그리비어는 백랑의 공격을 받고 이미 죽었다. 아무래도 튕겨져 나간 충격에 목뼈가 부러진 것 같았다.

백랑은 방금 자기 입으로 말한 것처럼 가능한 한 피를 보지 않으며 마물을 해치웠지만, 대단한 점은 그것만이 아니었다.

"……진짜 불가사의한 늑대야."

나는 저 늑대가 마물을 공격하는 그 순간을 목격했다.

보통 발톱이나 이빨을 무기로 삼는 늑대가 앞발로 두들겨 패는 것도 신기하지만, 방금 저 늑대는 충격을 한 점에 집중시킨다고 하는 무도의 달인이 사용할 법한 기술을 쓴 것이다.

인간처럼 생각하고, 인간과 같은 기술을 사용하는 백랑에게 더욱 흥미가 생겼지만, 지금은 마물에게 집중하기로 했다.

"아무래도 고트 마을을 습격한 마물은 이 녀석들인 것 같네."

"응. 나도 그렇게 생각해."

"하지만 시리우스 님. 헝그리비어는 먹는 것에 매우 탐욕적이니, 마을을 한 번만 습격한다는 게 말이 안 되지 않나요?"

문헌에 따르면, 헝그리비어는 특수한 상황 이외에는 매일 식사를 하는 마물이라고 들었다.

에밀리아의 말처럼, 끝내주는 사냥터인 마을을 딱 한 번만 습격한 게 묘하지만……

"백랑이 이곳을 찾아온 건 이틀 전 일이야. 이건 내 예상인데, 마물들은 말을 습격한 후에 나타난 백랑을 본능적으로 두려워해서 습격을 관둔 걸지도 몰라."

"형님, 그럼 왜 우리를 공격하는 거야?"

"아마 굶주림이 공포를 능가한 거겠지."

이번에는 두 마리가 동시에 달려들었지만, 백랑이 한 마리를 앞발로 지면에 내동댕이쳤고, 다른 한 마리를 뒷발로 걷어차서 먼 곳으로 날려버렸다.

백랑의 실력에 감탄하며 바닥에 내동댕이쳐져서 죽은 마물을 쳐다보니…… 빼빼 말랐을 뿐만 아니라, 토사물에는 나뭇잎과 열매만 들어 있었다.

"아무래도 굶주림 때문인 것 같군. 굶주린 짐승은 성가시니까, 철저하게 해치우도록 하자."

"알았어! 그리고 가능한 한 피를 보지 않으면 되는 거지?"

"무리는 하지 마. 위험한 것 같으면 주저 없이 베어버려."

백랑이 신경을 쓰고 있으니, 우리도 가능한 한 신경을 쓰는 편이 나을 것이다.

내가 고무탄환을 이미지한 '매그넘'을 날리려고 하자, 백랑이 갑자기 내 앞을 가로막으면서 울부짖었다.

"멍!"

"……나서지 말라는 거야?"

"그런 것 같아. 마물들이 날뛰는 건 자기 탓이니까, 자기한테 맡겨달라네."

뭐랄까, 정말 책임감이 넘치는 늑대다.

확실히 백랑의 실력이라면 이 정도 상대는 식은 죽 먹기겠지만, 시간이 걸리면 그 만큼 경관이 손상될 가능성이 커진다. 그러니 억지로라도 개입하기로 했다.

나는 또 달려드는 헝그리비어들을 '매그넘'으로 전부 날려버리면서 백랑을 향해 말했다.

"이 장소가 훼손되는 게 싫은 건 나도 마찬가지야. 우리도 돕겠어."

마물 퇴치는 의뢰 내용에 포함되어 있지 않지만, 고블린보다 몇 배는 강한 마물을 마을 사람들이 해치울 수 있을 리가 없다. 그러니 주저 없이 어기기로 했다.

백랑은 내 말을 듣고 한순간 망설였지만, 옆에서 달려드는 마물을 몸통박치기로 날려버리면서 나를 향해 울음소리를 냈다.

"남은 적들을 부탁한다……고 말씀하셨어요."

"좋았어. 그건 그렇고, 이 녀석은 진짜 늑대 맞아?"

우리는 이 늑대의 믿음직하기 그지없는 등을 쳐다보면서 전투를 시작했다.

나는 동시에 달려드는 마물을 고무탄환 '샷건'으로 요격했고, 에밀리아와 리스는 '에어 샷'과 '아쿠아 불릿'으로 날려버렸다. 한편, 레우스는 검으로 마물을 베는 게 아니라 두들겨 패서 호쾌하게 홈런을 날려버렸다.

하지만 가장 눈에 띄는 전투를 벌이고 있는 이는 바로 백랑이었다.

수많은 헝그리비어 무리 사이에서 마구 날뛰고 있었으며, 머리 위에서 달려드는 마물은 꼬리를 이용한 서머솔트로 날려버렸다.

부드러운 꼬리로 레우스에게 버금…… 아니, 레우스 이상의 일격을 날린 것이다.

힘과 기술이 뛰어날 뿐만 아니라, 꼬리에 마력을 둘러서 강도를 높인 것 같았다. 이 백랑은 마력도 자유자재로 다룰 수 있는 것 같았다.

우리의 맹공에 의해 마물들은 차례차례 쓰러졌고, 결국 몇 분 후에는 마지막 한 마리가 백랑의 앞발에 맞고 쓰러졌다. 마물의 몸은 지면에 반쯤 묻혔지만, 피는 거의 흘러나오지 않았다. 정말 대단한 솜씨였다.

"대단한걸. 백랑은 힘 조절도 완벽해."

"힘 조절을 잘하는 게 그렇게 대단한 거야?"

"아, 리스 누나는 적에게 접근해서 싸울 일이 없으니 잘 모르겠네. 으음, 힘 조절을 잘한다는 것은 그 만큼 자신의 몸과 한계를 이해하고 있다는 증거야."

"힘 조절은 일종의 기술이에요. 레우스는 검으로 바위를 벨 수 있을 만큼 힘이 세지만, 학교 학생들과는 평범하게 대련을 했었죠? 자신의 힘을 완벽하게 제어하는 것도 강해지기 위한 비결이에요."

"나는 저 백랑이 어떻게 저런 기술을 익혔는지가 신경 쓰이는걸."

백랑이 힘껏 두들겨 팼다면, 마물의 몸은 부드러운 과일처럼 으깨져버릴 것이다. 게다가 아무리 희소한 존재라고 해도, 저렇게 인간미 넘치는 전투 방식과 기술을 지니고 있는 것은 명백하게 이상했다.

자연스럽게 익혔다기보다, 누군가에게 배운 듯한 느낌이 들었다.

상처 하나 입지 않고 마물들을 쓰러뜨린 백랑은 우리 앞으로 천천히 걸어오면서 울음소리를 냈다. 남매가 통역을 하지 않았지만, 고맙다는 말을 했다는 걸 알 수 있었다.

"아, 도움을 받은 건 우리도 마찬가지야. 그건 그렇고, 멋진 전투였어. 그건 네가 전부 고안한 거야?"

"멍!"

"신세를 진 사람에게 배우기도 했고, 눈으로 보며 익혔대. 대단하네. 대체 어떤 사람이 백랑 님에게 저런 걸 가르친 걸까?"

"인간이 아닐지도 몰라. 뭐, 그건 나중에 물어보기로 하고, 우선 뒤처리부터 하자."

가능한 한 출혈이 발생하는 걸 피했다고는 해도, 이렇게 아름다운 장소에 마물의 사체를 방치해둘 수는 없다.

마물의 사체를 지면에 판 구멍에 전부 집어넣자고 생각한 나는 다른 이들에게 마물을 한곳으로 모으라는 지시를 내렸다.

물론 헝그리비어를 토벌했다는 걸 증명해줄 꼬리를 잘라서 모으라는 지시도 내려뒀다.

자료에 따르면, 이 마물의 꼬리는 부드러우면서 튼튼하기 때문에, 방어구나 옷에 쓰인다고 한다.

그리고 지면에 마법진을 그려서 구멍을 파고 있을 때, 나는 근처에 앉아 있던 백랑이 내 얼굴을 빤히 쳐다보고 있다는 사실을 눈치챘다.

딱히 주목받을 이유가 없다고 생각하며 구멍을 판 후, 제자들이 어쩌고 있는지 둘러보기 위해 돌아본 바로 그때…… 작업을 하던 리스의 근처에 아직 살아 있는 마물이 있다는 사실을 눈치챈 내가 그 마물을 손가락으로 가리켰다.

"레우스, 엎드려!"

나는 사격선상에 있는 레우스에게 엎드리라고 한 후, '매그넘'으로 마물의 정수리를 꿰뚫었다.

깜짝 놀랐지만 곧 상황을 파악한 리스는 미안해하면서 우리를 향해 고개를 숙였다.

"미, 미안해. 내가 제대로 처리를 하지 않은 바람에⋯⋯."

"개의치 마. 리스가 무사하기만 하면 돼."

"리스의 마법은 컨트롤이 힘드니 어쩔 수 없죠."

"맞아. 다음에 잘하면 돼."

이번에 리스가 사용한 마법인 '아쿠아 불릿'은 조그마한 물 구슬을 날려서 충격을 가하는 마법이다. 하지만 리스는 정령이 힘을 빌려주기 때문에, 전력을 다해 날렸다간 마물의 몸에 구멍을 낼 수 있을 정도의 위력을 발휘할 수 있다.

하지만 이번에는 출혈이 발생하는 것을 방지하기 위해 조금 위력을 줄였던 것 같았다.

"리스라면 언젠가 완벽하게 조절을 할 수 있을 거야. 그러니까 실패를 두려워하지 말고 계속 도전해."

나는 리스에게 격려를 해준 후, 근처에 있던 백랑이 엎드린 채 얌전히 있다는 사실을 눈치챘다.

지금까지 보여준 실력으로 볼 때 이 백랑이라면 나보다 먼저 마물을 해치울 수 있었을 텐데, 어찌 된 영문인지 백랑은 내 눈앞에서 그저 가만히 엎드려 있었다.

"⋯⋯왜 그래?"

"크응…….."

거구에 걸맞지 않게 귀여운 울음소리를 낸 백랑이 나를 뚫어져라 쳐다보았다.

백랑이 경계심이나 적의는 전혀 섞이지 않은 그저 상냥하기만 한 눈길로 나를 쳐다보고 있다는 사실을 눈치챈 제자들도 작업을 멈추면서 이쪽을 쳐다보았다.

보통 말처럼 커다란 늑대가 이렇게 뚫어져라 쳐다보면 두려움을 느끼겠지만, 내 마음은 묘하게 차분하다고나 할까…… 백랑을 보면서 반갑다는 느낌을 받고 있었다.

그래서…….

"……손."

"멍!"

내가 명령을 내밀면서 손을 내밀자, 백랑을 벌떡 일어서며 오른쪽 앞발을 내 손 위에 살며시 올렸다. 백랑의 앞발은 내 손보다 크지만, 내 손에서는 전혀 무게가 느껴지지 않았다.

"다른 손."

"멍!"

또 명령을 내리자, 이번에는 왼쪽 앞발을 내 손 위에 얹었다. 그리고 엎드리라는 명령을 내리면 그 자리에서 엎드렸고, 빙빙 돌라는 지시를 내리면 그 자리에서 빙빙 돌았다.

마지막으로…… 그 녀석에게 가르쳐줬던 둘만이 아는 명령을 내렸다.

"타깃! 어택!"

지정한 상대가 주로 쓰는 팔을 노린다고 하는 지시를 내리자, 백랑은 목표인 나무를 향해 뛰어갔다.

그리고 순식간에 그 나무에 다가간 백랑은 그 나무의 오른편에 달린 나뭇가지…… 사람의 오른손에 해당하는 나무를 물어뜯어서 부러뜨렸다.

그런 일련의 동작을 본 순간, 내 머릿속의 기억이 꿈틀거렸다.

"……레우스. 이제부터 백랑이 하는 말을 가능한 한 정확하게 나에게 알려줘."

"뭐? 아, 알았어!"

이미 나는 답을 알고 있는 거나 마찬가지지만, 그래도 명확한 증거가 없다.

그래서 레우스에게 통역을 부탁한 나는 백랑의 눈을 쳐다보면서 물었다.

"내가 보물을 어디에 숨겨뒀지?"

"정원에 있는 나무 밑……이래. 나중에 어딘지 까먹어서 이곳저곳 판 적도 있다네."

"내가 던진 나뭇가지를 물어오려고 갔다가, 우리는 뭐한테 습격을 당했지?"

"새끼 곰을 발견했다가 부모에게 쫓겼다……라네. 형님, 그런 일을 당한 적 있어?"

"나중에 이야기해줄게. 그리고……."

나는 그 후에도 질문을 몇 번 던졌고, 대답은 내 기억과 완전히 똑같았다.

움직임이 내 눈에 익을 뿐만 아니라, 우리만이 기억하는 추억 또한 알고 있다.

이름은 생각나지 않지만…… 틀림없다.

"너……인 거야?"

"멍!"

전생에서 사부님에게 수련을 받던 시절, 나는 빗속에서 빈사 상태인 강아지를 주웠다.

기적적으로 살아남은 그 개는 내 가족이 되었고, 다양한 기술을 가르쳐주다 보니, 내 파트너라 할 수 있는 존재가 되었다.

하지만 나이를 먹은 그 개는 내가 에이전트로 활약하던 도중에 수명이 다해 죽었다.

어째서 이런 곳에 있고, 왜 이런 모습이 되었는지 의문이 들었지만, 레우스를 통해 대화를 나눌 수 있게 된 현재, 나는 전생에서 물어보고 싶었던 질문을 던졌다.

"저기, 너는…… 나와 있어서 행복했어?"

"크응…….”

"행복했어요. 그리고 또 만나서 정말 기뻐요……라네. 그런데 대체 아까부터 무슨 이야기를 하는 거야, 형님!"

어리광을 부릴 때, 내 가슴에 얼굴을 묻는 버릇도 변함이 없었다.

예전 이름이 생각나지 않는 게 아쉽지만, 나는 전생에서보다 훨씬 커진 파트너의 얼굴을 꼭 끌어안았다.

"응. 나도 너를 다시 만나서 기뻐."

그 후, 제자들은 나에게 백랑과 어떤 관계인지 집요하게 물었다.

특히 에밀리아는 남편이 외도를 의심하는 아내 같았다.

그들을 진정시키는 건 힘들 것 같았지만, 백랑이 몇 번 울음소리를 내자 남매는 얌전해졌다.

"저기, 저 늑대가 뭐라고 한 거야?"

"백랑 님도 저희와 마찬가지래요. 저희가 시리우스 님에게 거둬지기 전에, 시리우스 님께서 백랑 님의 목숨을 구해주셨대요."

"즉 우리의 선배 격이야. 그러니 저렇게 강한 것도 당연해!"

아무래도 다들 납득한 것 같았다.

백랑은 이제 됐냐는 듯이 나를 쳐다보았기에, 나는 감사의 마음을 담아 머리를 쓰다듬어줬다. 그러자 백랑은 기뻐하듯 눈을 감으며 꼬리를 흔들었다.

"나도 시리우스 씨에게 도움을 받았으니까 마찬가지네. 저기, 나도 만져봐도 돼?"

안심한 리스가 앞으로 나서며 손을 내밀자, 백랑은 그녀가 쉽게 쓰다듬을 수 있도록 머리를 숙여줬다. 그러자 리스는 미소를 지으면서 머리를 쓰다듬었다.

"와아…… 엄청 부드럽고 기분 좋아. 이 감촉에 중독될 것 같아."

"그렇지? 너희도 만져보는 게 어때?"

"아, 아뇨! 백랑 님을 쓰다듬다니, 그런 황송한 짓을 할 수는 없어요!"

"나, 나도 그래!"

백랑에서 조금씩 익숙해지고 있는 리스와 다르게, 남매는 여전히 위축되어 있었다.

내가 쓴웃음을 지으며 백랑을 계속 쓰다듬자, 남매는 약간 분하다는 듯한 반응을 보였다.

나와 리스만 이 감촉을 즐기는 것도 좀 그러니까, 이제 슬슬 그만…….

"으으, 시리우스 님이 저렇게 오랫동안 쓰다듬어주시다니…… 정말 부러워요!"

"누나, 나도 부러워 죽겠어."

내가 생각하는 것과는 다른 의미에서 분통을 터뜨리고 있는 것 같았다.

약간 어이없어 하는 나를 본 백랑이 남매를 쓰다듬어주라는 듯한 눈짓을 보내왔다. 그래서 나는 이를 갈고 있는 남매에게 다가오라고 손짓을 한 후, 두 사람의 머리를 쓰다듬어줬다.

그리고 꼬리를 흔들며 기뻐하는 남매의 옆에서 백랑을 쳐다보던 리스가 뭔가를 눈치챈 것처럼 손뼉을 쳤다.

"저기, 시리우스 씨. 이 애에게 이름을 지어주는 건 어떨까?"

"그래. 이름을 지어주는 것도 좋지만, 그 전에 물어볼 게 있어. 너, 나를 따라오겠어?"

이 녀석이 이 세계에서 어떻게 살아왔는지 모르고, 아까 들은 이야기에 따르면 뭔가 목적이 있어서 여행을 하는 것 같았다.

그래서 그런 질문을 던진 거지만, 백랑을 뜻밖이라는 듯이 으르렁거렸다.

"백랑 님의 목적은 형님과 또 만나는 거니까, 데려가 달래. 우와, 백랑 님이 동료가 되는 거야?"

"시리우스 님은 백랑 님마저 매료시킨 거군요."

"그래……. 같이 가주는 거구나."

남매가 깜짝 놀라면서도 기뻐하는 가운데, 나는 백랑을 쓰다듬어주면서 이름을 생각했다.

몇 번이나 전생의 기억이 떠올랐지만, 나와 얽혀있던 이들의 이름만큼은 단 한 글자도 생각이 나지 않았다. 역시 새로운 이름을 지어줄 수밖에 없을 것 같았다.

눈을 감고 생각에 잠겨 있던 나는 등 뒤에 존재하는 기척을 느끼고 무심코 고개를 돌렸다.

"시리우스 님, 왜 그러시죠?"

"설마……."

방금 그 느낌은…… 내 마력이 틀림없다.

그리고 마을 쪽을 쳐다보니, 상공을 향해 솟아오르는 빛이 보였다. 저 빛은 내가 촌장에게 줬던 조명탄이다.

즉, 저게 발사됐다는 것은…….

"마을이 위험한 건가? 이 마물은 전부 해치웠는데……."

마을에서 여기까지 오는데 시간이 꽤 걸렸지만, 직선거리로는 그렇게 멀지 않다. '서치'가 아슬아슬하게 닿을 거리다.

내가 '서치'를 발동시켜 숲을 조사해보니 인간 이외의 수많은 반응이 느껴졌지만, 거리가 꽤 멀기에 어떤 마물인지는 알 수가 없었다.

그래도 서둘러 마을로 돌아가야만 한다는 사실에는 변함이 없다.

그리고 내가 다른 이들에게 상황을 설명하고 있을 때, 백랑이 작은 울음소리를 냈다. 그걸 들은 레우스가 약간 당황하면서 통역을 했다.

"형님! 아까 쓰러뜨린 마물의 숫자와 백랑 님이 처음 이 숲에 왔을 때 느꼈던 기척의 숫자가 맞지 않대. 어쩌면 마물 중 절반은 마을에 간 걸지도……."

"그럴 가능성은 충분히 있어. 좋아. 내가 먼저 숲으로 향하겠어."

하늘을 박차며 날 수 있는 나라면, 숲을 돌파하는 것보다 빠르게 마을로 돌아갈 수 있을 것이다.

제자들에게 지시를 내리고 마력을 집중시키고 있을 때, 백랑이 갑자기 나를 막아서며 짖었다.

"멍!"

"미안하지만 네 이름은 나중에……."

"형님, 그런 게 아냐. 백랑 님은 자기한테 타라고 말하셨어."

레우스가 그렇게 말하자, 백랑은 내 앞에서 몸을 숙이며 타라는 듯이 작게 짖었다.

"……괜찮겠어?"

"뜀박질 하나는 자신이 있으니 타래."

이 몸집이라면 내가 타도 괜찮을 것이다.

게다가 백랑의 신체능력이라면 내가 나는 것보다 빠르게 마을에 도착할 수 있을지도 모른다.

나는 백랑의 등에 탄 후, 떨어지지 않도록 '스트링'을 이용해 고삐를 만들었다.

"입가가 갑갑하지는 않아?"

고개를 젓는 것을 보면 문제없어 보였다.

부드러운 털의 감촉을 즐기면서 '스트링'의 탄력을 확인하고 있을 때, 에밀리아가 리스를 데리고 내 옆으로 왔다.

"시리우스 님. 백랑 님께 리스도 태워달라고 부탁해주시면 안 될까요?"

"자, 잠깐만. 나보다는 에밀리아가 같이 가는 편이 나을 거야."

"저와 레우스는 숲을 뛰는 데 익숙하니까요. 그리고 저희는 너무 황송해서 백랑 님의 등에 탈 수가 없어요……."

"마을에 부상자가 있을지도 모르니까, 리스 누나와 같이 가는 편이 나을 거야."

마음 같아서는 같이 가고 싶겠지만, 남매는 상황에 맞춰 냉정한 판단을 내렸다. 나는 그런 두 사람을 보며 속으로 감탄했다.

"하지만 늑대 씨가 허락해줄까?"

"어때? 두 사람을 태우는 건 무리야?"

"멍!"

"두 사람 정도는 거뜬하대. 그리고 형님이 인정한 사람이라면 자기 등에 타도 된다고 말하셨어."

정말 믿음직한 한 마디다.

나는 리스의 손을 잡아끌어서 등 뒤에 태운 후, 혹시 모르니 서로의 몸을 '스트링'으로 묶었다.

"일단 묶어두기는 했지만, 그래도 떨어지지 않도록 내 허리를 꼭 끌어안아."

"허, 허리?! 그, 그럼……."

밀착 상태가 될 뿐만 아니라 내 허리를 끌어안게 된 리스는 볼을 붉혔다.

에밀리아가 부럽다는 듯이 쳐다보는 가운데, 준비가 끝난 걸 확인한 백랑이 몸을 일으키면서 내 지시를 기다렸다.

"가자. 아, 그러고 보니 네 이름을 아직 지어주지 않았는걸."

"크응……."

내가 등을 상냥하게 쓰다듬어주자, 백랑은 기분 좋은 듯한 울음소리를 내면서 나를 향해 얼굴을 내밀었다.

그 믿음직한 눈동자를 쳐다보며 이름을 정한 나는 고삐 대신 '스트링'을 움켜잡으면서 파트너의 새로운 이름을 외쳤다.

"네 이름은…… 호쿠토야. 가자, 호쿠토!"

"아우우우우――!"

내 말에 답하듯 울부짖은 호쿠토가 다리에 힘을 주며 그대로 힘차게 뛰어올랐다.

순식간에 주위에 있던 나무보다 더 높이 뛰어오른 호쿠토는 그대로 나무 꼭대기를 박차면서 날듯이 앞으로 나아갔다.

"우, 우왓?! 빨라!"

"대단하구나, 호쿠토!"

이렇게 빠르게 달리면 우리에게도 상당한 충격이 전해지겠지만, 불가사의하게도 우리는 거의 대미지를 입지 않았다.

이것도 호쿠토의 기술일 것이다. 한동안 보지 않은 사이에 여러모로 성장한 것 같았다.

이정도 속도면 금방 마을에 도착할 것 같았다.

짧은 시간 동안이지만, 나와 리스는 호쿠토의 등에서 하늘 여행을 즐겼다.

—— 레우스 ——

형 일행을 배웅한 누나와 나는 아까까지 하던 작업을 계속했다.

어쩌면 우리도 지금 바로 마을로 향하는 편이 나을지도 모르지만, 형님과 백랑 님이 같이 같으니 우리는 안 가도 될 것이다. 그러니 이 아름다운 장소를 청소해두는 편이 나을 것이다.

그리고 마지막 시체를 들어 올렸을 때, 나는 누나가 형님 일행이 사라진 방향을 쳐다보고 있다는 사실을 눈치챘다.

"누나, 왜 그래?"

"레우스는 눈치챘니? 백랑 님이…… 아니, 호쿠토 님이 울고 계셨다는 걸 말이야."

"응. 하지만 그건 슬퍼서 우는 게 아니라, 기뻐서 우는 거였잖아?"

"당연하지. 시리우스 님과 재회했으니까 말이야."

호쿠토 님이 출발하기 직전에 한 말은 약간 불가사의하기는 했지만, 진심에서 우러난 말이라는 것은 알 수 있었다.

　분명…… 아까 호쿠토 님은 이렇게 말했다.

『새로운 삶을 살게 해주셔서, 다시 주인님과 함께 나아갈 수 있게 해주셔서, 정말 감사합니다…….』

──── 시리우스 ────

　호쿠토의 이동속도는 상상했던 것보다도 엄청났다.

　내가 '에어 스텝'을 쓰면 장애물을 개의치 않으며 하늘을 날 수 있지만, 자신의 발로 이동해야 하기에 결국 한계가 존재한다.

　한편, 호쿠토는 나뭇가지와 바위를 발판 삼아 나아가고 있으며, 백랑의 신체능력과 낭비를 줄인 발놀림으로 나보다 몇 배는 빠른 속도를 내고 있었다.

　문제는 이 이동속도에 익숙하지 않은 리스인데…….

　"리스, 무섭지 않아? 조금만 더 가면 되니까 참아."

　"괘, 괜찮아! 전에 시리우스 씨와 함께 하늘을 난 적도 있고, 왠지 지금은 즐겁거든!"

　리스는 필사적으로 내 허리를 꼭 끌어안고 있지만, 목소리를 들어보니 기뻐하고 있는 것 같으니 괜찮을 것 같았다.

　꽤 강단이 있다고 생각하며 웃고 있을 때, 숲을 빠져나오며 마을의 불빛이 보이는 곳에 도착했다. 나는 바로 '서치'를 펼쳐서 마물의 상황을 파악했다.

"동쪽으로 가!"

"멍!"

마을 동쪽에 말의 방목지가 있는데, 거기서 마을 사람들과 마물의 반응이 느껴졌다.

호쿠토는 알았다는 듯이 짖은 후, 마을을 향해 돌격하면서 그대로 몸을 날리더니, 근처의 오두막을 뛰어넘으며 동쪽으로 향했다.

그리고 순식간에 현장에 도착해보니, 햇불을 든 마을 사람들과 뭔가를 향해 몰려든 수많은 헝그리비어의 모습이 눈에 들어왔다.

"호쿠토!"

"아우우우우──!"

명확하게 지시를 하지 않았는데도 내 의도를 이해한 호쿠토가 고함을 지르자, 마물들은 손을 멈추면서 돌아보았다. 우리는 그런 마물들을 향해 마법을 날렸다.

"단숨에 해치우자! '임팩트'."

"예! 물아, 부탁해…… '아쿠아 불릿'."

리스와 동시에 펼친 마법으로 마물들을 날려버린 나는 공격을 당하고 있던 게 말이라는 사실을 알고 조금 안심했다. 인간이 마물에게 먹히는 광경을 리스에게 보여줄 수는 없었다.

아직 주변에 마물의 기척이 존재했지만, 우선 상황을 파악해야겠다고 판단한 나는 호쿠토에게 마을 사람들 앞에 가라고 지시했다.

그들 사이에서 촌장을 발견한 나는 호쿠토에게서 내린 후 다가갔다. 그러자 호쿠토를 보고 겁먹은 마을 사람들이 무기를 치켜들었다.

"너는…… 오늘 왔던 그 모험가?"

"저, 저 모험가 뒤편에 있는 늑대는 뭐야?! 혹시 저 녀석도 말을 잡아먹으려고……."

"진정하세요. 이 늑대는 여러분에게 해를 끼치지 않아요."

나는 그렇게 말했지만, 그 말만 듣고 마음을 놓을 수 있을 리가 없다.

말로 설명해봤자 믿지 않을 것 같았기에, 나는 그들이 보는 앞에서 호쿠토의 머리를 쓰다듬어줬다. 하지만 마을 사람들은 여전히 경계하고 있었다.

"호쿠토, 엎드려."

"멍!"

호쿠토가 내 명령에 따랐지만, 마을 사람들은 태도를 바꾸지 않았다. 역시 이 상황에서 저들이 호쿠토에 대한 경계심을 푸는 것은 어려워 보였다.

하다못해 말이 통하는 사람이라도 있었으면 좋겠다고 생각하고 있을 때, 호쿠토에서 내린 리스가 마을 사람들에게 말을 걸었다.

"다친 사람은 없나요? 저는 치료 마법을 쓸 수 있어요."

"뭐? 아…… 부상자라면 있어! 이쪽으로 와줘!"

잠시 동안 어안이 벙벙한 표정을 짓고 있던 마을 사람이 우리를 안내한 곳에는 가죽제 방어구를 걸친 남자가 누워 있었다.

겉보기에는 꽤 나이가 있어 보이는 남자였지만, 다른 마을 사람들과 다르게 무기와 방어구를 장비하고 있었다. 마을 사람들의 설명에 따르면, 그는 전직 모험가인 것 같았다.

하지만 지금은 온몸에 긁힌 상처와 깨물린 상처가 나 있었다.

"심각하군요…… 빨리 치료해야겠어요."

"치료? 이렇게 심한 부상을 말이야?"

"모험가라고는 해도 아직 어린애잖아? 그런 애가 이런 상처를……."

"조용히 해주세요! 치료는 시간과의 승부예요!"

마을 사람들의 미심쩍은 눈길로 쳐다봤지만, 치료에 있어서는 매우 진지한 리스의 말을 듣더니 결국 물러섰다.

그리고 리스가 치료마법을 쓰려고 한 순간, 쓰러져 있던 남자가 눈을 뜨면서 미안하다는 듯이 입을 열었다.

"아야야…… 아가씨, 미안하군."

"이제 안심하세요. 금방 치료해드릴게요."

"부상을 입은 사람한테 이런 소리를 해서 미안한데, 뭐 좀 물어봐도 될까요?"

"너는 이 애의 동료지? 치료비는 나중에 줄 테니까 걱정하지 마."

"치료비는 안 줘도 되니까, 지금 상황을 설명해주겠어요? 다른 사람들은 말이 통하지 않거든요."

마을 사람들은 마물에게 공격을 당한 데다 호쿠토를 본 바람에 완전히 혼란에 빠져 있었다.

마물을 내버려둘 생각은 없지만, 우리의 의뢰 내용은 어디까지나 조사다. 그러니 촌장과 마을 사람들에게 상황을 설명하고 의뢰 내용을 조사에서 토벌로 변경해야 하는 것이다.

딱히 보수 욕심은 없지만, 이건 모험가와 의뢰자 사이의 룰이다.

이 남자는 전직 모험가답게 내가 하고 싶은 말이 뭔지 눈치챈 것 같았다. 쓴웃음을 지으면서 내 질문에 대답해줬다.

"딱히 설명할 것도 없어. 아까 저 마물들이 갑자기 마을로 쳐들어왔지. 한두 마리 정도는 처리했지만, 방심한 바람에 포위당하고 말았어. 마을 사람들이 구해주지 않았다면 나도 저 말들과 같은 꼴이 됐을 거야."

그러고 보니 부상을 입은 마을 사람도 있었다. 아마 이 남자를 구하려다 다친 것이리라.

협력해서 남자를 구하기는 했지만, 마물은 근처에 있는 말을 차례차례 덮치면서 식사를 시작했다. 그리고 바로 그때, 우리가 돌아온 것이다.

리스는 이야기를 듣더니 부상자들을 자신의 근처로 불렀다. 아무래도 한꺼번에 치료할 생각인 것 같았다. 평소에는 얌전하지만, 치료에 있어서만큼은 정말 믿음직한 애다.

"설명해줘서 고마워요. 뒷일은 우리한테 맡겨요."

"하지만 저 숫자를……."

"저 정도는 아무것도 아니에요. 촌장님은 어디 있죠?"

마을 사람들은 위험을 무릅쓰며 이 전직 모험가를 구했다. 그러니 마을 사람들은 이 남자를 신뢰하고 있을 것이다. 그런 남자와 내가 대화를 나누는 걸 보고 다들 마음이 좀 진정된 것 같았다. 그리고 내가 큰 목소리로 촌장을 부르자, 호쿠토가 무서워서 다가오지 않던 촌장이 드디어 앞으로 나섰다.

하지만 여전히 호쿠토가 무서운지 한 걸음 앞으로 나선 채 멍하니 서 있었다.

"저, 저 늑대는 정말 우리를 공격하지 않는 거지?"

"이 애는 우리가 숲속에서 만난 백랑이라는 늑대인데, 마물 퇴치를 도와주겠다며 따라왔어요. 겉보기에는 무서워 보일지도 모르지만, 온순하고 상냥한 애죠."

"잠깐만. 이 녀석은 척 봐도 마물이잖아!"

"저희가 해를 가하지 않는 한, 이 애는 절대 저희를 공격하지 않아요. 그것보다 이 상황 말인데……."

"젠장! 내 말이 전부 잡아먹힐 거야! 어이, 너희는 모험가지? 빨리 저 마물을 쫓아내서 내 말을 구해줘!"

의뢰 내용의 변경에 대해 설명하려 했지만, 촌장의 말을 막으며 나선 남자가 나를 향해 그렇게 외쳤다. 자신의 말이 마물들의 먹잇감이 되고 있다니 좀 안 되기는 했지만, 방해되니 좀 조용히 해줬으면 좋겠다는 생각이 들었다.

"저희가 의뢰받은 건 어디까지나 조사이지 퇴치가 아니에요. 그리고 미리 말해두겠지만, 말들은 이미 구할 수 없어요. 그 점은 이해해주세요."

"그럼 저 아가씨가 치료하면……."

"아무리 그녀라도 저렇게 뜯어 먹힌 말을 치료하는 건 무리예요. 그것보다 촌장과 할 이야기가 있으니 물러서주세요."

"헛소리 하지 마! 너희야말로 대체 지금까지 어디서…… 커억?!"

책임을 전가할 만큼 흥분한 상대와 괜한 문답을 나눌 생각이 없었기에, 나는 그 남자의 배에 한 방 먹여서 억지로 입을 다물게 했다.

그러자 마을 사람들이 술렁거렸지만, 촌장이 고함을 질러서 그들을 진정시켰다.

"다들 진정해! 미안하다……. 마을 사람들이 폐를 끼쳤어."

"아뇨. 흐트러져도 이상하지 않을 상황이죠."

"그래도 이래선 안 되는 거야. 실은 아까부터 나도 이자와 같은 생각을 하고 있었지만, 방금 그 말을 듣고 깨달았어. 상대가 고블린일거라고 안이하게 생각해서 조사 의뢰를 한 내 잘못이야."

"하지만 아직 늦지 않았어요. 의뢰 내용을 변경하겠습니까?"

"……내 사비를 다 털어서라도 보수를 내지. 너희에게 마물 퇴치를 의뢰하고 싶어."

"잠깐만, 촌장! 아무리 그래도 저 숫자는 무리야!"

"그래! 딱 봐도 풋내기나 다름없는 애들이잖아!"

"그럼 네가 싸우겠어? 게다가 그들은 랭크가 7급이고, 저 새하얀 늑대도 같이 싸운다잖아. 우리가 싸우다 희생이 커지는 것보다는 훨씬 나을 거야."

조금 시간이 걸렸지만, 촌장은 냉정하게 판단을 내렸다.

완전히 납득하지는 않았지만 마을 사람들은 대꾸를 못하며 침묵하자, 나는 마물 토벌 의뢰를 받아들이겠다고 말했다.

"마물은 나와 호쿠토만으로 충분하니까, 리스는 치료를 계속해."

"응. 다치지 않도록 조심해."

내가 리스에게 배웅을 받으면서 걸음을 옮기자, 엎드려 있던 호쿠토가 내 옆에 서서 지시를 기다렸다.

남아 있는 마물의 숫자는 스무 마리 정도지만, 방목지 곳곳에 흩어져 있으니 우리도 따로 행동하는 편이 나을 것이다. 호쿠토의 울음소리를 듣고 잠시 움츠러들었던 헝그리비어는 굶주림을 참을 수가 없는지 말을 계속 뜯어먹고 있었다.

"나는 동쪽에서 돌면서 처리할 테니까, 호쿠토는 반대 방향을 맡아."

"멍!"

알았다는 듯이 짖으면서 호쿠토가 몸을 날린 순간, 나는 반대 방향으로 나아가며 마물에게 접근했다.

그곳에는 마물이 세 마리 있었지만, 식사에 열중하느라 덤벼들지 않았다. 즉, 얼마든지 기습을 할 수 있는 상황인 것이다.

한 마리를 '매그넘'으로 쏘자, 다른 녀석들이 나를 돌아보았다. 나는 그 틈에 접근해서 나이프로 목을 베었다.

마법으로 머리를 공격하면 되겠지만, 이것도 훈련이다.

그런 느낌으로 내가 이동을 반복하면서 마물들을 쓰러뜨리고 있는 사이, 호쿠토는 내 곱절을 될 듯한 기세로 적들을 해치우고 있었다.

백랑으로서의 신체능력도 뛰어나지만, 호쿠토는 왠지 의욕이 넘치는 것 같았다.

말에 정신이 팔린 마물들에게 순식간에 다가가더니, 앞발과 꼬리로 단숨에 쓸어버리고 있었다. 공격을 당한 마물은 뼈가 부서졌는지 꼼짝도 하지 않았지만, 겨우겨우 살아남은 녀석은 앞발로 공격을 해서 해치웠다.

그리고 내가 모든 마물 중 3할 정도를 해치웠을 즈음, 호쿠토는 남은 마물을 전부 쓰러뜨렸다. 정말 뛰어난 녀석이다.

"호쿠토, 수고했어."

"크응……."

내 곁으로 다가온 호쿠토의 머리를 쓰다듬어준 후, 나는 마물이 전멸했다는 걸 보고하기 위해 촌장에게 향했다.

밤이라 어두워서 우리의 움직임이 보이지 않았을 테니, 짧은 시간에 돌아온 나를 본 마을 사람들은 고개를 갸웃거렸다.

"무슨 일이지? 혹시 전부 쓰러뜨리지는 못한 거냐?"

"아뇨. 이 주위에 있던 마물은 전부 쓰러뜨렸어요."

"뭐?! 너무 빠르잖아!"

상식적으로 생각해보면 그렇겠지만, 방금은 호쿠토가 거의 대부분의 마물을 해치워줬다.

어떻게 증명할지 고민하고 있을 때, 호쿠토가 내 발치로 오더니, 물고 있던 걸 마을 사람들 앞으로 던졌다.

그것은 마물의 시체였으며, 호쿠토가 그것들을 차례차례 옮겨 오자, 마을 사람들도 믿는 것 같았다.

"이 하얀 늑대…… 호쿠토가 도와준 덕분에 손쉽게 끝냈어요. 이제 말이 공격을 받을 걱정할 필요는 없을 거예요."

"그, 그래. 그런데 이 늑대는 대체 뭐지? 그리고 왜 너를 따르 는 거야?"

"이 애는 제가 어릴 적에 도와줬던 적이 있는 늑대인데, 저쪽 에 있는 숲에서 우연히 다시 만났죠. 그리고 저한테 은혜를 갚 겠다면서 따라온 거예요."

호쿠토는 내 말을 듣더니, 어리광을 부리듯 다가왔다.

하지만 그 모습을 본 마을 사람 중 한 명이 호쿠토를 손가락으 로 가리키며 외쳤다.

"어, 어이. 혹시 그 녀석이 있어서 마물이 말을 공격한 거 아 냐?"

"그, 그렇게 된 거구나! 저 늑대가 숲에서 쫓아낸 마물이 마을 로 흘러들어 온 거야."

"어이! 그 늑대의 주인인 네가 말을 변상해!"

무슨 소리를 하나 했더니…… 어이가 없었다.

피해가 심각하니 심정은 이해하지만, 나에게 변상을 요구하는 건 말도 안 되었다. 게다가 자기들이 호쿠토에게 도움을 받았다 는 건 전혀 이해하지 못하고 있는 것 같았다.

대부분의 마을 사람들이 호쿠토를 향해 분노를 퍼붓자, 나는 살기를 뿜어서 마을 사람들을 닥치게 만들었다. 이 마을에 오는 일은 두 번 다시 없을 테고, 내 동료를 모욕하는 녀석들에게 미움을 받는 걸 나는 개의치 않으니까 말이다.

전력을 다해 살기를 뿜으면 기절할 테니 적당히 조절한 살기로 마을 사람들을 닥치게 만든 후, 나는 큰 목소리로 물었다.

"입에 나오는 대로 지껄이는 건 상관없지만, 그 전에 생각이라는 걸 좀 해봐. 너희가 말한 것처럼 호쿠토 때문에 마물이 나타났다면, 어제 습격을 당하지 않은 건 어째서지?"

"배, 배가 안 고파서겠지."

"이 마물은 헝그리비어라고 하는데, 엄청 탐욕적인 마물이야. 공복 상태에서는 위험이 닥쳐도 식사를 우선할 정도지. 그런 마물이 식사를 하루…… 아니, 이틀이나 안 할 것 같아?"

"그게 뭐 어쨌다는 거야? 이 늑대가 있어서 못 먹은 것뿐이잖아."

"호쿠토가 저 숲에 온 건 이틀 전, 즉, 말이 공격을 받은 후야. 그러니까 이 마물들은 굶주림을 참을 수 없게 될 때까지 호쿠토가 무서워서 이 근처에 나타나지 않은 거라고."

아마 호쿠토가 마을에 없었다면, 우리가 오기 전에 이 마을은 몇 번이나 공격을 당했을 것이다.

"길드에 의뢰를 해서 모험가가 오는 데는 빨라도 하루…… 아니, 의뢰를 맡을 모험가가 없다면 이틀 이상 걸리겠지. 그 사이에 마물이 몇 번이나 이 마을을 습격하며 말을 다 먹어치운다면, 그 다음에는 뭘 먹을 것 같아?"

"우리, 를……?"

그 최악의 사태를 상상한 마을 사람들의 얼굴이 새파랗게 질렸다.

게다가 이 자리에 나타난 마물은 절반 밖에 안 된다는 사실을 알려줘서, 사태의 중대함을 가르쳐주기로 했다.

마을 사람들은 이번에 나타난 마물들조차 어찌하지 못했다. 숲에서 우리를 습격했던 마물들도 합치면, 말뿐만 아니라 인간도 잡아먹혔을 가능성이 있다.

"딱히 고마워하라는 건 아니지만, 변상을 요구한다면 나는 이일을 길드에 보고해서 마땅한 조치를 취해달라고 하겠어."

모험가 길드는 전 세계에 존재하며, 이 마을이 말을 파는 상인 길드와도 밀접하게 관련되어 있다.

즉, 길드에 찍혀서 악평이 퍼지면 마을의 평가도 떨어지는 것이다.

내 지적을 듣고 다소 냉정해졌는지 더는 불만을 늘어놓는 사람이 없자, 촌장이 대표로 고개를 숙이며 입을 열었다.

"……마을 사람들이 실례를 범했어. 배려해줘서…… 고맙다."

"이 상황에서는 저럴 만도 하니까요. 자세한 이야기는……."

"그래. 우리 집에서 하지."

치료를 계속하고 있는 리스와 그녀를 호위하는 호쿠토를 이 자리에 둔 후, 나는 촌장과 함께 촌장의 집으로 향했다.

그리고 이번에 일어난 일을 자세하게 설명한 후, 마을 사람들이 진정하며 자초지종의 설명만이 아니라 엄중한 주의를 주라고 당부해뒀다.

소중한 말을 잃고 냉정을 잃었다고 해도, 발자국만 보고 마물을 고블린으로 단정 지은 것은 마을 전체가 마물의 위험성을 간과하고 있기 때문이다.

만약 이 의뢰를 풋내기 모험가가 맡았다면, 헝그리비어 무리에게 잡아먹혔을 가능성도 있다.

이번에는 우연히 호쿠토가 숲에 있었고, 우리가 의뢰를 맡아서 별일이 없었던 것이다. 아무튼 마을 전체가 반성을 해서 다시는 이런 실수를 범하지 않아줬으면 했다.

뭐, 그러지 못한다면 이 마을은 망하겠지만 말이다.

내가 의뢰 변경과 달성 사인을 받은 후, 내일 아침에 얼굴을 비추기로 약속하고 집을 나섰을 즈음에는 리스도 치료를 마쳤다.

대부분의 마을 사람들은 집으로 돌아간 것 같았으며, 방목지에서는 숲에서 돌아온 남매가 호쿠토와 즐겁게 이야기를 나누고 있었다.

그런 제자들, 그리고 호쿠토와 함께 여관으로 향했지만…….

"이 녀석을 방에 들이고 싶은데요."

"저기, 이렇게 커다란 마물을 방에 들이는 건 좀……."

예상대로 호쿠토를 여관에 들이는 건 무리였다.

하지만 오래간만에 재회한 호쿠토와 이야기를 나누고 싶었기에, 우리는 여관 옆에 있는 오두막에 모였다.

방은 무리지만, 이 오두막에 호쿠토를 재워도 된다는 허락을 받았다.

"미안하지만 오늘은 여기로 만족해줘."

"멍!"

"평소에는 밖에서 자니까, 지붕이 있는 것만으로도 충분히 기쁘대."

우리가 가지고온 모포 위에 누운 호쿠토를 쳐다보다 눈치챈 건데, 백랑은 대체 뭘 먹는 걸까?

내가 그 점에 대해 물어보자…….

"대기에 있는 마력을 흡수하기 때문에, 아무것도 먹지 않아도 된대."

아무래도 백랑은 마력을 영양분으로 삼는 것 같으며 정령에 가까운 존재인 듯 싶었다.

일단 음식을 섭취해서 마력으로 변환할 수도 있지만, 식사는 기호품 같은 것이며, 기본적으로는 필요 없다고 한다. 집안 살림에 상냥한 늑대다.

백랑에 관해 더 물어보고 싶지만, 호쿠토도 잘 알지 못하는 것 같았다.

게다가 존재가 희소하기 때문에 생태에 대해서도 알려져 있지 않으며, 수명도 판명되지 않았다고 한다.

그러고 보니, 전생에서는 평범한 개였던 이 녀석이 엄청난 종족으로 다시 태어난 것이다. 뭐, 어떤 존재든 간에 내 가족이라는 사실에는 변함이 없다.

"휴우……. 감촉도 좋고, 따뜻하네."

"응. 이대로 잠들어버려도 될 것 같아."

나와 리스는 호쿠토의 호의에 따라 백랑의 몸에 등을 맡긴 채 부드러운 털의 감촉을 만끽했다.

우리가 기대도 호쿠토는 전혀 부담을 느끼지 않는 것 같았다. 아니, 내가 쓰다듬어주자 기뻐하듯 꼬리를 흔들었다.

웬만한 침대보다 기분 좋았기에 이대로 잠들어버리고 싶었지만, 남매가 안절부절 못하며 서 있는데다 아직 할 이야기가 남았기에 잠들 수는 없었다.

"너희도 이쪽으로 오는 게 어때? 호쿠토도 허락했잖아?"

"아, 그게 말이죠……."

"호쿠토 님에게 실례를 범하는 것 같아서 말이야."

은랑족에게 있어 백랑은 그만큼 숭고한 존재인 것이다.

망설이고 있는 남매를 향해 호쿠토가 작게 짖자, 남매는 뭔가를 눈치챈 것처럼 고개를 치켜들었다.

"호쿠토가 뭐라고 했어?"

"설령 백랑일지라도, 자기는 형님을 모시는 존재니까 우리의 선배에 지나지 않는다……고 하셨어. 그러니까 편하게 대하래."

"호쿠토 님께서 그렇게 말씀하신다면야……."

"멍!"

"예! 그럼 호쿠토…… 씨라고 부를게요."

"시, 실례하겠습니다! 호쿠토 씨!"

드디어 마음을 굳힌 남매도 호쿠토에게 몸을 맡기더니, 그 부드러운 감촉을 느끼고 놀라워했다.

그 자세 그대로 나는 호쿠토에게 자신이 어떻게 태어났으며,

제자들과 어떻게 만났는지를 이야기했으며, 마지막으로 고트 마을에 온 목적을 설명하자, 호쿠토는 내 얼굴을 쳐다보며 짖었다.

"호쿠토, 왜 그래? 할 말이라도 있어?"

"형님, 호쿠토 씨가 말 역할을 하겠대."

"네가 마차를 끌겠다는 거야?"

호쿠토는 그 말이 맞다는 듯이 고개를 끄덕이며 꼬리를 흔들었다.

"그래주면 고맙지만, 그랬다간 너는 가축 같아 보일 거야. 그래도 괜찮아?"

"시리우스 님의 말씀이 맞아요. 최악의 경우, 레우스에게 끌게 하면 되잖아요."

"으, 응! 호쿠토 씨가 끌 바에야 내가 끌겠어!"

그건 문제가 될 게 뻔하기에 내가 말리려고 한 순간, 호쿠토가 끼어들면서 남매를 설득하듯 짖었다.

그 후, 남매는 진지한 표정을 지으며 고개를 끄덕이는 걸 보면 이야기가 잘 정리된 것 같지만, 나는 아직 납득하지 못했다.

확실히 호쿠토라면 어떤 마차든 끌 수 있겠지만, 가족인 호쿠토를 말처럼 부릴 수는 없었다.

내가 고민을 하자, 호쿠토는 어리광을 부리듯 낮게 짖으면서 코끝을 내 몸에 댔다.

"싸움 말고도 도울 수 있는 일이 있다면 기쁘대. 그리고 원하는 게 있다네."

"뭔데?"

"목줄이야. 형님을 모시는 자라는 증거를 가지고 싶은가 봐."

"……알았어. 네가 정 원한다면 네 뜻에 따라주겠어. 그리고 너한테 멋진 목줄을 만들어줄게."

"멍!"

"후후. 잘 됐네, 호쿠토."

"왠지 호쿠토 씨의 목줄은 제 목줄보다 멋질 것 같아요."

에밀리아에게 준 것은 목줄이 아니라 초커지만, 본인이 목줄이라 여기고 싶어 하는 것 같으니 아무 말도 하지 않기로 했다.

이야기가 얼추 정리되었을 즈음, 우리는 여관으로 돌아가서 내일 준비를 끝내고 잠자리에 들었다.

그리고 다들 잠든 후, 나는 혼자서 방을 빠져 나갔다.

나는 호쿠토가 자고 있는 창고로 향했지만, 호쿠토 또한 내가 이럴 걸 알고 있었던 것 같았다. 호쿠토는 오두막 밖에서 나를 기다리고 있었다.

"잠시 걸을래?"

"크응……."

우리는 더는 아무 말도 하지 않았다.

호쿠토가 당연하다는 듯이 내 옆에 서자, 우리는 달빛을 맞으며 조용히 마을 안을 걸었다. 나만 나온 것은 이제부터는 우리 둘만이 아는 전생의 이야기를 나누고 싶어서다. 살인자였던 전생의 나를, 제자들에게 알려주고 싶지는 않았다.

나는 언덕에 앉은 후, 옆에 있는 호쿠토를 쳐다보았다.

"저기, 너는 예전 일을 얼마나 기억해? 나는 가까운 이들의 이름을 떠올릴 수가 없는데, 너도 그래?"

"멍!"

나는 호쿠토에게 내 말이 맞으면 고개를 끄덕이고, 틀리면 저으라고 말해뒀다. 그리고 호쿠토는 내 질문을 듣더니 고개를 끄덕였다.

"너도 갓난아기로 이 세계에 태어났어? 그리고 나 이외에도 전생을 한 녀석을 본 적이 있어?"

호쿠토는 내 말에 연이어 고개를 끄덕였다. 아마 호쿠토 또한 나와 같은 상황에서 이 세계에 온 것 같았다.

전생을 하고 기억이 남아 있는 것만도 기적 같은 일이지만, 우연히 나와 호쿠토만이 이 세계로 전생을 했을 가능성은 적다. 즉, 뭔가 이유가 있으리라.

그리고 우리의 공통점이라면…….

"저기, 호쿠토. 너…… 사부를 기억해?"

호쿠토는 그 말을 듣더니, 몸을 부르르 떨면서 고개를 끄덕였다.

역시 너한테도 있어서도 그 사람은 공포의 상징이구나. 하긴, 내가 주워온 네가 건강을 찾자, 대뜸…….

『좀 크면 씹는 맛 좀 있겠는걸…….』

……였으니까 말이다.

내가 볼일이 있어 자리를 비울 때는 사부가 호쿠토에게 먹을 걸 챙겨줬지만, 그래도 어릴 적에 심어진 공포는 다시 태어난 후에도 사라지지 않는 것 같았다.

이야기가 좀 탈선되기는 했지만, 아무튼 현시점에서 생각할 수 있는 가능성은 사부뿐이다.

아니, 그 초인이라면 충분히 가능하다는 생각마저 들었다.

만약 그렇다면, 뭘 위해서 나와 호쿠토를 이 세계에 전생시킨 걸까?

설마 세계를 구하는 것 같은 중대한 일을 시키려고…….

"……그럴 리 없어."

찰나주의자에, 핵이 떨어져도 웃으며 살아남을 것 같은 그 사람이 나를 전생시키면서까지 뭔가를 시킬 리가 없다.

오히려 문제를 직접 해결하고 다닐 듯한 어그레시브한 사람이니까 말이다.

아마 이런 게 가능하다……는 걸 알고, 그냥 해봤을 뿐이리라.

딱히 사부에게 무슨 말을 들은 것도 아니니, 지금까지처럼 제2의 인생을 즐기면서 살아야겠다.

정신은 예전과 똑같지만, 다양한 의미에서 예전과 달라진 파트너의 머리를 쓰다듬어주면서 나는 웃었다.

"뭐, 이제 와서 사부 따위는 신경 쓸 필요 없겠지. 아무튼 앞으로 잘 부탁해…… 호쿠토."

"멍!"

동의하듯 짖는 호쿠토의 머리를 쓰다듬어준 후, 우리는 떨어져 있는 동안 생긴 골을 메우려는 것처럼 이야기를 나눴다.

다음 날, 눈을 뜬 우리는 가볍게 아침 운동을 한 후, 촌장의 집을 방문했다.

참고로 호쿠토는 집 안에 들어갈 수 없었기에, 밖에서 창문을 통해 안을 들여다본다고 하는 매우 엽기적인 광경이 펼쳐졌다.

도중에 의뢰를 갱신했기 때문에 길드가 아니라 촌장에게서 의뢰 달성 보수를 받았다. 하지만 나는 넘겨받은 자루 안에서 은화 몇 닢만 꺼낸 후, 남은 돈을 호쿠토를 향해 내밀었다.

"자아, 네 몫이야."

호쿠토는 이해했으면서도 모르는 척을 하면서 자루를 바닥에 떨어뜨린 후, 고개를 휙 돌렸다.

"이 애는 필요 없나 보네요. 그러니 이건 돌려드리겠습니다."

"저 늑대의 주인은 너지? 그럼 네가 받으면 되잖아."

"딱히 이유가 없다면, 저는 개개인의 의지를 존중하거든요. 그리고 아직 길드에 등록하지 않았으니, 정식적인 주인도 아닙니다."

한심한 짓거리지만, 이 마을에 있어서 이제부터 힘든 시기가 시작될 테니 돈이 필요할 것이다.

게다가 호쿠토와 재회할 수 있었던 것은 이 촌장이 의뢰를 해 준 덕분이기도 하고, 빨리 엘리시온에 돌아가 의뢰 달성 보고 및 호쿠토 같은 마물을 데리고 다닐 수 있게 해주는 '종마' 등록을 해야 한다. 할 일이 태산처럼 있는 것이다.

"하지만 이래선 내 마음이 편하지 않은데……."

"그럼 앞으로 가르간 상회에 파는 말은 좋은 녀석으로 엄선해주세요. 그럼 우리는 이만 실례하죠."

귀찮아서 대화도 대충 끝내고 집을 나서보니, 마을 사람 몇 명이 입구에 서 있었다.

마지막으로 불평이라도 하려 왔나 했더니, 리스에게 치료를 받은 전직 모험가도 있었다. 우리를 본 그가 웃으면서 다가오는 걸 보면, 불평을 하러 온 것 같지는 않았다.

"역시 일찍 출발하나 보구나. 늦지 않아서 다행이군."

"의뢰를 달성했고, 이 녀석을 위해 여러모로 준비할 게 있거든요."

"멍!"

"그렇구나. 너희는 마을을 구해준 영웅인데, 어제는 마을 사람들이 실례를 범했지. 평소에는 그런 소리를 할 사람들이 아닌데, 소중한 말을 잃은 바람에……."

"마을 사람들에게 있어 말을 그만큼 소중한 존재이고, 그걸 잃어버린 심정은 이해하니 딱히 원망은 하지 않아요. 그리고 나는 이 녀석과 재회한 것만으로도 만족하거든요."

"의뢰를 맡은 사람이 너희 같은 모험가라 다행이야. 그것보다, 치료비 말인데……."

"무사히 회복된 모습을 본 것만으로도 저는 충분해요. 그 돈으로 새 방어구라도 사서 이 마을을 지켜주세요."

리스가 부드러운 미소를 짓자, 말문이 막힌 그 남자는 분하다는 듯이 머리를 긁적였다.

"젠장…… 정말 기특한 아가씨인걸. 엘리시온에는 푸른 성녀라고 불리는 사람이 있다던데, 아가씨와 비슷한 사람일 것 같아."

"아, 아하하……."

그 성녀가 바로 저예요, 하고 말할 수도 없기에, 리스는 메마른 웃음을 흘리기만 했다.

우리는 마지막으로 마을 사람들에게 고맙다는 말을 들은 후, 조금은 가벼워진 마음으로 고트 마을을 떠났다.

그리고 우리는 엘리시온으로 돌아왔지만…… 그때부터 정말 난리도 아니었다.

우선 거대한 늑대를 데리고 온 바람에 방벽에 근무하는 병사에게 심문을 당해야 했다.

호쿠토는 내 종마이며 이제부터 등록을 하러 갈 거라고 말했지만, 호쿠토가 위험하지 않은지 계속 의심했다. 결국 나는 문 앞에서 호쿠토가 얼마나 내 말을 잘 듣는지 보여줘야 했다.

손을 내미는 것부터 시작해서, 다양한 장기를 선보였고, 마지막에는 호쿠토가 크게 벌린 입에 나와 레우스가 머리를 집어넣었다. 그런 곡예 같은 짓까지 하고서야 겨우 병사들은 납득했다.

심사를 받기 위해 기다리던 사람들이 진짜로 곡예라고 생각하며 우리에게 돈을 주기도 했다.

우리는 마을에 들어섰지만, 호쿠토가 당당히 마을 안을 걸었다간 소동이 일어날 가능성이 있었다.

그래서 어떻게 할지 고민하고 있을 때, 에밀리아가 손뼉을 치며 이런 제안을 했다.

"호쿠토 씨의 등에 시리우스 님이 탄다면, 사람들이 말 같은 걸로 여겨서 소동이 일어나지 않을지도 몰라요."

그 말을 듣고 시도해본 결과…… 예상은 크게 빗나갔다.

도망치는 사람은 없었지만, 호기심 어린 시선이 몰린 탓에 다른 의미에서 소동이 일어나고 말았다. 역시 엘리시온에는 호기심이 왕성한 사람이 많은 것 같았다.

게다가 늑대 수인은 고개까지 숙여댔기에, 호쿠토가 진짜로 대단한 존재라는 걸 실감할 수 있었다.

거의 소규모 퍼레이드가 벌어진 가운데, 남매는 가슴을 당당히 편 채 걷고 있었고, 리스는 부끄러워하듯 뒤편에서 따라오고 있었다.

결국 나는 모험가 길드에 도착할 때까지 호기심 어린 시선을 계속 받아야만 했다.

길드 건물은 크지만, 호쿠토를 함부로 안에 들일 수는 없었기에 밖에 있는 종마 전용 오두막에 호쿠토에게 대기하게 했다. 그리고 우리는 건물 안에 들어가서 의뢰 달성 보고를 마쳤다.

그리고 호쿠토에 대해서도 보고를 하고, 종마 등록을 하고 싶다는 뜻을 전했다.

"확실히 여러모로 문제가 있는 대응이었네. 길드 전체의 문제이기도 하니까, 그 마을에 주의를 주라고 길드 측에 알려둘게."

"부탁할게요. 하지만 피해가 상당하니 적당한 선에서 마쳐주세요."

이번 일로 마을 전체가 반성하면 좋겠다는 생각이 들었다. 뭐, 그러지 못한다면 그 마을은 오래 가지 못할 것이다.

아무튼 이걸로 드디어 의뢰를 마쳤다.

"그건 그렇고, 시리우스 군에게 이 의뢰를 맡기기 잘했네. 헝그리비어 무리일 줄 모르고 신인들에게 의뢰를 맡겼다간 살아서 돌아오지 못했을지도 몰라."

"저는 고맙게 생각하고 있어요. 덕분에 그 녀석과 재회했으니까요."

"그 녀석이라면, 아까 말한 늑대 말이지? 어떤 애인지는 모르겠지만, 이대로 종마 등록을 할 테니까 데리고 와줘."

"시리우스 님. 호쿠토 씨를 불러올게요."

"그럴 필요 없어. 그 녀석은 부르면 올 거야."

나는 입구로 향하려는 에밀리아를 말린 후, 손가락으로 휘파람을 불러서 호쿠토를 불렀다.

주위 사람들의 시선을 모은 가운데, 건물 밖이 약간 시끌벅적해지더니 문이 열리면서 호쿠토가 모습을 드러냈다.

문이 부서지지 않도록 조심해서 안으로 들어온 호쿠토는 사람들을 경계하지 않으며 천천히 걸어오더니, 내 앞에 앉았다.

하지만…… 나는 호쿠토에게 한 마디 할 수밖에 없었다.

"호쿠토. 그 액세서리는 뭐야?"

어찌 된 영문인지 호쿠토의 목에는 로프가 걸려 있었으며, 남자 셋이 그 로프를 잡고 있었다.

호쿠토는 이 상황에서도 로프를 열심히 잡아당기고 있는 남자들을 귀찮다는 듯이 쳐다본 후, 남매에게 통역을 해달라는 듯이 짖었다.

"으음…… 밖에서 자고 있는데, 느닷없이 로프가 목에 걸렸대."

"혹시 호쿠토 씨를 훔치려고 한 걸까요?"

"하아…… 하아…… 아냐! 이 녀석은 우리가 잡은 마물이야. 도망친 녀석을 겨우 발견했다고!"

"헛소리 하지 마! 호쿠토 씨는 형님 거야!"

"시끄러워! 어이, 이쪽으로 와!"

"……아직 종마 등록을 안 해서 제 거라는 걸 증명할 수가 없는데, 이런 상황에서는 어떻게 해야 하죠?"

여성 직원은 호쿠토가 이렇게 클 줄 몰랐는지 약간 얼이 나간 것 같았다. 하지만 내 말을 듣고 정신을 차리더니, 종마 담당자를 불렀다.

"으음, 종마로 삼기 위해서는 주인을 따라야만 하니, 그런 모습을 보여주면……."

"즉, 잘 따른다는 게 한 눈에 드러나면 되는 거군요. 그런데 종마한테도 정당방위가 성립하나요?"

"……주위 사람들이 봐서 누가 잘못했는지 명백하면 인정돼."

"호쿠토, 처리해."

호쿠토는 내 지시를 듣더니, 앞발을 치켜들어서 남자들을 바닥에 내리꽂았다. 바닥이 부서지지 않고, 상대만 기절시키는 멋진 솜씨를 선보인 것이다.

그리고 내 몸에 얼굴을 비비며 어리광을 부렸으니, 주인이 누구인지는 말할 필요도 없을 것이다.

"주인이 누구인지는 명백한 것 같네. 그럼 담당자가 올 때까지 이 서류를 작성해줘."

길드 직원들도 호쿠토를 보고 놀랐지만, 난폭한 사람이 많은 모험가들이 모이는 곳에서 일해서 그런지 금방 다시 업무를 시작했다.

호쿠토가 기절시킨 남자들이 상주하고 있는 길드 경비원이 옮겨지는 가운데, 나는 서류 작성을 마쳤다.

호쿠토의 종마 등록은 금방 끝났다.

종마 담당 교관의 테스트는 마물이 주인의 명령을 얼마나 충실하게 수행하는지를 평가하는 것이었으며, 호쿠토는 내 말을 완전하게 이해하는 것이다.

내가 던진 물건을 물어오는 시험 때는 남매가 난입한다는 사태가 벌어졌지만, 교관은 전혀 개의치 않으며 종마 등록을 허가해줬다.

그리고 종마라는 사실을 증명해주는 마법진이 그려진 조그마한 플레이트 같은 것을 받았다.

마을 안에서는 이 플레이트가 잘 보이도록 종마의 몸에 걸어둬야만 한다고 했기에, 일단 펜던트 느낌으로 호쿠토의 목에 걸어줬다.

나중에 호쿠토의 목줄을 만들 테니, 이 플레이트도 그 목줄에 달아야겠다.

이렇게 길드에서의 일을 마친 우리는 가르간 상회로 향했다.

마차를 호쿠토에게 맞춰 조절해달라고 부탁하러 갔는데, 잭과 상회 사람들은 호쿠토를 보더니 화들짝 놀랐지만 곧 냉정을 되찾았다.

그리고 마차가 놓여 있는 창고에 가보니, 그 마차를 처음 본 레우스가 눈을 반짝였다.

"오오! 이게 형님이 설계한 마차구나!"

"여러 가지 기능이 들어 있으니까, 여행이 편해질 거야."

내가 설계한 마차는 겉만 보면 하급 귀족이 탈법한 금속제 마차다.

하지만 가혹한 여행에 견딜 수 있도록 이 마차에는 다양한 기능을 추가했다.

우선 달릴 때 중요한 차륜은 튼튼한 그라비라이트 재질이며, 레우스가 있는 힘껏 때려도 부서지지 않을 만큼 튼튼하다.

연결 부분 같은 중요한 부분에도 같은 금속이 쓰였으며, 곳곳에는 마력이 잘 통하는 미스릴도 쓰였다. 마력을 흘려 넣으면 마차 전체를 튼튼하게 만드는 마법진도 그려뒀다.

아마 '플레임 랜스' 정도라면 손쉽게 막아낼 수 있을 것이다.

마차 앞뒤에도 셔터식 문이 달려 있으며, 마차 전체의 진동을 억누르는 서스펜션을 만드는 법을 잭에게 가르쳐줘서 이 마차에 사용했다.

이 세계의 마차는 심하게 흔들리니, 이걸로 탑승감이 쾌적해질 것이다.

도난 방지 기능도 갖춰져 있으며, 내가 아는 모든 기술을 다

투입한 이 세상에서 유일한 마차다.

　아니, 이제 마차라기보다 전생의 캠핑카에 가까울지도 모른다.

　그 대신, 희소한 광석을 대량으로 사용했기 때문에 제작비가 엄청 들었다.

　도저히 한 번에 다 낼 수 없을 금액이었지만, 잭이 가르간 상회의 시제품으로써 비용을 대부분 부담해줬기에, 나는 전 재산 중 절반만 넘겨주면 됐다.

　"농담 삼아 말했던 기능도 전부 들어갔어. 아마 이 세상에서 가장 튼튼하고 비싼 마차일 거야. 이런 걸 내가 받아도 되겠어?"

　"나리가 가르쳐준 다양한 상품 덕분에 잔뜩 벌었으니까요. 사양마십쇼. 그릭 이 서스펜션이라는 기술은 혁명임다! 이게 퍼져나가면, 귀족들로부터 주문이 쇄도할 검다!"

　"뭐, 그건 알아서 해. 그런데 호쿠토? 하니스가 조이진 않아?"

　마차와 말을 연결하는 하니스(마차 또는 우마차와 말을 이어주는 끈)를 조절해 호쿠토 전용의 연결구를 만들었다.

　가능한 한 움직임을 속박하지 않도록 신경을 썼으며, 호쿠토는 괜찮다는 듯이 울음소리를 냈다.

　이 하니스는 호쿠토 스스로도 풀 수 있게 되어 있으며, 여차할 때는 순식간에 마차를 떼어내고 싸울 수 있도록 해뒀다.

　그리고 위험한 상황에 처하면 주저 없이 마차를 버리라고 호쿠토에게 말했다. 아무리 비싼 마차라도, 호쿠토가 더 소중하니까 말이다.

"평범한 말이라면 끌지 못하겠지만, 이 애라면 괜찮을 것 같습다."

"아무튼 한 번 달려보자."

이 마차의 결점은 제작 공정이 복잡하고 비용이 많이 든다는 점, 그리고…… 마차 자체의 무게가 엄청나다는 것이다.

그라비라이트는 튼튼하지만, 그만큼 무겁다. 그런 그라비라이트를 아낌없이 사용했으니, 이 마차는 평범한 마차보다 몇 배는 무거웠다.

하지만 내가 발견한 무게 경감 마법진을 그려뒀으니, 체감상의 무게는 평균적인 마차와 별반 다르지 않을 것이다. 때로는 무게가 필요할 때도 있을지도 모르니, 마력 공급을 중단하면 원래 무게로 되돌릴 수 있다.

이것은 디에게 받은 매우 가벼운 검의 비밀을 해명하다 찾아낸 마법진이며, 대기에서 자연적으로 마력을 흡수한 후, 마법진이 그려진 무기물을 가볍게 만든다. 참고로 학교장에게도 보고했으니, 언젠가는 이 세계에 널리 퍼질지도 모른다.

마지막으로 마차를 밖으로 꺼내 끌게 해보니, 호쿠토는 별 무리 없이 끌었다.

그리고 마력 공급을 중단해서 원래 무게로 되돌린 상태에서도 끌게 해봤다. 말 대여섯 마리가 겨우 끌 수 있을 정도로 무거운 마차를 호쿠토는 아무렇지도 않게 끌었다. 상상했던 것보다 훨씬 믿음직한 파트너였다.

이렇게 준비를 마친 날로부터…… 이틀 후.

날짜가 늦어지기는 했지만 동료가 불어난 우리는 드디어 여행을 떠나기로 했다.

그리고 이른 아침에 가르간 상회에 모인 수많은 사람들에게 배웅을 받았다.

배웅을 와준 대부분의 이들이 호쿠토를 보고 놀라는 가운데, 남매는 학교 지인과 마을에서 알게 된 이들과 악수를 나눴다. 에밀리아에게 마음이 있던 학생이나, 레우스의 친구(부하)가 목 놓아 울어대는 바람에 약간 질리기도 했다.

변장을 하고 나타난 리펠 공주는 리스를 꼭 끌어안으면서 작별 인사를 했다.

"문제가 생기면 혼자 끙끙 앓지 말고 동료들과 상의하렴."

"예. 언니도 그렇게 해요. 세니아와 멜트 씨와 함께 힘내세요."

"후후, 말 주변이 늘었는걸. 그럼 마음껏 여행을 하고 와. 그리고 다들, 리스를 잘 부탁해. 아, 물론 호쿠토도 잘 부탁해."

리스에게서 떨어진 리펠 공주는 마차 앞에서 대기하고 잇는 호쿠토를 끌어안으며 볼을 비볐다.

"아아…… 이 감촉은 정말 최고야! 리스도, 호쿠토도, 시리우스 군도, 전부 멀리 가버린다니, 정말 슬퍼……."

이 사람은 프로 시종인 세니아조차 경계하게 했던 호쿠토가 무해하다는 걸 한눈에 꿰뚫어 보았고, 소개를 받자마자 호쿠토의 머리를 쓰다듬었다. 그리고 지금은 힘껏 끌어안고 있었다.

"아가씨, 이제 그만 하시죠. 리스 님, 저는 항상 당신의 행복을 기원하고 있겠습니다."

"나도 그럴 거야. 공…… 아가씨는 내가 목숨을 걸고 지킬 테니 안심해."

"세니아도 멜트 씨도 고마워. 언니를 잘 부탁해."

그리고 리펠 공주의 시종 두 사람이 작별 인사를 하는 가운데, 나는 마크와 악수를 나눴다.

"네 실력이라면 걱정할 필요는 없겠지만, 무사히 여행을 마치길 기원할게."

"고마워. 마크도 리펠 공주 때문에 고생이 많겠지만 힘내."

"걱정하지 마. 다음에는 그 누구보다 크게 성장한 내 모습을 보여주지. 그럼 또 만나자, 시리우스 군."

"그래!"

자연스러운 미소를 짓고 있는 마크와 악수를 나눈 후, 나는 마지막으로 변장을 한 로드벨과 악수를 나눴다.

"시리우스 군. 당신은 제가 아는 이들 중에서 가장 가르칠 맛이 나는 사람이었어요. 학교장으로서 이러면 안 된다고 생각하지만, 당신과는 선생과 제자가 아니라 대등한 동지 같은 사이라 느껴져서 정말 즐거웠죠."

"여러모로 건방진 학생이라 죄송했습니다. 하지만…… 저도 당신과 함께 하며 즐거웠어요. 많은 걸 가르쳐주셔서 정말 감사합니다."

"예. 인연이 있다면 또 만나죠……."

전원과 작별 인사를 나눴을 즈음, 호쿠토는 혼자서 마차의 하니스를 몸에 걸쳤다. 마차를 끌 준비를 마친 것이다.

이제 내가 명령만 내리면 된다.

"……호쿠토, 출발하자!"

내가 명령을 내리자, 호쿠토는 대답을 하듯 울음소리를 내며 걸음을 옮겼다.

우리는 가르간 상회 앞에서 우리를 배웅하고 있는 이들이 보이지 않을 때까지 계속 손을 흔들었다.

엘리시온을 둘러싼 방벽을 빠져나간 우리는 이곳에 올 때 지났던 길을 따라 나아갔다.

한동안 보지 못할 그 방벽을 쳐다보며, 우리는 다음 목적지를 마차 안에서 확인했다.

"우선 에리나 씨의 성묘를 한 다음, 언니가 사는 마을로 가는 거죠?"

"빨리 안 가면 노엘 누나가 화낼 거야."

"그래도 호쿠토를 만나서 다행이잖아."

"그건 그래. 그래도 노엘이 화낼 게 뻔하니, 좀 속도를 높이도록 할까. 호쿠토, 부탁해."

"멍!"

오늘 아침에 내가 매준 붉은 목줄이 빛을 받아 반사하는 가운데, 호쿠토는 자기만 믿으라는 듯이 울음소리를 냈다.

조금 속도를 높인 호쿠토가 끄는 마차가 일반적인 마차의 곱절은 될 듯한 속도로 길을 나아갔다.

이렇게…… 우리의 여행은 시작됐다.

《진정한 가족》

우리를 태운 마차는 노엘 일행과 헤어진 마을, 아르메스트를 향해 달렸다.

호쿠토 덕분에 평범한 마차보다 훨씬 빠르게 달리고 있는 이 마차는 당연하게도 꽤나 흔들렸다.

하지만 서스펜션 덕분에 흔들림은 꽤나 경감되었기에, 마차 안에 있는 우리는 꽤 쾌적했다.

"이렇게 빠른데 엉덩이가 안 아파. 정말 신기하네."

"시리우스 님이 신경 써서 만든 마차니까요. 귀족뿐만 아니라 왕족 분들이 타도 될 만큼 멋진 마차예요."

마차 안에는 부드러운 소재로 만든 매트가 깔려 있기에, 잠도 잘 수 있다.

그리고 원래 엘리시온에서 아르메스트까지는 마차로 나흘 정도 걸리지만, 이 속도라면 사흘 안에 도착할 수 있을 것 같았다.

에밀리아와 리스가 느긋하게 경치를 쳐다보는 가운데, 나와 레우스는 마차 지붕에 올라가서 훈련을 하고 있었다.

"밸런스 감각은 중요하거든. 우선 여기서 물구나무서기를 해 보자."

"좋아. 나도…… 어, 어어…… 우와아아아아——!"

레우스는 마차 지붕에서 물구나무서기에 성공했지만, 도중에 돌을 밟은 마차가 크게 흔들리는 바람에 레우스는 마차에서 떨어졌다.

그는 비명을 지르면서 바닥을 굴렀지만, 낙법을 제대로 했으니 아마 괜찮을 것이다.

마을 밖인데도 긴장감이 부족한 것 같지만, 마물은 호쿠토를 두려워하는 건지 거의 나타나지 않았다. 그리고 도적도 마차의 속도에 따라오지 못하니 어쩔 수 없을지도 모른다.

뭐…… 어디서든 우리는 우리답게 살아가고 있었다.

이렇게 마차를 몰며 사흘을 달려간 후…… 드디어 아르메스트가 보이기 시작했지만, 우리는 도중에 길에서 벗어났다. 그리고 우리가 예전에 살던 저택으로 향했다.

식량도 충분히 남아 있고, 저택의 위치로 볼 때 아르메스트에 들르지 않고 바로 향하는 편이 가깝다.

그리고 꾸불꾸불한 언덕길을 나아가자, 우리는 내가 태어났던 저택에 도착했다.

마차에서 내려 저택을 보니, 엄마와 함께 살았던 그리운 나날이 떠올랐다. 아직 이곳을 떠나고 5년도 지나지 않았는데, 왜 이렇게 그립게 느껴지는 걸까?

하지만…… 엄마나 노엘이 없는 저택은 빈껍데기 같았다.

저택에서 눈을 뗀 내가 제자들을 살펴보니, 남매는 나와 마찬가지로 저택을 올려다보고 있었다.

"저와 레우스는 2년 밖에 살지 않았지만, 마치 집에 돌아온 것 같은 느낌이 들어요."

"맞아. 내가 처음으로 형님을 본 곳도 여기잖아."

숲에서 발견했을 때 레우스는 기절해 있었으니, 나를 확실히 본 건 이 저택에서였다.

처음 주웠을 때는 건방지기 그지없었지만, 지금은 대검을 가볍게 휘두르는 어엿한 검사로 성장했다. 그런 레우스를 보니 세월이 흘렀다는 걸 실감할 수 있었다. 우리 중에서도 가장 성장한 사람은 레우스일 것이다.

"당시의 레우스는 시리우스 님의 손을 물었죠. 지금 생각해보니 정말 송구하기 그지없는 짓을 했군요."

"그런 일도 있었구나. 지금의 레우스를 보면 상상이 안 돼."

"누나, 그만해! 당시의 나는 아무것도 모르는 바보였다고⋯⋯."

"레우스, 너는 에밀리아를 지키려고 필사적이었던 것뿐이야. 그러니 바보가 아냐."

"그, 그래?! 고마워, 형님!"

순식간에 기운을 찾은 레우스를 보며 쓴웃음을 지은 내가 호쿠토에게 마차를 저택 옆에 세우라는 지시를 내렸다. 엄마가 잠든 꽃밭은 산속에 있으니, 마차를 타고 갈 수 없다.

마차를 이동시키는 사이에 저택을 둘러본 나는 불현듯 위화감을 느꼈다.

우리가 떠나고 5년이나 지났는데, 저택은 잘 정비되어 있었다.

특히 안뜰의 나무와 잔디는 매일같이 손질을 하지 않으면 유지가 되지 않을 만큼 잘 정비되어 있었다. 누군가가 여기서 살고 있는 게 틀림없어 보였다.

마을에서 꽤 떨어져 있어서 생활하기 불편한 이 저택에서 사는 인물이 누구인지 궁금해 하고 있을 때, 현관문이 열리더니 한 남자가 모습을 드러냈다.

예순은 넘은 듯한 그 남자는 집사가 입을 법한 연미복을 입었으며, 시종으로서 뛰어난 실력을 갖췄던 엄마와 비슷한 분위기를 지니고 있었다.

"이런 곳에 무슨 일로 오신 겁니까? 이곳이 드리아누스 가문이 소유한 저택이라는 걸 알면서 방문한 겁니까?"

온화한 미소를 짓고 있지만, 여차하면 실력행사를 불사하겠다는 분위기가 감도는 사람이다.

하지만 내가 버린 성인 드리아누스를 언급하는 걸 보면, 그 가문의 관계자가 틀림없는 것 같았다.

하지만 나는 드리아누스 가문에 흥미는 없기에, 이곳을 찾은 목적을 설명하고 바로 돌아가기로 했다.

"압니다. 하지만 저희는 이 저택이 아니라 저택 뒤편에 있는 산에 볼일이 있죠."

"산? 도적으로는 보이지 않습니다만…… 아무튼, 빨리 이곳을 떠나는 편이 좋을 겁니다."

"늦어도 오후에는 떠날 겁니다. 죄송합니다만, 저곳에 저희의 마차를 두고 가도 될까요?"

아직 아침이니, 성묘를 하고 마차를 서둘러 몬다면 저녁때는 아르메스트에 도착할 것이다.

내 입에서 오후라는 말이 나오자, 집사는 하늘을 한 번 올려다 보며 잠시 생각에 잠긴 후, 고개를 끄덕였다.

"……좋습니다. 마차를 두고 가는 건 괜찮습니다만, 오후에는 꼭 돌아가 주십시오. 아셨죠?"

나이가 지긋한 집사는 차가운 어조로 그렇게 말하더니, 저택 안으로 들어가서 문을 닫았다.

나는 드리아누스라는 이름을 버렸으니, 이 저택에 들어갈 자격이 없다.

나는 이미 마음속으로 정리를 했지만, 남매는 아직 신경이 쓰이는지 한숨을 내쉬며 가라앉은 표정을 지었다.

"저 저택에는 이제 들어갈 수 없는 거군요. 알고는 있었지 만…… 역시 슬퍼요."

"나도 마찬가지야, 누나. 저 안뜰의 구석은 햇빛이 잘 들어서 엄청 마음에 들었거든."

"……미안해. 하지만 그 남자와 완전히 연을 끊지 않으면 여러모로 성가신 일이 벌어질 것 같거든."

"시리우스 님은 아무 잘못 없으세요."

"그래! 전부 그 남자가 나빠!"

"복잡한 이야기……인 것 같네. 하지만 시리우스 씨가 길을 잘못 고를 리가 없다고 생각해. 왜냐면 시리우스 씨에게 구원받은 사람이 있잖아."

확실히 발드미르…… 혈연상의 내 아버지가 없었다면 나는 이 세상에 태어나지 못했을지도 모른다. 하지만 아리아 엄마의 가문을 박살 내고, 에리나 엄마까지 괴롭힌 그 죄 많은 자를 아버지라고 부를 생각은 추호도 없다.

리스는 남매에게서 자초지종을 들었기에 복잡한 표정을 짓고 있었지만, 결국 나를 위로하듯 미소를 지었다.

조금 기분이 풀린 나는 남매의 머리를 쓰다듬어준 후, 저택 옆에 세워둔 마차 안으로 들어갔다.

"시리우스 님. 이 마차를 두고 가도 될까요?"

"아까 그 사람이 훔칠 것 같지는 않지만, 이대로 두고 가는 건 위험하지 않을까?"

"그런 걱정은 안 해도 돼. 마차에는 도난 방지 기능이 있거든."

마차의 어느 부분에 마력을 흘려 넣으면, 마법진에 의한 무게 경감이 해제되면서 마차는 원래 무게로 되돌아간다. 그리고 바퀴를 고정하는 사이드 브레이크 같은 기능도 달려 있다.

마지막으로 앞뒤에 있는 입구에 달린 셔터를 내리고 열쇠로 잠그면, 쉽게는 이 마차를 훔쳐갈 수 없다.

그라비라이트제 마차는 이동식 셸터에 가까우며, 아마 내 '안티머테리얼' 급의 위력이 아니면 파괴할 수 없을 것이다.

게다가 특수한 마력을 뿜게 해뒀기 때문에, 만에 하나 누군가가 훔쳐가더라도 내 '서치'로 찾을 수 있다.

"……마지막으로 전용 쐐기를 괴어두면, 당기는 것보다 들어 올리는 편이 차라리 나을 거야."

"크……으윽…… 형님, 정말 대단해. 진짜로 꿈쩍도 안 하잖아!"

이렇게까지 했는데 훔쳐가는 이가 있다면 칭찬을 해주고 싶을 것이다.

뭐, 나중에 범인을 찾아내서 대가를 치르게 해주겠지만 말이다.

준비를 마친 후, 우리는 필요한 물건만 들고 산에 들어갔다.

나에게 있어 이 주변의 산은 앞마당이나 다름없으며, 어디에 있어도 방향을 파악할 수 있다.

그건 남매도 마찬가지이며, 우리는 길 없는 길을 막힘없이 나아가면서 이야기꽃을 피웠다.

"반갑네. 이 근처에 있는 걸 잘못 먹었다간 배탈이 났었잖아."

"리스, 저 나무에 달린 열매는 먹으면 안 돼요. 독이 들어 있거든요. 제가 저걸 먹고 정말 큰일 날 뻔했었다니까요."

이 저택에 온지 얼마 되지 않았던 시절의 남매는 세상물정에 어두웠다. 그리고 굶주림 때문에 고생한 적이 많아서 그런지, 제대로 확인해보지도 않고 버섯이나 나무 열매를 먹었다가 식중독에 걸린 적도 있었다.

그때는 빨리 토하게 하거나 약을 준비하느라 정말 난리도 아니었다.

정말 한심한 일이기는 하지만, 그런 경험 덕분에 남매의 서바이벌 능력은 매우 좋아졌다.

과거의 고생을 떠올리고 있을 때, 내가 얼마나 고생했을지 짐작이 된 리스가 쓴웃음을 지으며 내 어깨에 손을 얹었다. 그리고 호쿠토 또한 나를 위로하듯 내 몸에 자신의 머리를 비볐다.

"……고생이 많았구나."

"크응…….."

"응…… 정말 힘들었어."

이 남매는 때때로 폭주를 하니, 리스 또한 두 사람의 그런 면을 잘 아는 것 같았다. 동지가 있으니 왠지 기뻤다.

"그것 말고도 고블린들을 몇 번이나 전멸시켰잖아."

"시리우스 님이 마법으로 고블린 무리를 쓸어버리는 광경은 정말 멋졌어요."

"당시의 나는 새로운 마법을 쓸 수 있게 되어서 좀 들떴던 것 같아."

'서치'로 고블린을 찾으며 숲을 뛰어다녔다. 그리고 발견한 고블린을 남매의 전투 훈련 상대, 혹은 새로운 마법의 실험대 삼아 전멸시켰던 것이다.

고블린을 너무 해치우고 다닌 나머지, 마을의 길드에 '고블린 감소의 원인 조사'……라는 의뢰서가 붙었다는 이야기를 딘한테서 들었다.

"그런 시절부터 난리법석을 피웠구나. 왠지 상상이 돼."

리스가 어이없다는 듯한 말투로 딴죽을 날리는 가운데, 우리는 익숙한 산길을 나아갔다.

"우와아…… 대단해."

그리고 엄마가 잠든 꽃밭에 도착하자, 리스는 탄성을 터뜨렸다.

5년이나 흘렀으니 경치가 변해도 이상할 게 없지만, 주위에 꽃이 흐드러지게 피어 있었으며, 한가운데에 심어진 커다란 나무 또한 여전했다.

"여기가 변함없어서 다행이야. 호쿠토와 재회한 곳도 좋았지만, 여기도 괜찮은 장소지?"

"응. 거기가 밤의 낙원이라면, 여기는 낮의 낙원이네."

"저기 보이는 나무 밑에 에리나 씨의 무덤이 있어. 빨리 가자, 리스 누나!"

"빨리 에리나 씨에게 리스를 소개하고 싶어요."

남매는 리스의 손을 잡아끌며 달렸다.

딱히 달릴 필요는 없지만, 이곳에서 처음으로 프리스비를 했기 때문이라, 무의식적으로 뛰고 싶어지는 걸지도 모른다.

리스는 당황하면서도 미소를 지으며 남매에게 끌려갔다.

"우리도 가자. 이 세계에서 생긴 엄마에게 너도 소개하고 싶어."

"멍!"

내 전생을 아는 호쿠토에게 엄마를 소개하는 게 좀 멋쩍었지만, 나는 호쿠토를 데리고 세 사람의 뒤를 쫓았다.

5년이라 지나서 그런지 묘비가 꽤 더러워졌기에, 우리는 우선 청소부터 했다.

묘비에 감긴 덩굴을 떼어내고, 천으로 깨끗하게 닦은 후, 마지막으로 챙겨온 와인을 한 잔 올렸다. 그리고 우리는 묘 앞에 앉아서 엄마에게 보고를 했다.

"오래간만이야…… 엄마. 그 후로 5년이나 흘렀지만, 보다시

피 나는 잘 지내고 있어."

나는 자리에서 일어선 후, 자신의 모습을 보여주려는 것처럼 손을 펼쳤다.

나도 열여섯 살이 되었으니, 5년 전에 비해 키도 컸고, 외모도 어른스러워졌으며, 어엿한 모험가 또한 되었다.

누군가가 시켜서 그러는 게 아니다.

아리아 엄마의 유언대로, 나는 자신이 믿는 길을 나아가며 살고 있는 것이다.

"그리고…… 이걸 봐. 엘리시온의 차기 여왕한테서 이런 걸 받았어. 왕족이 직접 나를 스카우트하려고 했다고."

현재 나는 리펠 공주에게 받은 근위 기사의 증표인 망토를 걸치고 있다.

평소 꽤 눈에 띄기 때문에 마차에 넣어두지만, 엄마에게 보여주려고 가져온 것이다.

그대로 학교에서의 일을 얼추 보고한 후, 나는 한 걸음 물러서며 다른 세 사람에게 자리를 양보했다.

"오래간만이에요, 에리나 씨. 학교에서의 일은 시리우스 님께서 보고하셨으니, 저는 딱 하나만 보고할게요. 당신이 가르쳐준 것을 가슴에 품고, 저는 열심히 살아가고 있어요. 그러니…… 하늘에서 지켜봐 주세요."

에밀리아에게 있어 엄마는 시종으로서의 길을 가르쳐준 스승이자, 자신에게 사랑을 쏟아부어준 어머니이기도 했다.

시종 교육 이외의 순간에 보여주던 두 사람의 오붓한 모습은 마치 부모자식 같았다.

마지막으로 나와 마찬가지로 성장한 모습을 보여준 후, 이번에는 레우스가 앞으로 나섰다.

"에리나 씨. 나는 그때부터 음식을 꼭꼭 씹어 먹어. 존댓말은 아직 익숙하지 않지만, 높은 사람들 앞에서는 조심해."

레우스는 엄마를 정말 좋아했다.

나보다 먼저 엄마를 따랐으며, 몇 번이나 어리광을 부렸다. 그리고 그때마다 엄마는 레우스의 머리를 쓰다듬어줬다.

레우스 다음으로 앞에 나선 리스는 무덤 앞에 서더니 깊이 고개를 숙였다.

"처음 뵙겠습니다, 에리나 씨. 저는 시리우스 씨의 제자인 페어리스라고 해요. 항상 다른 분들에게 신세를 지고 있어요."

리스가 약간 긴장한 표정으로 자기소개를 마치자, 에밀리아는 그녀의 어깨에 손을 얹으며 미소를 지었다.

"그녀는 제 첫 친구예요. 그리고 장래에 시리우스 님의 버팀목이 되어줄 반려……."

"잠, 잠깐만?! 이런데서 무슨 소리를 하는 거야?!"

"리스 누나는 엄청 상냥해. 지금은 우리의 가족 같은 존재야."

리스는 에밀리아가 느닷없이 한 말을 듣고 얼굴을 새빨갛게 붉혔다. 하지만 에밀리아는 개의치 않으며 보고를 계속했다.

그리고 레우스도 끼어들면서 리스를 칭찬했다. 그 칭찬 세례를 받은 리스가 결국 남매를 잡아끌면서 무덤 앞에서 도망쳤다.

좀 떨어진 곳에서 나누고 있는 세 사람의 대화가 좀 길어질 듯

하니, 다음 차례로 넘어가야겠다.

"그리고 마지막은 호쿠토야. 내…… 엄마가 모르는 시절부터의 내 파트너지."

"멍!"

엄마는 호쿠토를 보면 어떤 반응을 보일까?

어쩌면 태연하게 대처하면서 내 편인지 아닌지 파악할지도 모른다. 나에게 해를 끼칠 상대에게는 인정사정없지만, 내 편인 이에게는 상냥한 사람이니까 말이다.

"……이런저런 일이 있기는 했지만, 우리는 무사히 학교를 졸업했어. 믿음직한 동료도 늘었고, 이제부터 세계를 돌아볼 테니까 한동안은 만나지 못할 거야."

적어도 몇 년 동안은 돌아오지 못할 거라고 생각하지만, 그 때 나는 대체 어떻게 되어 있을까.

뭐, 미래에 대해 생각해봤자 아무 소용없다.

이렇게 엄마에게 보고를 마친 후, 무덤에 와인을 뿌린 우리는 마지막으로 인사를 건넸다.

"그럼…… 다녀올게."

『……잘 다녀오렴.』

방금 그건 환청……일 거라고 생각한다.

하지만 엄마는 항상 상냥한 미소를 지으며 우리를 지켜봐 주고…… 있는 듯한 생각이 들었다.

"거기서 프리스비가 하고 싶었는데……."

저택으로 돌아가던 도중에 아쉬운 듯이 뒤를 돌아본 레우스가 그렇게 중얼거리자, 프리스비라는 단어에 반응한 에밀리아와 호쿠토가 꼬리를 쫑긋 세웠다.

"저도 프리스비가 하고 싶어요."

"크응……."

"그 사람이 빨리 돌아가라고 했으니, 이번에는 포기하자."

"언제가 될지는 모르지만, 다음에는 노엘과 디도 데리고 와서 느긋하게 시간을 보내는 거야. 도시락도 싸와서 다 같이 프리스비를 하자고."

내가 그런 제안을 하자, 남매와 호쿠토는 꼬리를 흔들면서 기뻐했다.

그렇다. 노엘과 디의 아이도 빠뜨리면 안 될 것이다. 아무래도 다음 성묘는 왁자지껄할 것 같았다.

우리는 좀 서둘러서 산을 내려갔기에, 예상보다 일찍 저택에 도착했다.

집사가 말했던 시간이 되려면 아직 멀었지만, 빨리 사라져주기를 바라는 것 같았기에 나는 인사라도 건네고 철수할 생각으로 저택에 다가갔다.

"저기, 형님. 그 할아버지는 에리나 씨나 형님의 어머니에게 심한 짓을 한 남자의 관계자지? 일전에 보니 우리한테는 관심도 없는 것 같던데, 그냥 가버리면 되지 않을까?"

"그래도 예의는 지켜야지. 게다가 그 집사가 이 저택을 손질하고 있는 걸지도 모르잖아."

이 저택을 떠나고 5년이 지났지만, 노엘과 디가 기르던 나무와 꽃이 멀쩡한 것은 손질해주는 이가 있기 때문일 것이다.

그 점에 대해 물어보고 싶지만, 우리에게 빨리 돌아가라고 한 걸 보면 우리가 여기에 있으면 안 되는 이유가 있는 것 같았다.

하다못해 말 한 마디라도 전할까 싶어서 내가 저택의 문에 다가간 순간…… 마을로 이어지는 산길에서 기척이 느껴졌다.

나만이 아니라 제자들도 그 기척을 느낀 가운데, 나는 '서치'로 뜻밖의 반응을 포착했다.

"네 명…… 아니, 다섯 명이군요. 마차를 타고 이곳으로 오고 있는 것 같아요."

"누구지? 이 저택에는 사람이 좀처럼 오지 않는데 말이야."

"그 집사가 우리를 쫓아내려고 한 이유를 이제 알겠어……."

"뭔가 알아낸 거야?"

"잘 생각해봐. 이 저택의 주인이 누구지?"

"'"앗?!'""

오래간만에 느끼는 거지만, 이 마력 반응은 기억하고 있다. 우연이겠지만, 정말 타이밍이 나쁜 것 같았다.

몰래 돌아가고 싶지만, 길은 하나밖에 없는데다, 저 커다란 마차를 숨기는 것은 어렵다.

"어쩔 수 없지……. 각오를 다져야겠군."

호쿠토에게 부탁해서 이제부터 이곳에 올 이들에게 방해가 되지 않도록 마차를 옮기고 있을 때, 뒤편에 있는 제자들이 상황을 확인하듯 이야기를 나누기 시작했다.

"저기, 혹시 이곳에 오는 사람은……."

"이 저택의 주인이자, 시리우스 님의…… 저기, 아버님인 드리아누스예요."

"형님뿐만 아니라 에리나 씨를 바보 취급하며 괴롭혔던 짜증나는 녀석이야!"

남매에게서 나와 드리아누스의 관계에 대해서 들은 리스가 복잡한 표정을 지었다.

딱히 리스가 신경 쓸 일은 아니라고 내가 말한 순간, 커다란 마차가 산길까지 뻗은 나뭇가지를 부수면서 나타나더니, 저택 앞에 섰다.

마부석에 앉은 남자가 우리를 쳐다봤지만, 업무를 우선하는 건지 우선 마차의 문을 열며 무슨 말을 전했다.

"외부인? 이런 곳까지 오는 괴짜가 어디 있냔 말이다. 아무튼, 엉덩이가 아프니 빨리 내리겠다."

"이 저택으로 이어지는 길이 좁고 길어서 그래요. 아버님, 슬슬 길을 정비하는 편이 좋지 않을까요?"

"그래. 길을 넓혀야겠군."

예상대로 마차에서 내린 이는 내 아버지인 발드미르 드리아누스였다.

5년 전에 비해 배가 더 나왔지만, 겉모습은 변하지 않은 것 같았다.

그리고 마차 안에서는 키가 크고 호리호리한 청년이 내렸다.

발드미르를 아버님이라고 부르는 걸 보면, 그는 내 이복형일 지도 모른다.

그런 생각을 하는 사이, 마차에서 두 남녀가 더 내렸다. 무기 와 방어구를 지닌 걸 보면 호위인 것 같았다.

호위는 우리를 보더니 무기를 들었지만, 발드미르가 그들을 제지하듯 손을 뻗었다.

나를 잊었을 줄 알았더니, 표정을 보아하니 기억하고 있는 것 같았다.

"너는…… 네가 왜 여기 있는 거지?"

"아버님, 아는 사람입니까?"

"음. 돈을 주면서까지 우리 가문의 이름을 버린 어리석은 남 자다. 일단 네 이복동생이기도 하지."

"……어리석은 건 당신이에요."

에밀리아가 중얼거린 말은 발드미르가 듣지 못한 것 같지만, 나는 그 의견에 동감이었다.

리스도 발드미르의 이름을 듣더니, 걱정스러운 눈길로 내 등 을 쳐다보았다. 나는 그런 그녀에게 괜찮다는 듯이 미소를 지었 다.

"어이, 네가 왜 여기 있는 거지? 이제 와서 우리 가문의 이름 을 되찾고 싶어진 것이냐?"

"아닙니다. 이곳에는 볼일이 있어서 들렸을 뿐, 이제 가려던 참입니다."

"무슨 볼일인지는 모르겠지만, 보내줄 수는 없다. 너에게 물어볼 게 있거든."

"저는 당신에게 볼일이 없으니, 이만 실례하죠."

이 남자와 이야기를 나누기만 해도 머리가 아파왔다.

물어볼 거라는 것도 변변찮은 이야기일 것이다.

하지만 그래도 내 아버지이기에, 내 손으로 처리해야만 하는 상황이 벌어지는 것을 싫다. 그러니 빨리 사라지도록 하자.

그래서 나는 발드미르를 무시하며 마차로 향했지만, 호위가 무기를 뽑아들며 나를 막아섰기에 걸음을 멈출 수밖에 없었다.

"······이게 무슨 짓이죠?"

"내 말을 못 들은 거냐? 너한테 물어볼 게 있다고 말했지 않느냐."

"그래! 아버님의 명령을 무시할 수 있을 것 같아!"

정말······ 이런 짓만 벌이지 않았다면 그대로 무시해줬을 텐데 말이다.

나는 한숨을 내쉬면서 제자들에게 신호를 보내 긴장을 풀라는 지시를 내렸다.

"알았습니다. 그런데 물어볼게 뭐죠?"

"왜 내가 밖에서 이야기를 해야 하는 거냔 말이다. 특별이 저택에 들어가는 걸 허락해줄 테니, 안에서 이야기하자."

이 거만한 말투는 전혀 변하지 않았다.

너무 어이없어 웃음이 날 것만 같았지만, 나는 일단 저택으로 향하는 두 사람의 뒤를 따르려 했다. 바로 그때, 발드미르는 자신의 호위와 내 제자들은 밖에서 기다리라고 말했다. 물론 남매는 입 다물고 있지 않았다.

"저희는 시리우스 님의 시종이에요! 주인과 함께 있어야만 한다고요!"

"맞아! 형님 혼자만 저택에 들이다니, 귀족 주제에 쪼잔하네!"

"닥쳐라! 평민이 멋대로 지껄이지 마라!"

"아인 따위, 밖에서 굴러다녀라. 너희는 저 녀석들이 도망치지 않도록 감시해라!"

저 호위들은 꽤 괜찮은 무기를 가지고 있는 것 같지만, 근육과 발놀림으로 볼 때 남매가 더 강할 것이다. 그리고 호쿠토도 있으니, 제자들을 걱정할 필요는 없을 것이다.

공격을 받으면 주저 말고 해치워버리라고 '콜'을 통해 말한 후, 나는 남매의 머리를 쓰다듬어줬다.

"이번에야말로 마무리 지을 테니까, 얌전히 기다리고 있어."

"……알았어요."

"……알았어."

분하다는 듯이 이를 가는 남매를 두고 저택 현관으로 향하자, 아까 전의 집사가 문을 열며 우리를 안으로 들였다.

"발드미르 님, 도련님, 어서 오십시오. 어? 저분은…….."

"손님이다. 지금부터 이 녀석과 이야기를 나눌 거니, 알아서 준비하도록."

"목이 마르네. 빨리 홍차를 준비해줘. 바리오."

"알았습니다. 금방 준비하죠. 당신도 혹시 희망하는 음료가 있습니까?"

두 사람이 저택 안으로 들어간 가운데, 바리오라 불린 집사는 나에게 그렇게 말했다. 그리고 두 사람에게 들리지 않을 만큼 작은 목소리로 나에게 이렇게 말했다.

"죄송합니다. 예상보다 주인님이 일찍 돌아왔군요……."

바리오가 우리에게 빨리 돌아가라고 말한 것은 발드미르와 마주치지 않게 하기 위해서였던 것 같았다.

그건 그렇고, 왜 바리오는 우리를 신경써준 걸까?

내가 고개를 갸웃거리자, 바리오는 입가에 옅은 미소를 머금으면서 설명했다.

"당신에 대해서는 얼추 알고 있습니다. 그래서 괜한 일에 휘말리지 않도록 아까 그렇게 말했습니다만, 예상보다 주인님이 일찍 도착하셨군요. 저녁에 도착할 거라고 사전에 연락을 받았습니다만, 주인님이 또 변덕을 부리신 것 같습니다."

"이미 일이 벌어졌으니 어쩔 수 없죠. 제가 알아서 대처할게요."

"알았습니다. 하지만 저는 어디까지나 주인님의 집사이니 대놓고 도와드릴 수는 없습니다. 그럼 저는 차를 준비할 테니, 오늘은 이만……."

"어이, 빨리 와라!"

아무래도 바리오는 적이 아닌 것 같지만, 아군도 아닌 것 같았다.

주인을 향해 뛰어가는 바리오의 등을 쳐다보면서, 나는 발드미르의 뒤를 쫓아갔다.

이야기는 거실에서 나눴지만, 주위를 둘러보니 가재도구가 달라져 있다는 사실을 눈치챘다.

우리가 이용한 가구는 하나같이 소박하고 오래된 것이었는데, 아무래도 이 남자가 마음에 들지 않는다고 새것으로 바꾼 것 같았다.

엄마와 함께 홍차를 마시고, 남매에게 공부를 가르쳐줬던 테이블이 보이지 않자, 추억도 사라져버린 것 같아서 약간 슬펐다.

내가 마음속으로 안타까워하고 있을 때, 눈앞에 있는 두 남자가 비싸 보이는 소파에 앉았기에 나는 맞은편에 앉았다.

"평민과는 인연이 없는 비싼 소파지? 선택받은 자만이 이용할 수 있는 고급품이지."

솔직하게 말하자면, 이 정도 소파는 가르간 상회에 부탁하면 얼마든지 준비할 수 있고, 학교장의 방에 있던 소파가 훨씬 감촉이 좋았다.

뭐, 엘리시온에 비하면 이 근처는 변경에 가까우니 여러모로 차이가 나는 것도 어쩔 수 없으리라.

"······꽤 주머니 사정이 좋아지신 것 같군요."

"실은 내 우수한 아들이 카리오스가 얼마 전에 새로운 마도구를 개발해서 말이야. 그걸 마을 상회에 팔아서 거금을 벌었지."

"아버님의 아들인 저에게 그 정도는 식은 죽 먹기입니다."

즉, 나와 같은 방식으로 돈을 번 것인가.

5년 전, 드리아누스 가문은 재정난이라는 소문을 들었지만, 그게 해소될 정도로 돈을 번 것일까?

내가 의문을 느끼고 있을 때, 바리오가 인원수만큼의 홍차를 끓여왔다.

발드미르가 주저 없이 차를 마시는 걸 보면, 독이 들어 있지는 않은 것 같았다.

"역시 바리오가 끓은 차는 맛있군. 속세에서 벗어나, 이 한적한 장소에서 마시니 더 좋군."

"감사합니다."

"저택 관리도 완벽한걸. 이제 그만 우리 저택으로 돌아와라."

"저는 얼마 남지 않은 여생을 조용히 보내기로 결심했습니다. 부디 양해해주십시오."

"어쩔 수 없지. 내일 올 아내를 비롯해, 이번에는 사흘 동안 머물거니, 잘 부탁한다."

"맡겨만 주십시오. 최고의 휴일을 준비해드리겠습니다."

아무래도 우리가 사라진 후, 이 저택은 저들의 별장으로 쓰이고 있는 것 같았다.

그리고 바리오가 저택에 살면서 손질을 하고 있기에, 5년이 지났는데도 저택이 건재한 것이다.

이제 와서 이 저택에 대해 뭐라 말할 생각은 없지만, 슬슬 용건을 말해줬으면 좋겠다는 생각이 들었다.

"저를 이렇게 부른 이유는 뭐죠? 당신과는 인연을 끊었고, 돈까지 드리며 관계를 청산했을 텐데요?"

"청산? 헛소리 하지 마라! 그때, 네놈은 나에게 독을 먹였지 않느냐!"

5년 전…… 처음으로 발드미르와 만났을 때, 나는 어떤 액체를 홍차에 섞어서 그에게 먹였다.

하지만 그때 먹인 것은 성욕을 억제해서 남자의 거기가 서지 않게 하는, 좀 강한 억제제 같은 것이다. 이틀만 지나면 회복되니, 단순히 몸이 좋지 않았다고 생각할 것이다.

"독? 독을 먹은 사람치고는 건강해 보이는 군요. 대체 제가 뭘 했다는 거죠?"

"시치미 떼지 마라! 너와 만난 그 날 밤, 거금을 들여 여자를 샀는데도 아무것도 못했단 말이다!"

어느 정도 행동을 예상했지만, 우리가 고생해서 번 돈을 그런데 썼다는 소리를 들으니 화가 났다.

증거도 없는데 내가 범인이라는 걸 용케도 눈치챘다고 생각하고 있을 때…….

"그때 그 여자가 지었던 실소를 아직도 잊을 수가 없다. 네놈 때문에 내 체면이…….""

"이 저택은 마을에서 꽤 떨어져 있죠. 혹시 피곤해서 그랬던 것 아닐까요?"

"음?! 하, 하지만…….""

"그때, 저도 같은 홍차를 마셨던 걸로 기억하는데 말이죠. 홍차에 독이 들었다는 걸 알면서 마시는 것도 이상하다고 생각합니다만?"

"크…… 으…… ."

아무래도 별다른 증거도 없이 그냥 넘겨짚은 것 같았다.

결국 발드미르가 대꾸도 제대로 못하며 분통만 터뜨리자, 아들인 카리오스가 입을 열었다.

"아버님. 진실이 어찌 됐든 간에, 이 남자 때문에 아버님이 불쾌한 경험을 하신 건 사실입니다."

"그, 그래! 아무튼 네놈은 나에게 사죄금을 줘야 한다!"

예상대로 정말 한심한 소리나 해댔다.

내 시선이 차갑다는 사실도 눈치채지 못한 발드미르는 나를 손가락으로 가리키더니, 창밖을 쳐다보며 자못 당연한 소리를 하듯 이렇게 말했다.

"밖에 있는 마차와 너희의 몸가짐을 보니 꽤 잘 살고 있는 것 같구나. 그딴 여자의 자식이지만, 내 피를 이어받은 만큼 우수한 것 같군."

"나름 잘 살고 있지만, 당신의 피와는 상관없습니다. 착각하지 마시죠."

"뭐냐. 자기 실력으로 일군 거라는 소리냐? 아무튼 좋다. 돈이 있다면 내놔라. 의절을 했다고 해도, 이건 아버지의 명령이다."

"어렵게 생각할 필요는 없어. 그저 효도를 하라는 것뿐이야."

대체 어디서부터 딴죽을 걸면 될지 감이 오지 않았다.

변경의 귀족이라고 해도, 왜 이렇게 자신만만한 걸까?

확실히 혈연 상으로는 가족이지만, 이런 녀석들에게 줄 돈은 단 한 푼도 없다.

"돈은 없어요. 저 마차를 마련하느라 다 썼거든요."

"그럼 저 마차를 내놔라. 흔하디흔한 마차지만, 팔면 다소 돈이 되겠지."

"아버님. 그럼 밖에 있는 이들을 가지는 것도 괜찮을 것 같아요."

귀찮은 일을 피하기 위해 얌전히 있었지만 슬슬 손을 써야겠다고 생각하고 있을 때, 흘려들을 수 없는 말이 들려왔다.

"여자는 몰라도, 아인 남자까지 말이냐?"

"아인이지만 저 용모라면 아인을 좋아하는 귀족 상대로 괜찮은 교섭 재료가 되겠죠. 그리고 남자는 호위로 써먹을 수 있을 겁니다."

"오호라. 카리오스, 좋은 생각이구나."

"그리고 저 파란 머리카락의 여자애는 아직 어리지만, 얼굴은 괜찮으니 제 취향으로 조교할까 합니다."

"네놈들…… 자기가 무슨 소리를 하는 건지 이해하고 있는 거지?"

그것은 최종선고 같은 것이다.

하지만 그걸 눈치채지 못한 두 사람…… 쓰레기는 내 말을 듣고 열 받았는지 테이블을 내려치며 분노를 터뜨렸다.

"귀족인 나에게 네놈들이라고 한 것이냐?!"

"돈을 안 내놓으니까 이렇게 되는 거야. 아버님, 그러고 보니 밖에 멋진 마물도 있었죠. 그건 꽤 괜찮은 가격에 팔 수 있을 겁니다."

말이 통하지 않는다.

제대로 이야기를 나눌 수 있을 거라고 생각하지는 않았지만, 이제 더 이상 참을 수 없을 것 같았다.

나 혼자라면 몰라도, 제자들과 호쿠토를 건드리려고 하는 이상…… 혼쭐을 내줄 수밖에 없다.

"……이제 됐어. 닥쳐."

나는 소파에 등을 맡기며 다리를 꼰 후, 거만한 목소리로 그렇게 말했다. 그러자 눈앞에 있는 두 남자가 얼이 나간 듯한 표정을 짓더니, 곧 얼굴을 새빨갛게 붉히며 분노를 터뜨렸다.

"이, 이놈! 감히 누구에게 그딴 소리를 한 건지 알고 있는 거냐!"

"지금 바로 넙죽 엎드리며 사과해라. 서자라고 해도, 평민인 네놈은 우리와 사는 세계가 다르다!"

저들이 뭐라고 떠들어대든, 나는 태도를 바꿀 생각이 눈곱만큼도 없다.

오히려 더욱 거만한 태도를 취하면서 저 두 사람을 도발했다.

"헛소리를 하는 건 네놈들이잖아? 우리는 이미 인연을 끊었다고. 그런데 대체 언제까지 가족인 척할 건데?"

"오냐 오냐 해주니 기어오르는 구나! 귀족의 뜻을 거역한 대가를 치르게 해주마!"

"귀족? 그딴 게 어디에 있는데? 내 눈앞에는 머리 나쁜 쓰레기 둘 밖에 없어."

"아버님, 이제 됐습니다. 저희의 뜻을 거역한 저놈에게 자기 주제를 가르쳐주죠."

"그래. 어이, 바리오. 밖에 있는 호위에게 다른 녀석들을 잡으라는 명령을 전해라!"

"……알았습니다."

바리오는 고개를 숙이면서 방에서 나갔지만, 제자들의 실력이라면 걱정할 필요는 없을 것이다.

내가 여전히 차가운 눈길로 쳐다보자, 내 눈앞에 있는 두 사람을 으스대며 웃음을 터뜨렸다.

"하하하. 밖에 있는 세 사람이 제압당하는 걸 손가락이나 빨며 쳐다봐라."

"자기 주제를 모르니 이렇게 되는 거야. 어때? 공부가 됐지?"

"주제……라."

""윽?!""

내가 시험 삼아 살기를 뿜자, 웃고 있던 두 사람이 숨을 삼키며 몸을 떨었다.

썩어도 귀족이니까, 위협 수준의 살기에 겁먹지는 말아줬으면 좋겠다.

내가 실망스럽다는 듯이 한숨을 내쉬자, 분노한 그들은 두려움을 떨쳐내며 고함을 질렀다.

"네, 네 이놈! 나에게 무슨 짓을 한 것이냐?!"

"응? 그저 노려봤을 뿐인데? 아까부터 주제를 가르쳐준다고 하기에, 나는 내 소중한 이들을 노리면 어떻게 되는지 가르쳐주기로 마음먹었거든."

"바, 방금 그건 착각이 분명해! 말이 통하지 않는다면 실력으로 가르쳐주마!"

공포를 떨쳐낸 카리오스는 몸을 일으키더니 벽에 장식되어 있던 검을 향해 손을 뻗었다.

그리고 검술 초식 같은 것을 선보이더니, 마지막에는 칼끝으로 나를 겨누면서 자신만만하게 웃었다.

"자아, 주제를 모르는 이복동생을 교육시켜볼까. 뭐, 죽이지는 않을 테니 걱정마라. 나는 상냥한 남자거든."

"카리오스, 해치워라! 저 어리석은 놈에게 네 실력을 보여주는 거다!"

그가 보여준 초식은 견본으로 삼아도 될 만큼 아름다운 칼춤이었다.

이런 남자의 아들이니 실력이 없을 줄 알았는데, 카리오스는 꽤 강한 것 같았다. 나는 그런 그를 칭찬하듯 가볍게 박수를 쳤다.

"이제 와서 박수를 친다고 용서해줄 것 같아? 자아, 벌을 줄 테니 일어나."

"일어서는 것도 귀찮아. 헛소리 작작하고 빨리 덤벼."

"아무리 이복동생이라도 봐주지 않겠다!"

카리오스는 소파에 앉아 있는 나를 향해 인정사정없이 검을 휘둘렀다.

벌을 준다는 것치고는 내 목숨을 빼앗고도 남을 만큼 날카로운 검술을 펼쳤다. 하지만 나는 여전히 소파에 앉아 있었다.

이 정도라면 일어설 필요도 없기 때문이다.

"아름다움만 추구한 검술이 전투에 써먹을 수 있을 리가 없잖아."

카리오스의 검은 의례 등에 쓰이는 칼춤이지, 전투에 쓰이는 검술이 아니다.

검의 궤도가 훤히 드러나며, 페인트도 섞여 있지 않았다. 나는 상대의 검을 옆으로 쳐내서 그 일격의 궤도를 바꿨다.

궤도가 바뀐 검은 내가 앉아 있는 소파를 찢더니, 그대로 검이 절반 정도 소파에 박혔다.

"아니?! 분명 제대로 휘둘렀……."

"한눈 팔 상황이 아닐 텐데?!"

카리오스는 내가 피할 거라고 생각도 못했는지 빈틈을 보였다. 나는 그런 카리오스의 머리를 움켜쥐었다.

곧 정신을 차린 카리오스가 내 손을 쳐내려 했지만, 나는 손에 힘을 줘서 그를 꼼짝도 못하게 만들었다.

"으, 윽! 겨우 평민 따위가…… 이런 짓을……."

"먼저 손을 쓴 건 너야. 그리고 귀족이라고 해서 보복을 당하지 않을 거라고 생각한 거야?"

"이, 이놈, 관둬라! 카리오스가 장난을 쳤을 뿐이지 않느냐!"

"진심으로 나를 베려고 했던 것 같은데 말이야. 본인에게 물어볼까?"

잡은 손을 통해 상대에게 마력을 불어넣자, 카리오스는 경련을 일으킨 것처럼 몸을 떨었고…….

"커억…… 아, 아아아아아아——?!"

"카, 카리오스?! 왜 그러는 거냐?!"

저택 전체에 그의 울부짖음이 퍼져 나갔다.

마치 감전이라도 된 것처럼 버둥거리는 그에게서 손을 떼자, 그는 그대로 무너지듯 쓰러졌다.

내가 한 짓을 간단히 설명하자면, 상대의 몸에 마력을 불어넣었을 뿐이다.

대상자에게 흘려 넣은 마력의 양을 조절하면, 상대에게 여러 가지 영향을 줄 수 있다는 것은 판명됐다.

육체의 자기재생력을 활성화시켜서 치료를 빠르게 하거나, 감각을 마비시켜 마취나 다름없는 효과를 만들어내는 게 가능하며, 그것은 전부 마력의 운용에서 비롯된다.

공기 중의 마력을 자연스럽게 흡수해서 몸에 배어들게 하는 거라면 몰라도, 자신의 마력과는 질이 전혀 다른 마력을 대량으로 받아들이게 되면 몸이 거부반응을 일으키게 되는 것이다.

즉, 전기에 감전된 것처럼 극심한 통증을 느끼는 것이다.

지금 쓰러진 카리오스가 바로 그런 상태인 것이다.

카리오스를 내려다보며 몸을 일으킨 내가 도망치려 하는 발드미르를 '스트링'으로 구속한 후, 쓰러진 카리오스의 머리를 움켜잡으며 들어올렸다.

"자아…… 질문 하나 하겠어. 아까 네가 한 말은 전부 진담이었어?"

"노…… 농담…… 끄아아아아아——?!"

거짓말이라는 게 뻔히 보였기에 나는 또 마력을 불어넣었다.

전생에서부터 욕망에 사로잡힌 녀석들을 하도 상대해왔기에, 상대방이 거짓말을 꿰뚫어 볼 수 있었다.

특히 이들은 너무 알기 쉬워서 어이가 없을 지경이었다. 농담이라고 말하기는 했지만, 흑심으로 가득 한 시선으로 리스를 쳐다보았으며, 남매는 가축처럼 여기고 있었다.

"어설픈 거짓말은 하지 마. 네가 진심을 털어놓을 때까지, 나는 이 짓을 계속 할 거야."

"지, 진짜로 농담이었어! 나는 너희를 건드릴 생각이 추호도…… 끄아아아아아──?!"

꽤 강단이 있는 것 같았기에, 이번에는 마력을 더 세게 집어넣었다.

상대를 만져야만 쓸 수 있다는 게 결점이지만, 직접 마력을 불어넣기 때문에 생물은 절대 방어할 수 없는 공격이기도 했다.

너무 심하게 하면 학교의 미궁에서 싸운 살인귀들처럼 되지만, 그때 요령을 파악했다. 그러니 내가 의도치 않는 한 죽지는 않을 것이다.

기절을 하고 싶어도 몸속에 들어온 마력이 고통을 주며 몸을 활성화시키기 때문에 그럴 수가 없다. 즉, 죽거나 내가 관둘 때까지 고통이 계속되는 질 나쁜 마법이다.

솔직히 말해 고문 마법이라고 불러도 이상할 게 없었다.

"거짓말을 그만하라고 했잖아. 더 세게 해줄까?"

"크윽…… 마…… 맞습니다……. 아까 한 말은 전부 진담이었어요!"

남이 보면 억지로 실토하게 하는 것처럼 보이지만, 이번에는 자기 입으로 인정하게 해야만 한다.

"아까 어떤 말을 했는데? 한 번 더 상세하게 설명해줄래?"

"뭐?! 아까 설명했지 않느냐!"

"한 번 더 당해보겠어?"

"윽?! 파, 파란 머리 여자는 내 것으로 삼아서 조교하겠다고 했습니다! 그리고 아인들도 빼앗아서 다른 귀족에게 팔아넘기려고…… 끄아아──?! 왜, 왜?!"

그는 시키는 대로 했는데 왜 이러냐는 듯이 나를 노려보았지만, 눈물과 콧물로 범벅이 된 얼굴에서 박력이라고는 눈곱만큼도 느껴지지 않았다.

"크, 으으…… 나, 나는 사실대로 말했어!"

"내 제자를 팔아넘기고, 조교하겠다고 지껄인 멍청이를 용서해줄 것 같아?"

"네놈이 말하라고 했지 않느냐!"

"나는 거짓말을 하지 말라고 했어. 거짓말을 하는 상대에게 이 정도는 해도 되잖아."

"헛소리 마! 그럼 뭘 어떻게 하든 마찬가지인 거잖아!"

"맞아. 결과는 같아. 멍청한 짓을 꾸민 시점에서 너는 이미 끝난 거였지."

"아…… 아아, 이럴…… 수가…….."

너에게는 이 고문을 피할 수단이 없다.

어느 쪽을 선택했든 결국 고통받았을 거라는 사실을 깨달은 카리오스가 절망에 찬 표정을 지었다.

"다음 질문을 해볼까. 너는 밖에서 본 새하얀 늑대를 어떻게 할 생각이었지?"

"아…… 파, 팔 생각이었습니다! 저렇게 진귀한 마물이라면 비싸게 팔릴 거라고…… 끄아아아아아──!"

"남의 파트너를 빼앗는 걸로 모자라, 멋대로 팔려고 해? 벌 좀 받아야겠네."

"이, 이제 그만해! 내가, 내가 잘못했…… 끼아아아아아아아아!"

이렇게 고통을 주는 데는 다 이유가 있다. 이건…… 내 나름의 조교다.

앞으로 우리를 향해 악의를 가지면, 이 아픔을 떠올리도록 조교하고 있는 것이다.

그 후로도 고문은 계속되었고, 타인을 깔보거나 한심한 자존심을 지키려고 할 때마다 마력을 불어넣었다.

카리오스의 몸에서 이런저런 액체가 흘러나오기 시작했으니, 슬슬 끝내도록 할까.

"이게 마지막이야. 앞으로 우리에게 한심한 이유로 얽히려 들지 않겠다고 맹세해."

"맹세……하겠습니다…….."

"복창해!"

"앞으로 저는 여러분과 두 번 다시 얽히지 않겠습니다! 그러니 용서해줘!"

"좋아. 상으로 기절을 시켜주지."

"커억?! 아…… 아아…….”

마지막으로 마력을 불어넣어 기절을 시키자, 카리오스는 겨우 의식을 잃을 수 있었다. 눈이 뒤집히기는 했지만, 입가에 미소를 머금고 있는 걸 보면 드디어 해방되었다고 생각하며 기뻐하고 있는 것 같았다.

"자아…… 다음은 네 차례야."

"히, 히이이이이익!"

그리고 카리오스를 방치한 내가 뒤를 돌아보니, '스트링'에 묶인 채 꼴사납게 바닥을 굴러다니고 있는 발드미르와 시선이 마주쳤다.

카리오스가 고문을 당하는 모습을 보고 사타구니가 축축해진 것 같지만, 나는 개의치 않으며 발드미르의 눈을 쳐다보았다.

"너한테는 엄마가 꽤나 신세를 진 것 같으니, 차분하게 이야기를 들어볼까."

"기, 기다려라. 나는 네 아버지다. 내가 없으면 너는 태어나지 못했을 거다!"

"그래서?"

"……뭐? 아, 아니…… 그러니까 이런 짓을 하면 안 된다는 거다. 자식은 부모를 공경해야 하지 않느냐!"

"얼굴 한 번 제대로 비춘 적 없을 뿐만 아니라, 내 소중한 사람들을 멸시한 상대를 왜 공경해야 하는데?"

나를 낳아준 사람은 아리아 엄마이며, 길러준 사람은 에리나 엄마다.

확실히 양육비는 내줬지만, 그것도 최소한…… 아니, 평범하게 생활하는 것도 힘들 정도의 금액만 두고 갔다. 엄마의 이야기에 따르면 의도적으로 금액을 줄였다고 한다.

아무튼, 부모다운 짓은 전혀 하지 않은 이 녀석을 아버지라고 부를 생각은 눈곱만큼도 없다.

나는 꼼짝도 못하는 발드미르의 배에 손을 얹으면서 말을 이었다.

"게다가 엄마의 가문인 엘드랜드 가문을 박살 내고, 아리아 엄마와 에리나 엄마를 죽게 만든 것도 개의치 않았잖아. 나한테 있어 너는 공경은 고사하고 증오의 대상이야."

"그, 그건 귀족으로서 당연한 행동…… *끄아아아아*──?!"

"욕망에 따라, 여자를 손에 넣기 위해 다른 가문을 박살 내는 게 귀족으로서 당연한 행동이라고? 게다가 일부러 돈까지 줘가면서 인연을 끊었는데, 이제 와서 한심한 이유로 나한테서 돈을 뜯어내려고 한 멍청이가 어디 사는 누구였더라?"

"바, 바리오! 호위는 뭐하고 있는 거냐?! 주인이 이런 짓을 당하고 있는데, 뭐하는 거냔 말이다!"

"내 이야기를 듣고 있긴 한 거야?"

"히익?! 드, 듣겠습니다! 들을 테니 이제 그만…… 아아아아아──!"

이 남자도 카리오스와 마찬가지로 공포를 심어줘야겠다.

도중에 바깥 상황을 '서치'로 살펴보니, 제자들은 무사한 것 같았다.

신경이 쓰이는 것은 바리오의 동향이다.

주인이 공격을 당하고 있는데도, 그는 밖으로 뛰쳐나가는 것은 고사하고 현관 앞에서 꼼짝도 하지 않았다. 아무래도 이 상황을 지켜볼 생각인 것 같으니, 일단 내버려둬야겠다.

"말하는 걸 깜빡했는데, 너는 엄마의 적이야. 어쩌면 힘 조절을 잘못해서 확 죽여버릴지도 모르겠는걸."

"하, 하지 마. 하지 말라고⋯⋯."

방금 그건 공포심을 부추기기 위한 거짓말이지만, 효과는 끝내주는 것 같았다.

"우선 아리아 엄마의⋯⋯ 엘드랜드 가문을 박살 낸 이유부터 들어볼까."

"왜, 왜, 네놈이 이런 짓을 하는 거지?! 이제 와서 그런 옛날 일을 언급해서 무슨 소용이 있다는 거냐!"

"적어도 내 마음이 편해질 것 같거든."

"그, 그런 이유로? 헛소리 하지 마라!"

"불합리하다는 거야? 하지만 수많은 이의 인생을 엉망으로 만든 너는 그런 소리를 할 자격이 없어. 그리고 이제부터 내가 하려는 건 단순히 울분을 풀려는 게 아냐."

"뭐? 그럼 왜 이런 짓을⋯⋯."

"이건 조교야. 두 번 다시 우리와 얽히고 싶지 않다고 생각하게 만들어주지."

애초에 우리와 얽히려 하지 않았다면 이런 상황에 처하지 않았을 것이다.

욕심에 눈이 먼 자기 자신을 원망하며, 공포에 사로잡혀라.

"수고하셨습니다."

"……응."

겉보기에는 다친 곳이 없지만, 얼굴이 엉망이 된 두 사람을 끌고 현관 밖으로 나가자, 문 앞에 대기하고 있던 바리오가 나를 향해 고개를 숙였다.

자신의 주인이 이런 취급을 당하고 있는데도 바리오는 힐끔 쳐다만 보면서 조용히 고개를 끄덕였다.

"주인이 이렇게 됐는데 왜 너는 아무것도 하지 않는 거야?"

"제가 당해낼 수 없는 상대라는 건 알고 있습니다. 그리고…… 이 두 사람에게는 좋은 약이 됐겠죠."

"그래. 이미 포기한 거구나."

"예. 하지만 정정을 하겠습니다. 제 주인은 발드미르 님이 아니라, 발드미르 님의 아버님입니다."

이야기에 따르면, 바리오는 내 조부에 해당하는 사람의 시종이었다고 한다.

이미 이 세상 사람이 아니지만, 귀족으로서 멋진 사람이었으며 바리오도 진심으로 신뢰하며 모셨다고 한다.

하지만 아들인 발드미르가 뒤를 잇자, 드리아누스 가문은 귀족으로서의 품격이 떨어지기 시작하며 점점 쇠퇴했다. 이렇게 욕심으로 가득 찬 자가 당주이니 당연할 것이다.

하지만 바리오는 주인에 대한 충성심 때문에 드리아누스 가문은 계속 섬겼지만, 발드미르는 바리오의 조언을 듣지 않으며 멋대로 행동했다. 그리고 어떤 사건을 계기로 그를 포기한 것이다.

그리고 이 저택을 관리하고 싶다고 자원한 그는 이곳에서 때때로 휴가를 오는 이들의 상대하며 여생을 보내고 있다고 한다.

"포기했는데도 아직 그의 시종인 이유는 뭐야?"

"이 저택을 손에 넣기 위해서입니다. 여생은 여기서 보내고 싶다고 전부터 생각했었습니다."

지금까지 드리아누스 가문의 재산을 관리해온 사람은 바리오이며, 자신이 손을 떼면 재정이 파탄날 거라는 확신을 가졌다.

바로 그때 시종을 관두고 이 저택을 손에 넣기 위해 교섭을 할 생각이었지만…….

"하지만 불행인지 다행인지, 카리오스 님이 새로운 마도구를 발명해 상인에게 판매한 바람에 가문의 재정 상황이 다소 나아졌습니다. 하지만 그건 일시적인 건데도, 이렇게 으스댄 결과가 바로 이 꼬락서니죠. 정말…… 이미 고인이 되신 선대께서 이 사실을 아시면 정말 한탄하실 겁니다."

바리오는 엉망이 된 두 남자를 차가운 눈길로 쳐다보고 있었지만, 다시 고개를 들었을 때는 부드러운 미소를 짓고 있었다.

"그건 그렇고, 벌을 정말 멋지게 주시더군요. 이제 저들도 당신들과 얽히려 하지 않겠죠."

"아니, 아직 끝나지 않았어. 마지막 마무리를 하려고 밖으로 나온 거야."

"그렇군요. 괜찮다면 동행해도 괜찮겠습니까?"

"마음대로 해."

바리오가 우아하게 인사를 하더니, 현관문을 열었다. 그러자 제자들이 나를 향해 뛰어왔다.

"형님~!"

"시리우스 님! 무사하신가요?"

"아, 이쪽은 깔끔하게 정리했어. 너희는 어때?"

"그게…… 시리우스 님이 저택에 들어가신 직후, 이 사람들이 갑자기 덤벼들었어요."

"누나와 호쿠토 씨가 신기하다면서 말이야."

고개를 돌려보니, 호위들이 로프에 묶인 채 지면을 굴러다니고 있었다. 아무래도 마부석에 앉아 있던 남자도 한 패거리였는지, 셋 다 기절해 있었다.

주인에 걸맞게 호위도 쓰레기인 건가.

아직 앳된 티가 남은 제자들은 그렇다 쳐도, 거대한 늑대인 호쿠토가 있는데도 덤벼들 줄은 몰랐다. 화는 고사하고 오히려 감탄할 지경이다.

"이 녀석들, 호쿠토 씨에게 밧줄을 걸어서 움직이지 못하게 했다며 의기양양하게 웃어대더라고. 뭐, 화난 호쿠토 씨가 순식간에 박살을 내줬지만 말이야."

호쿠토가 간단히 밧줄을 끊는 광경이 눈앞에 선했다.

참고로 호쿠토는 마차 근처에 리스와 함께 있었다.

호쿠토의 몸에 붙은 밧줄 조각을 떼어주고 있는 듯한 리스는 어찌된 영문인지 볼을 부풀린 채 화를 내고 있었다.

"저 사람들, 에밀리아와 레우스가 비싸게 팔리겠다고 떠들어대는 거 있지? 진짜 용서 못해."

"멍⋯⋯."

"아, 미안해. 조금만 더 하면 되니까 움직이지 마."

이런저런 일이 있기는 했지만, 다들 무사한 것 같으니 다행이었다.

"아무튼 무사해서 다행이야."

"예. 저희는 다치지 않았어요. 그런데 시리우스 님은 무슨 일 있으셨나요?"

"안에서 비명 소리가 들리던데, 혹시 형님이 들고 있는 그 녀석들이 지른 거야?"

"그래. 실은⋯⋯."

제자들은 몰골이 된 두 사람을 불쌍하게 여겼지만, 곧 자초지종을 듣더니 차가운 눈길로 그들을 쳐다보았다.

"인과응보예요. 저희는 시리우스 님의 것이니까요."

"나, 나는 시리우스 씨의 것이 아니라고?! 아⋯⋯ 아마도 말이야. 그것보다 본인의 의지를 무시하며 그런 소리를 하다니, 정말 너무한 사람들이네."

"형님, 그 녀석들을 어떻게 하려는 거야? 묻어버릴 거야?"

"그럼 마차에서 삽을 가져올까요?"

"아니, 그럴 필요 없어. 이 두 사람에게는 현실을 가르쳐줄 생각이거든."

나는 쥐고 있던 두 남자를 내던진 후, 리스의 마법으로 만들어 낸 물을 뿌렸다. 그러자 그들은 신음을 흘리며 눈을 떴다.

그리고 우리의 모습을 보더니…….

"히…… 히이이이이이이익!"

"히익?! 히, 히익?!"

허둥지둥 몸을 일으키려 했지만, 다리가 풀린 탓에 그저 엉금 엉금 기어서 도망치려 했다. 아무래도 제대로 조교가 된 것 같았다.

"……시리우스 씨. 이 사람들에게 무슨 짓을 한 거야?"

"좀 벌을 줬을 뿐이야."

"멋진 솜씨세요!"

"형님에게 걸리면, 그 어떤 녀석도 이렇게 순종적이 된다니깐!"

리스는 아까 전과는 딴사람이 된 그들을 쳐다보면서 당혹스러워 했지만, 남매는 의기양양한 표정을 지으며 가슴을 폈다. 이 남매는 정말 변함이 없는 것 같았다.

그런 제자들을 향해 쓴웃음을 짓고 있을 때, 그들은 나를 손가락으로 가리키며 고함을 질렀다.

"이, 이이이, 이 괴물! 이런 짓을 한 네놈은 내 자식은 고사하고 인간도 아니다!"

"다가오지 마, 이 괴물아! 인간의 탈을 쓴 악마야!"

"……레우스. 알고 있겠지?"

"말 안 해도 알아, 누나. 형님을 모욕한 녀석은 우리가……."

"뭐, 진정해."

남매가 그들의 말을 듣고 살기를 뿜고 있지만, 나는 남매의 머리를 쓰다듬어주며 진정시켰다.

그리고 내 부모라 떠들어대는 쓰레기에게, 나는 남매를 데리고 다가가서 이렇게 말했다.

"잘 들어. 피가 이어져 있더라도, 너희는 내 부모도, 형제를 자처할 자격은 없어. 그리고 내 진짜 가족은…… 내 곁에 있는 이 녀석들이야."

"시리우스 님……."

"형님……."

"물론 리스와 호쿠토도 마찬가지야. 너희는 내 소중한 제자이자 동료, 그리고 가족이야. 나와 상관없는 너희한테 괴물이라 불리든 말든 전혀 상관없다고."

"시리우스 씨……."

"크응……."

나는 뒤편에 서 있는 리스와 호쿠토를 쳐다보며 미소를 지었다. 그러자 리스는 미소를 지으며 내 옆에 섰고, 호쿠토는 내 등에 얼굴을 비볐다.

발드미르와 카리오스는 내 말을 듣고 겁을 먹었지만, 곧 바리오를 보더니 고함을 질렀다.

"바, 바리오! 뭐하고 있는 거냐! 빨리 저 녀석을…… 저 악마를 어떻게 좀 해봐!"

"이 녀석을 쫓아내! 그럼 나중에······."

"발드미르 님, 진정하십시오. 그리고 도련님, 이제 그만 실력 차를 인정하시죠."

"펴, 평민 따위는 우리 가문의 권력으로······ 그래! 나한테 이런 짓을 했으니, 길드에 지명수배 의뢰를 하면 되겠군!"

"적당히 하십시오! 그랬다간 진짜로 살해를 당할 겁니다. 그리고 그의 이야기는 아직 끝나지 않았어요. 귀를 기울이지 않는다면 또 따끔한 맛을 보게 될 겁니다."

이들에게 있어 바리오는 최후의 희망인지, 그의 충고를 순순히 따랐다.

나는 상황을 내가 원하는 쪽으로 유도해준 바리오에게 감사하면서 마무리에 들어갔다.

"에밀리아."

"예!"

에밀리아는 마차를 향해 뛰어가더니, 리펠 공주에게서 받은 망토를 가지고 와서 내 등에 걸쳐줬다.

그리고 망토에 그려진 엘리시온의 문양을 본 그들은 입을 쩍 벌렸다.

"저, 저건?! 설마, 이런 평민이······?"

"에, 엘리시온의 문양이 그려진 망토쯤이야, 엘리시온에 가면 얼마든지······."

"그렇지 않습니다. 엘리시온에서는 함부로 국가의 문양을 물건에 넣을 수 없게 되어 있죠. 즉, 저건 나라에서 직접 하사한 망토입니다."

"뭐?! 그, 그럴 리가 없다! 저 녀석은 귀족이 아냐! 맞아. 내 이름을 멋대로⋯⋯."

"유감이지만, 드리아누스 가문의 이름을 언급해도 엘리시온은 눈 하나 깜빡하지 않을 겁니다. 즉, 시리우스 님은 자신의 실력으로 저 망토를 하사받은 거죠. 저 망토의 장식으로 볼 때, 상당히 높은 지위의 분에게서 받은 것 같군요."

"설마⋯⋯ 아, 아버님! 예전에 엘리시온까지 행상을 하는 상인에게 들은 적이 있습니다. 어떤 평민이 왕족의 눈에 들어 근위기사의 망토를 하사받았다던데, 설마 저 녀석이⋯⋯."

괜히 설명할 필요가 없어진 것 같았다. 그건 그렇고, 이런 곳까지 소문이 퍼져나갔을 줄은 몰랐다. 그건 꽤 화제가 될 이야기였던 것 같았다.

아무튼, 상황을 이해한 것 같으니 괜한 수고를 덜었다.

왕족의 호위기사가 되라는 권유를 받은 남자를, 평민이라며 바보 취급할 수는 없을 것이다.

내가 자신보다 고귀한 신분이 되었을지도 모른다는 사실을 안 발드미르는 메마른 미소를 흘리기만 했다.

"하, 하하⋯⋯ 이건 꿈⋯⋯이야. 이런 꼬맹이가 나보다 더 신분이 높아질 리가 없어."

"유감이지만 현실이야. 믿기지 않는다면, 네 눈앞에서 왕족에게 인정받은 실력을 보여주지."

나는 망토를 펄럭이며 아르메스트가 있는 쪽을 향해 손을 뻗었다.

먼 옛날, 이곳에서 마을로 이어지는 산길을 만들려고 했지만, 숲이 너무 울창해서 빙빙 돌아서 가야 하는 길밖에 만들지 못했다고 엄마는 말했었다.

"길이 좁아서 불만이라고 했지? 그럼 내가 새로운 길을 만들어줄게."

이제부터 내가 날리려는 것은 로드벨의 '마운틴 프레셔'를 박살 낸 '안티머테리얼'이다.

이미지를 새로 만들면서 훈련을 한 덕분에, 예전보다 정밀도와 위력이 상승한 마력탄이 손에서 발사되더니, 굉음을 내며 나무를 부쉈다.

그 결과…… 울창한 숲에는 저택으로 이어지는 한 줄기 길이 생겨났다.

땅을 다듬어지지 않았지만, 커다란 마차라도 여유롭게 지나다닐 수 있을 것 같았다.

물론 '서치'로 사람이 없다는 걸 확인했고, '안티머테리얼'의 사정거리도 산기슭까지로 줄였다.

압도적인 파괴를 본 발드미르와 카리오스는 얼이 나간 듯한 표정을 지었다. 하지만 나와 시선이 마주치자마자 바리오에게 매달렸다.

"살려줘! 살려줘, 바리오! 저런 괴물을 대체 어떻게 하냐고!"

"싫어! 죽을 거야! 왜…… 왜 그딴 계집한테서 이런 게 태어난 거야!"

"……알았습니다. 제가 교섭을 해보죠. 하지만 만일의 경우가 벌어질 수도 있으니, 두 분은 저택으로 들어가 계십시오."

그들은 바리오의 말을 듣고 고개를 끄덕이더니, 엉금엉금 기면서 저택으로 도망쳤다.

바리오는 이쪽을 쳐다보지도 않는 그들을 보며 쓴웃음을 지었다. 그리고 내 앞에 서더니, 고개를 숙이며 큰 목소리로 이렇게 외쳤다.

"부디, 저 두 사람의 무례를 용서해주십시오, 시리우스 님! 아직 분노가 가시지 않았다면 제 목숨을 대신 바치겠습니다."

이미 포기했다고 말했으면서 왜 이렇게 감싸는 걸까 싶었지만, 저들에게 들리도록 큰 목소리를 냈다는 사실에 생각이 미친 나는 바리오의 의도를 눈치챘다.

다른 방법도 없으니, 이대로 그의 의도대로 행동해줘야겠다.

제자들에게 대기하라는 지시를 내린 후, 나는 거만하게 바리오를 향해 손을 내밀었다.

"너는 죽어도 괜찮다는 거야?"

"어차피 살날이 얼마 남지 않은 목숨입니다. 그러니 저 두 사람에게 온정을 베풀어주십시오."

"……좋아. 네 충성심을 봐서 용서해주지."

"온정을 베풀어주셔서 감사합니다."

이 사람은 상당한 책략가다.

저 두 사람에게 있어 바리오는 자신의 목숨을 희생해서까지 주인을 치키려 한 충신으로 보일 것이다. 즉, 절대적으로 신뢰

할 뿐만 아니라 큰 빚을 지고 만 것이다.

나중에 바리오가 용서를 받았다고 전하자, 저들은 바닥에 털썩 주저앉으면서 안도의 한숨을 내쉬었다.

그리고 더는 내 모습도 보고 싶지 않은지 호위를 두들겨 패서 깨우더니 마차로 도망치듯 마을로 돌아갔다.

내가 그 마차를 쳐다보고 있을 때, 바리오가 또 한 번 감사 인사를 했다.

"제 거짓말에 맞춰주셔서 감사합니다."

"뒷일은 맡겨도 되지?"

"예. 이미 충분히 이해했을 거라고 생각합니다만, 저도 시리우스 님 일행에게 괜한 짓을 하지 못하도록 일러두겠습니다."

뜻밖의 사태가 벌어지기는 했지만, 이렇게 성묘를 마쳤다.

홍차를 마시며 잠시 대화를 나눈 후, 바리오와 헤어진 우리는 저택에서 가장 가까운 곳에 있는 마을인 아르메스트로 향했다.

우선 가르간 상회의 본점에 가서 개드와 재회했지만, 이미 밤이 깊었기에 자세한 이야기는 내일 하기로 했다. 그리고 가게에 마차를 맡긴 후, 이 마을의 여관을 소개받았다.

그 여관은 이 마을에서 손꼽힐 정도로 큰 여관이며, 개드가 손을 써준 덕분에 호쿠토를 방안에 들이는 것도 허락을 받았다.

참고로 개드는 호쿠토를 보고 처음에는 놀랐지만, 곧바로 재미있는 종마라며 웃었다. 전직 모험가이자 장사꾼 세계에서 살아온 그는 담력이 상당했다.

"그럼 이 여관에서 가장 좋은 방을 준비하겠습니다. 개인실과 여러분 전원이 쓸 수 있는 큰 방이 있습니다만, 어느 쪽으로 하시겠습니까?"

"개인실……."

"큰방으로 부탁드려요!"

"멍!"

"호쿠토 씨도 큰방이 좋다네. 나도 큰방이 좋아."

……다수결에 따라, 전원이 큰방에서 묵기로 했다.

안내된 그 방에는 비싸 보이는 융단이 깔려 있고, 실내에는 욕실도 완비되어 있었다. 큰 침대가 네 개나 있고, 호쿠토도 충분히 누울 수 있을 만큼 컸기에, 이 방에서 느긋하게 시간을 보낼 수 있을 것 같았다.

침대에 드러누워서 피로를 풀던 나는 융단에 누운 호쿠토를 보고, 아까 마을에서 호쿠토 용의 빗을 샀던 걸 떠올렸다.

내가 오래간만에 호쿠토의 털을 빗어주려고 빗을 꺼내자, 호쿠토뿐만 아니라 남매도 반응을 보이며 다가왔다.

하지만 호쿠토 용 빗이라는 게 판명되자, 남매는 귀를 축 늘어뜨리며 침울해했다.

"나중에 너희도 빗어줄 테니까, 적당히 시간을 보내고 있어."

""예~.""

왠지 대형견이 세 마리나 있는 듯한 느낌이 들었다.

남매는 방금 그 말을 듣고 얌전해졌기에, 나는 꼬리를 흔들며 고대하고 있는 호쿠토를 불렀다.

그러자 호쿠토는 내 앞에서 아무 말 없이 벌러덩 드러누웠기에, 나는 오래간만에 파트너에게 빗질을 해줬다.

"크응……."

"역시 이러고 있으니 마음이 편안해지는걸."

전생에 비해 몸집이 커다랗게 된 호쿠토의 털을 빗어주는 건 꽤 힘들었지만, 감촉이 끝내주는 털을 즐기다 보니 딱히 기분이 나쁘지 않았다.

게다가 쓰레기들 때문에 기분도 좀 나빴기에, 이러고 있으니 마음이 정화되는 것 같았다. 역시 애니멀 테라피는 효과가 끝내줬다.

그건 그렇고…… 백랑의 털은 정말 불가사의했다.

빗에 전혀 걸리지 않을 만큼 부드러울 뿐만 아니라, 물이나 얼룩, 그리고 피까지 스며들지 않기 때문에, 새하얀 색깔을 계속 유지되는 것이다. 호쿠토에게서 빠진 털을 모아서 베개나 쿠션을 만드는 것도 괜찮을지 모른다.

그런 생각을 하며 빗질을 하던 나는 저택에서 바리오와 나눴던 이야기를 떠올렸다.

『이걸로 저택을 손에 넣기 위한 교섭을 원활하게 할 수 있겠죠. 시리우스 님께서는 여러모로 불쾌하셨을 지도 모르지만, 저로서는 다행입니다.』

바리오가 그렇게 말하며 우리를 향해 고개를 숙였을 때, 레우스가 입을 열었다.

『저기, 바리오 할아버지. 할아버지는 왜 이 저택이 가지고 싶은 거야?』

『저도 그게 궁금해요. 조용한 곳이고, 저도 좋아하는 곳이지만…… 여기는 불편한 점이 많다는 건 알고 계실 텐데요?』

『예. 알고 있습니다. 혼자서 느긋하게 은거하고 싶기도 하지만, 가장 큰 이유는…… 속죄를 하고 싶어서죠.』

나를 낳아준 아리아 엄마가 발드미르의 저택에서 지낼 때, 바리오는 에리나 엄마를 몰래 좋아했다고 한다.

『처음에는 시종으로서의 뛰어난 실력에 감탄을 했지만, 저조차도 모르는 사이에 끌리게 된 것 같습니다.』

『어른의 사랑……이네.』

『왠지 부끄럽군요.』

하지만 바리오는 엘드랜드 가문에 간섭하는 것을 막지 못했다는 죄책감, 그리고 에리나 엄마가 드리아누스 가문을 증오한다는 사실 때문에 제대로 이야기를 나누지도 못했다.

『당시의 저는 드리아누스 가문을 부흥시키느라 여념이 없었고, 나이도 꽤 많았던지라 그녀를 포기했습니다만…… 그녀가 미리아리아 님과 함께 저택에서 쫓겨났고, 이 세상을 떠났다는 이야기를 발드미르 님에게 들었을 때, 저는 예상보다 더 충격을 받았습니다…….』

그게 발드미르를 포기한 계기였던 것 같았다.

게다가 제멋대로인 당주 때문에 드리아누스 가문의 부흥도 절망적이었기에, 상당히 지치고 만 것 같았다.

『마음속 깊은 곳에는 그녀가 남아 있었던 것 같습니다. 그녀가 필사적으로 저 저택을 지키려 했던 것도 알고 있었죠. 그래서 제가 그녀의 마음을 이어받을까 했습니다.』

『에리나 씨가 지키려 한 것은 저택이 아니라 시리우스 님이에요.』

『……그렇군요. 그녀는 그런 여성이었죠. 하지만 지금의 시리우스 님은 제가 지켜드릴 필요가 없을 것 같군요. 그리고 저택을 지키는 건 그녀에게의 속죄지만, 결국 단순한 자기만족에 지나지 않아요.』

달관한 것처럼 온화한 미소를 짓고 있는 그의 태도에는 진심이 어려 있었다.

그리고 그가 안내해준 방에는 우리가 예전에 썼던 가구가 놓여 있었다.

『저는 발드미르 님과 취향이 맞지 않아서, 이 저택을 손에 넣으면 원래대로 되돌릴 생각입니다.』

이 저택을 지키면서 여생을 보내고 싶다……라.

이미 내 것이 아니지만 이 저택에는 애착이 있다. 그러니 발드미르보다는 그가 관리를 해주는 편이 나로서도 마음이 편했다.

게다가 그라면 엄마의 묘도 관리해줄지도 모르기에, 나는 그 꽃밭으로 이어지는 길을 가르쳐줬다.

『……그녀의 묘는 거기에 있었군요. 알았습니다. 저에게 맡겨주시죠.』

바리오는 묘의 관리를 맡아주겠다고 하더니, 우리가 저택을 나서자마자 그 꽃밭으로 향했다.

그가 무슨 생각이며, 엄마에게 무슨 말을 전하려 하는 건지는 본인만이 알겠지만, 이걸로 뭔가가 결판이 날 것이다.

"……멍!"

"응? 아, 미안해. 생각에 좀 잠겨 있었어."

빗질이 너무 단조로워서 화가 난 건가 했지만, 호쿠토를 보아하니 그렇지 않은 것 같았다.

왜냐면 호쿠토의 옆에는 전용 빗을 손에 쥔 남매가 나란히 서 있었던 것이다.

"……뭐하는 거야?"

"차례를 기다리고 있어요!"

"크으…… 아까 주먹을 냈어야 했는데!"

에밀리아는 꼬리를 흔들면서 단정한 자세로 기다리고 있었고, 그녀의 뒤편에 있는 레우스는 분통을 터뜨리며 자신의 손을 노려보고 있었다. 아무래도 가위바위보를 해서 진 것 같았다.

그리고 레우스의 뒤편에는 빗을 쥔 리스가 부끄러워하며 서 있었다.

"왠지 나도 참가해야 할 것 같아서……."

이렇게 되면 두 명이든 세 명이든 별반 차이는 없다.

아무튼 호쿠토에게 빗질을 계속 해주려고 한 순간, 호쿠토는 이제 괜찮다는 듯이 작게 짖으면서 몸을 일으켰다.

이상했다. 예전 같으면 더 해달라고 재촉했을 텐데…….

"멍!"

"자기는 마지막에 해줘도 되니까, 다른 사람들을 먼저 해주래."

"고마워요, 호쿠토 씨."

"후후, 역시 두 사람의 선배야."

늑대지만 실로 어른스러운 대응이지만…… 나는 눈치챘다.

아마 마지막에 한 번 더 빗질을 받게 되면 좀 더 천천히, 신경써서 해줄 거라고 생각한 것이리라. 뭐, 호쿠토에게 빗질을 해주는 것도 오래간만이고, 원래부터 세심하게 해줄 생각이었지만 말이다.

호쿠토가 떨어지자, 에밀리아가 재빨리 내 앞에 앉았다. 나는 그녀가 들고 있는 빗을 넘겨받아서 꼬리털을 빗어줬다.

"우후후…… 행복해요."

"시리우스 씨가 빗질을 해주면 정말 행복한 표정을 짓네. 나도 에밀리아에게 해준 적이 있는데, 그때는 저렇게 기분 좋은 표정을 짓지 않았어."

"나도 누나와 에리나 씨에게 빗질을 받은 적이 있는데, 형님이 해주면 왠지 느낌이 달라!"

"멍!"

"호쿠토 씨도 동감한대."

찬사를 보내는 제자들의 말을 들으면서 빗질을 마친 후, 레우스와 리스에게도 빗질을 해줬다.

"오오…… 거기야, 거기! 역시 형님은 뭘 좀 안다니깐!"

"남자애가 머리를 빗겨주는 건 처음인데, 정말 기분이 좋아."

머리카락의 윤기로 볼 때, 제자들의 건강상태에는 이상이 없어 보였다.

에밀리아의 꼬리는 여전히 폭신폭신하고 기분이 좋았으며, 레우스의 꼬리털도 좀 뻣뻣하기는 해도 감촉은 나쁘지 않았다.

그리고 리스의 머리카락은 빗에 전혀 걸리지 않았다.

마지막으로 다시 내 눈앞에 드러누운 호쿠토에게 빗질을 해주고 있을 때, 침대에 누워 있던 리스가 창밖을 쳐다보며 중얼거렸다.

"오늘은 이런저런 일이 있었네. 안 좋은 일도 있었지만, 그래도 에리나 씨의 무덤을 지켜줄 사람이 생겨서 다행이야."

"그래. 역시 관리해주는 사람이 있으니 마음이 편하네. 이제 우리가 원하는 대로 되기만 하면 되는데……."

"그래서 그걸 개드 형에게 판 거잖아? 형님이 만든 거니까 문제없어!"

실은 개드와 재회했을 때, 나는 아직 가르간 상회에게 가르쳐주지 않은 마도구의 제작법을 가르쳐줬다.

그것은 카리오스가 만든 마도구보다 우수하기에, 머지않아 가르간 상회의 인기 상품이 될 것이다.

그러면 드리아누스 가문의 재정파탄은 앞당겨질 테고, 바리오가 저택의 소유권을 얻을 가능성도 커질 것이다.

솔직하게 말해 이렇게까지 할 생각은 없었지만, 재산을 관리

하던 바리오의 증언을 통해 발드미르가 과거에 엄마에게 내 양육비를 건네주러 오는 도중에 일부를 빼돌렸다는 게 판명됐다. 그래서 철저하게 박살을 내주기로 했다.

"뭐, 내가 할 일은 이게 다야. 이제 이쪽 일에 간섭할 여유는 없을 테니, 뒷일은 운명에 맡기자."

"우리는 노엘 누나한테 빨리 가야 하잖아."

"맞아. 자아…… 오늘은 이쯤 할까."

"크응……."

호쿠토는 더 해주기를 바라는 것처럼 울음소리를 냈지만, 앞으로는 언제든지 빗어줄 수 있다고 말하며 머리를 쓰다듬어줬다.

빗질을 계속 해서 목이 말랐기에, 에밀리아에게 홍차를 부탁하자…….

"우후후……."

"재주……가 좋다고 해도 되려나?"

그녀는 빗질의 여운에 잠긴 채 여관의 조리실에 가서 홍차를 준비해 왔다.

"역시 누나야!"

"무의식적으로 이런 걸 할 수 있다니, 정말 대단하네. 시종의 귀감이라고 해도 되려나?"

"전에는 저 상태에서 홍차를 준비하지 못했으니까, 진보하기는 한 거라고 생각해."

"……그건 그래."

발드미르와 나는 피가 이어져 있지만, 전생에서는 부모가 누구인지 몰랐던 나에게 있어서는 함께 있을 때 마음이 편해지는 존재가 진정한 가족이라고 생각한다.

그러니 나에게는 지금 이 자리에 있는 이들이야말로 없어서는 안 되는 존재다.

스승으로서, 그리고 가족으로서…… 앞으로도 그들의 성장을 지켜볼 생각이다.

각자의 시간을 보내는 가족들을 쳐다보면서, 나는 편안한 시간을 보냈다.

드리아누스 가문 소동 다음 날 우리는 가르간 상회를 찾았다.

오늘 출발할 예정이기에, 필요한 물자의 준비를 부탁해뒀던 것이다.

"왔구나. 주문한 것들은 전부 마차 앞에 가져다놨으니, 나중에 확인해봐."

"급하게 부탁해서 미안해. 실은 하루 정도 머물 생각이었지만, 빨리 안 가면 삐치는 고양이가 있거든."

"하하하, 맞는 말이야. 뭐, 개의치 마. 나리가 가르쳐준 마도구로 또 짭짤하게 벌 수 있을 거니까, 불평을 할 생각은 없어."

"마음껏 벌어. 그 대신……."

"그래! 그 저택은 맡겨둬."

남매에게 짐의 확인을 부탁한 후, 나는 개드와 예의 건에 대해 이야기했다.

새로운 마도구와 제작법을 제공하는 대가로 개드에게 부탁한 것은…… 내가 살았던 저택을 가르간 상회에서 구입해달라는 것이었다.

"현재 드리아누스 가문은 돈에 환장을 했으니까, 교섭은 손쉬울 거라고 생각해."

"그 당주 때문에 쓴맛을 본 적도 있으니, 가격을 철저하게 깎아주지. 그런데 그 저택을 원하는 사람은 그 바리오라는 할아버지지?"

"그래. 그 저택에 살면서 관리를 하고 있는 남자야. 가까운 시일 안에 한 번 만나서 이야기를 나눠봐."

가르간 상회에서 저택을 산 후, 바리오에게 싼 값에 제공한다…… 이것이 내가 생각한 방법이다.

"하지만 그 사람한테 저택을 팔 필요는 없지 않아? 무상으로 살게 해주는 대신, 관리를 해달라고 하면 되잖아."

"괜찮아. 나는 언제 여기로 돌아올지도 모르거든. 추억이 어린 저택과 엄마의 묘만 지킬 수 있으면 족해."

그 사람은 누군가의 시종이 아니라, 한 사람의 남자로서 평온한 여생을 살아줬으면 한다.

입장이 다르기는 하지만, 같은 여성을 사랑한 남자로서 말이다.

"시리우스 님. 짐 확인을 마쳤어요."

"우리가 부탁한 게 전부 다 있었어."

"좋아. 그럼 짐을 실으러 가볼까."

꽤 무거운 짐도 있지만, 평소 혹독한 훈련을 해온 우리에게는 딱히 무겁지도 않았다.

순식간에 작업을 끝낸 우리는 호쿠토의 몸에 하니스를 연결했다. 개드는 그런 우리를 감개무량한 눈빛으로 쳐다보고 있었다.

"그건 그렇고, 나리들은 정말 많이 컸는걸. 디가 나리들을 보면 엄청 놀랄 거야."

"응! 우리의 성장한 모습을 똑똑히 보여줄 거야."

"나는 언니와 디 씨의 아이가 보고 싶어요. 빨리 만나고 싶네요."

"아, 그 두 사람의 애는 엄청…… 아, 가르쳐줬다간 노엘이 화 내겠지. 미안해."

"직접 가서 보면 되니까 괜찮아. 그것보다, 그들이 살고 있는 마을은 가는 데 얼마나 걸려?"

"마차로 사흘 정도 걸려. 거의 외길이고 간판도 있으니까 헤 맬 일도 없을 거야."

혹시 몰라서 몰래 개드에게 지도를 보여달라고 해서 위치를 확인했다.

오럼이라 불리며, 마을 전체의 규모는 엘리시온의 절반 정도 였다.

배달 업무 때문에 몇 번이나 그곳에 가봤던 개드의 설명에 따 르면 치안이 좋으며, 종족에 따른 차별도 없어서 살기 좋은 마 을이라고 한다.

"나리들과 만나는 날이 고대되는지, 요즘 엄청 기운이 넘치더 라도. 꽤나 시끌벅적할 테니까, 각오 단단히 해."

"각오는 했어. 뭐, 한동안 머무르지 않았다간 노엘이 난리를 치겠지. 아드로드 대륙에는 대체 언제 갈 수 있을지 모르겠네."

"시리우스 님. 저희는 개의치 않아도 돼요."

"우리도 노엘 누나와 디 형에게 보고하고 싶은 일이 있으니 까, 좀 늦게 가도 돼."

확실히 서둘러야 할 이유가 있는 것도 아니니 한동안 그 마을 에 머물러도 괜찮겠지만, 노엘이라면 그냥 눌러앉으라고 할 것

같은 느낌이 들었다. 가게 옆에 집을 짓고 살아주세요…… 하고
말이다.

준비를 마친 우리는 개드에게 배웅을 받으면서 아르메스트를
떠났다.

마차로 사흘은 걸린다지만, 호쿠토가 끄는 마차라면 이틀 안
에 도착할 수 있을 것이다.

자아…… 엘리시온에서 아르메스트까지는 기초훈련만 했지
만, 오늘부터는 좀 실전적인 훈련을 해보도록 할까.

"레우스. 오늘은 마차의 이동에 맞춰 대련을 하자."

"그럼 마차를 쫓아가면서 형님과 싸우라는 거야?"

"그래. 너도 알겠지만 적과 싸우다 보면 주위의 상황을 살펴
야 할 때가 많아. 이건 상황에 따라 임기응변으로 대응하는 훈
련이기도 해."

"알았어!"

"처음에는 내가 리드를 하겠지만, 어느 정도 시간이 흐르면
나는 너한테 맞춰줄 거야. 만약 마차와 너무 떨어지면…… 벌로
서 레우스의 점심을 줄인 후, 그 몫을 리스에게 줄 거야."

"뭐?! 조, 좋아! 해보자고!"

"으음…… 벌이라면 어쩔 수 없네. 그래도 다치지 않도록 조
심해."

"레우스. 점심을 좀 많이 만들어달라고 부탁해두면 피해를 최
소한으로 줄일 수 있을지도 몰라."

"젠장! 내 몫은 내가 먹을 거야!"

리스는 레우스를 걱정하면서도 왠지 기뻐했고, 에밀리아는 레
우스가 지는 걸 전제로 그런 소리를 했다. 그런 두 사람이 지켜
보는 가운데, 나와 레우스는 훈련을 시작했다.

"레우스, 뭐하는 거야. 마차가 멀어지고 있잖아."

"큭! 아직 멀었어!"

때때로 마차와 멀어질 뻔했지만, 우리는 공방전을 펼치는 훈
련을 계속했다.

레우스가 휘두른 주먹이 지면을 부쉈고, 내가 합기도 방식으
로 내던진 레우스가 호를 그리면서 마차 위편으로 날아갔다. 솔
직히 말해 훈련이라기에는 너무 격렬했다.

애초에 평범하게 생각해볼 때, 우리가 하는 짓은 훈련치고 이
상했다.

외부에서는 마물이나 도적에게 언제 공격을 받을지 모르기에,
원래라면 훈련은 고사하고 체력을 소모하는 일 자체를 피해야
정상이다.

하지만 우리는 웬만한 마물이나 도적에게 지지 않을 만큼 강
한 데다, 기척에 민감한 호쿠토가 있다.

만약의 사태에 대비해 다른 두 사람은 휴식을 취하고 있으
니, 다수의 적이 몰려오지 않는 한, 별 무리 없이 대처할 수 있
으리라.

참고로 마차는 호쿠토가 주위를 살피며 알아서 끌고 있기에,
누군가가 마부석에 앉아서 마차를 몰 필요가 없다.

"우, 오오?! 마차가…… 마차가 멀어져 가!"

"마차를 너무 신경 쓰느라 회피 동작이 어설퍼졌어. 즉, 어디로 피하려 하는 건지 예상하기 쉬우니, 너의 발걸음을 막는 건 간단해."

"그건…… 알지만! 공격이 너무…… 격렬해서! 호, 호쿠토 씨, 기다려줘요!"

"멍!"

마차의 속도가 줄지 않는 걸 보면, 어리광부리지 마라…… 하고 호쿠토는 말한 것 같았다

호쿠토는 후배에게 엄격했다.

결국…… 레우스의 점심은 줄었고, 리스의 점심은 늘어났다.

"내, 내 고기가!"

"겨우 세 조각이잖니? 그렇게 아쉬워하지 않아도 되는데……."

"그래도 나는 분해! 리스 누나는 내 마음 이해하지?"

"응. 먹을 게 줄어드는 건 싫어!"

"그런가요……."

승부 결과인 만큼, 리스를 원망하는 것 같지는 않았다.

이런 소리를 해봤자 부질없다는 걸 눈치챈 레우스는 더는 아무 말도 하지 않았다.

그리고 점심 식사를 마친 후, 나는 꼬리를 흔들면서 기다리고 있는 호쿠토를 불렀다.

백랑인 호쿠토는 공기 중의 마력을 흡수하기 때문에 식사를

하지 않아도 된다. 하지만 마력의 질이 공기 중의 마력과 같은 나이기에 준비해줄 수 있는 게 있다.

"자아, 입을 벌려."

"멍!"

손바닥에 압축된 마력 덩어리를 만든 후, 그것을 호쿠토에게 먹여주는 것이다.

공기 중의 마력과 같은 것이니 의미가 없다고 생각하지만, 호쿠토의 말에 따르면…… 내가 압축한 마력이 더 좋은 것 같았다.

"맛있게 먹기는 하는데, 뭔가 다른 걸까?"

"시리우스 님께서 먹여주니 맛있는 게 당연하지 않을까요. 정말 부러울 지경이에요……."

"크응……."

에밀리아가 부럽다는 듯이 호쿠토를 쳐다보는 가운데, 당사자…… 호쿠토는 더 달라는 듯이 코끝으로 내 몸을 비벼댔다. 그러고 보니 전생에서도 같은 방식으로 재촉을 했었다.

"알았으니까 조금만 기다려. 자아, 앉아."

"멍!"

이걸 하나 만들면 꽤 피곤하지만, 호쿠토가 귀엽게 애원하니 어쩔 수가 없었다.

내가 앉아 있는 호쿠토의 머리를 쓰다듬어주며 마력을 회복시키고 있을 때, 그 광경을 쳐다보던 리스가 쓴웃음을 지었다.

"평소에는 그렇게 늠름한데, 시리우스 씨 앞에서는 정말 어리광쟁이가 되네."

"한때는 내가 이 녀석의 부모 대신이었거든."

백랑은 신의 사도라 불리는 전설적인 존재……지만, 지금은 사람을 따르는 개처럼 보였다.

내가 리스의 말에 동의하며 다시 마력 덩어리를 먹여주고 있을 때, 그 광경을 쳐다보던 남매가 입을 열었다.

"……부러워요."

"호쿠토 씨…… 정말 좋겠네."

"……말린 고기, 먹을래?"

"""와아!"""

내가 말린 고기를 내밀자 제자들이 다가왔다. 하지만 마치 먹여달라는 것처럼 제자들뿐만 아니라 리스까지 입을 벌렸다.

결국…… 다들 마찬가지였다.

그런 식으로 여행을 한 우리는 노엘의 고향인 오럼에 도착했다.

활기가 넘치는 이 마을에는 모험가로 보이는 이들도 많았으며, 새로운 가옥도 건설 중이었다. 또한 마을을 둘러싼 방벽을 더욱 높이기 위한 작업도 진행되고 있었다.

이미 멋진 마을이지만, 앞으로 더욱 발전해나갈 것 같았다.

마을에 도착하고 나니, 이미 밖은 어둑어둑해져 있었으며, 일을 마치고 집으로 돌아가는 사람들이 호쿠토를 데리고 있는 우리를 쳐다보았다.

워낙 눈에 띄는 호쿠토를 데리고 있으니, 어디를 가든 이런 일이 벌어질 것이다.

우리는 가능한 한 개의치 않으면서 노엘과 디가 운영하는 식당을 찾기 위해, 마을 중심을 향해 걸어갔다.

가게 이름은 편지로 알고 있지만, 이 마을의 어디에 그 가게가 있는지는 듣지 못했다.

그래서 마을 안을 걸어 다니는 사람들에게 그 식당에 관해 물어보니…….

"이 마을 사람 중에 그 식당을 모르는 사람을 없을 거야. 이 앞에 있는 모퉁이를 돌아서 조금만 가면 돼."

"이미 이 마을의 명물이지. 혹시 너희도 그 가게의 요리를 먹으러 온 거야?"

"요리도 맛있지만, 포장해서 가져갈 수 있는 빵도 맛있어. 아, 저기야."

마을 사람들의 반응을 보아하니, 노엘과 디의 가게는 꽤 유명한 것 같았다.

우리는 가게 위치를 가르쳐준 사람에게 인사를 한 후, 드디어 목적지에 도착했다.

"에리나 식당……."

왜일까……. 이미 알고 있었는데도, 간판을 보니 어떤 감정이 샘솟았다. 이 정도로 노엘과 디에게 어울리는 가게 명칭은 없을 것이다.

남매도 나와 비슷한 생각을 하고 있는지, 부드러운 표정으로 가게를 올려다보고 있었다.

"이게…… 언니와 디 씨의 꿈의 결정체군요."

"헤헤, 왠지 엄청 기뻐."

"아무튼 들어가자. 호쿠토는…….."

유감스럽게도 호쿠토를 식당에 데리고 들어갈 수는 없기에, 밖에서 기다리라고 명령했다.

무슨 일이 있으면 부르라는 듯이 가볍게 짖은 호쿠토가 사람들 눈에 띄지 않는 건물 뒤편으로 마차를 옮기더니, 바닥에 드러누웠다.

자아…… 드디어 두 사람과 재회를 하게 되었다. 그러고 보니 예전에 받은 편지에는 이런 글이 적혀 있었다.

『성장한 저를 보고 깜짝 놀라세요!』

꽤나 자신만만한 것 같다는 생각이 들었다.

노엘이 얼마나 성장했는지 고대하면서, 우리는 에리나 식당에 들어갔다.

"어이, 카레 2인분 부탁해!"

"추가로 에리나 샌드 세 개 더 줘!"

"이쪽은 크림스튜 2인분!"

에리나 식당에는 원형 테이블 여러 개와 의자가 놓여 있는 대중식당이었다.

하지만 저녁 시간이라 그런지 가게 안은 손님으로 가득 차 있었으며, 다들 주문을 하고 있었다.

내가 어떻게 할지 고민하고 있을 때, 이 가게의 웨이트리스로 보이는 여성이 우리에게 말을 걸었다.

"죄송합니다만, 지금은 빈 자리가 없어요. 테이블이 빌 때까지 벽 쪽에 있는 자리에서 기다려주시지 않겠어요?"

노엘과 마찬가지로 붉은 머리카락과 고양이 귀…… 이 애는 노엘의 편지에 적혀 있던 여동생일까?

유심히 보니 노엘을 닮은 부분이 있었다. 그러고 보니 편지에는 노엘의 가족이 식당에서 웨이트리스로 일한다고 적혀 있었다.

아무튼 자리가 꽉 찼으니 기다릴 수밖에 없었다.

우리는 그녀가 안내해준 자리에 순순히 앉았다.

"저기, 형님이 왔다는 걸 밝히지 않은 거야? 안쪽에 가면 노엘 누나나 디 형이 있을 거잖아?"

"이 가게의 평소 모습과 요리의 맛을 느껴보고 싶어서 말이야."

그리고 이름을 밝히지 않더라도, 노엘이 우리를 알아보고 이쪽으로 돌격해 올 것 같은 느낌이 들었다.

그렇게 생각하며 수많은 손님들로 북적이는 가게를 둘러보고 있을 때, 불쑥 노엘의 모습이 보이지 않는다는 걸 눈치챘다.

이 가게에서 웨이트리스를 하고 있는 이는 방금 봤던 여성 한 명뿐이며, 그녀가 바쁘게 가게 안을 뛰어다니고 있는데도 말이다.

"저 사람, 엄청 바빠 보이네."

"그래. 노엘도 보이지 않으니, 우리가……."

"어이어이! 이 가게는 어떻게 되어먹은 거야?!"

우리가 도와야겠다고 생각하며 자리에서 일어선 순간, 근처 테이블에 앉아 있던 두 모험가가 고함을 질렀다.

곧 웨이트리스가 뛰어와서 왜 그러는지 물었지만, 모험가는 그녀가 오자마자 언성을 높이며 화를 냈다.

"하도 맛있다고 해서 와봤더니, 이 가게는 이딴 요리를 내놓는 거냐?"

"그래! 이렇게 매운 요리를 누가 먹겠냐고!"

두 모험가는 불만을 늘어놓는 요리는 카레 같았다.

그들은 책임을 지라는 듯이 위협을 했지만, 웨이트리스는 테이블 위를 쳐다보며 담담한 목소리로 말했다.

"손님, 저는 주문을 받기 전에 이 요리는 맵다는 걸 설명해드렸을 텐데요? 그리고 매운 맛을 조절할 수 있다고 말을 듣자마자 가장 맵게 해달라고 웃으면서 말했었잖아요."

테이블에는 술도 놓여 있었다. 아무래도 술에 취해 별생각 없이 그런 주문을 한 것 같았다.

사전에 설명을 듣고 주문을 한 것이니, 이건 저 두 사람의 자업자득이다. 가게 측에 불평을 늘어놓는 건 말도 안 된다.

내가 듣기에도 웨이트리스의 말이 옳은 것 같았지만, 저자들에게는 말이 통하지 않는 것 같았다.

아니나 다를까, 그 두 남자의 눈빛이 날카로워지더니 금방이라도 달려들 것처럼 자리에서 일어났다.

"시끄러워. 남자라면 가장 매운 맛에 도전하는 게 당연하잖

아. 아무튼 이딴 요리는 못 먹으니까 빨리 치워. 미리 말해두겠는데, 돈은 못 내!"

"주문을 한데다, 한 입 먹었으니 그럴 수 없습니다. 차라리 매운 맛이 가시도록 다른 요리를 주문하는 건 어때요? 저희 가게에서는 달콤한 과자도 취급해요."

"과자 같은 걸 누가 먹고 싶댔냐! 적당히 기어오르라고. 어이, 이 가게를……"

"멈춰요!"

너무 바보 같은 불평만 늘어놓고 있는 저들을 보고 슬슬 레우스를 파견할지 말지 고민하던 바로 그때…… 느닷없이 큰 목소리가 가게 안에 울려 퍼졌다.

무슨 일인가 싶어 두 모험가가 주위를 둘러보는 가운데, 그 목소리의 주인이 가게 안쪽에서 천천히 모습을 드러냈다.

그 인물은 전생의 패션모델처럼 가게 안을 당당히 걷더니, 모험가의 앞에 섰다.

"저의 귀여운 여동생, 노키아를 괴롭힌 건 대체 어디 사는 누구죠?!"

"노엘, 멋져!"

"나리의 요리를 무시한 저딴 놈들을 자근자근 밟아버려!"

저택에서 살던 시절에 입던 것과 비슷한 메이드복을 입고, 요리가 담긴 목제 쟁반을 무기처럼 든 그녀가 바로 우리가 찾고 있던 노엘 본인이다.

5년 만에 본 노엘은 외모가 많이 달라지지는 않았다. 하지만 아이를 낳아서 그런지, 한 아이의 어머니다운 외모를 지니게 되었다. 편지에 적혀있던 대로 노엘 또한 크게 성장한 것 같았다.

하지만…… 이 상황을 보아하니 묘한 방향으로도 성장한 것 같았다.

다른 손님들이 노엘을 호의적으로 대하는 건 좋지만, 마치 쇼가 시작된 듯한 분위기인지라 말을 걸기 힘들었다. 결국 우리는 멍하니 그 광경을 지켜봤다.

"너, 너는 뭐야?"

"저요? 저는 그 요리를 만든 사람의 아내예요."

"아내 말고 본인이 튀어나와! 이렇게 맵고 맛없는 요리를 사람이 어떻게 먹냐고!"

"호오? 디 씨의 요리가 맛없다……고요?"

노엘은 맛없다는 말을 듣고 웃고 있었지만, 그녀의 눈에는 분노가 어려 있었다.

갑자기 긴박한 분위기가 되었지만, 노키아라 불린 여성이 어이없다는 표정을 지으며 한숨을 내쉬는 걸 보니, 이런 일이 일상다반사적으로 일어나는 것 같았다.

"제 남편이 만든 요리에 불평을 한 걸로 모자라, 과자까지 무시했군요. 이렇게 무례한 사람은 에리나 식당의 얼굴마담인 제가 용서할 수 없어요!"

"뭐가 얼굴마담이야! 헛소리 작작 하라고!"

"당신들이 떠들면, 그 만큼 주위에 있는 손님들의 식사에 방해가 돼요! 자아, 주위를 둘러보세요. 다른 손님들의 난처한 표정이……."

……눈이 마주쳤다.

그렇다……. 나와 노엘의 눈이 마주치고 만 것이다.

"…………아."

"아?"

"아니에요~! 좀 흥분했을 뿐이라고나 할까, 손님이 즐겁게 식사를 즐길 수 있도록 일부러 이러는 것 뿐, 저는 원래……."

노엘은 그렇게 외치면서 가게 안쪽으로 도망쳤다.

그 모습을 주위 사람들이 망연자실하게 쳐다보는 가운데, 나는 레우스의 어깨를 두드려 청소를 지시했다.

내 의도를 눈치챈 레우스는 그 두 모험가에게 다가갔다. 그리고 안면을 움켜잡더니, 에밀리아가 열어준 창문을 통해 밖으로 던져버렸다.

창밖에서 고함 소리가 들렸지만, 식사비용을 회수하러 간 레우스에게 맡겨두면 될 것이다. 호쿠토도 밖에 있으니, 도망치는 건 불가능하리라.

슬슬 노키아도 진정을 했는지 손을 털면서 주목을 모았다.

"으음…… 이제 괜찮으니, 손님 여러분은 식사를 계속해주세요."

손님도 이런 일에 익숙한 건지, 가게 안은 다시 아까처럼 시끌벅적해졌다.

하지만 여전히 바쁜 상황이었기에, 우리는 고개를 끄덕이며 자리에서 일어섰다.

"나는 조리실에 갈 테니까, 너희 둘은 이쪽을 맡아줘."

"맡겨만 주세요."

"웨이트리스는 처음 해보지만, 열심히 할게!"

그리고 두 사람이 노키아를 도우러 가는 모습을 본 후, 나는 가게 안쪽에 있는 조리실로 향했다. 그곳은 디와 고양이 귀 남성이 바쁘게 뛰어다니는 전장으로 변해 있었다.

"햄버그와 에리나 샌드는 완성됐어. 채소 쪽은 시간이 더 걸리는 거야?"

"자, 잠시만 기다려주세요! 금방 되니까, 디 씨는 먼저 이걸……!"

아무래도 서두르는 편이 좋을 것 같았다.

내가 벽에 걸린 앞치마를 걸치고 있을 때, 근처를 지나던 고양이 귀 남성이 나를 발견했다.

그러고 보니 디가 편지에서 제자를 한 명 받았다고 했었다.

이름은 분명…… 아라드, 였던가?

"저, 저기, 손님! 멋대로 들어오시면 곤란해요. 금방 되니까 밖에서 기다려주세요."

"아, 나는 도와주러 온 거예요."

"도와준다고요? 당신은 대체……."

"시리우스 님?!"

디는 내 목소리를 들었는지 허둥지둥 이쪽을 향해 고개를 돌렸다.

5년 만에 만난 디의 눈매는 예전보다 더 날카로웠지만, 이제 어엿한 한 명의 요리사다운 외모를 갖췄다.

　꽤나 힘든 나날을 보낸 것 같지만, 디의 표정에는 어두운 기색이 전혀 없었다. 오히려 충실한 나날을 보냈다는 것처럼 밝았다.

　눈매는 여전히 상대를 노려보는 것처럼 날카로웠지만, 입가에 옅은 미소를 머금은 걸 보면 재회를 기뻐하고 있는 것 같았다.

　"오래간만이야, 디. 쌓인 이야기는 많지만, 그건 이 상황을 넘긴 후에 하자."

　"하지만 시리우스 님은…… 아뇨, 잘 부탁드립니다."

　내가 물러서지 않을 거라는 걸 이해한 디는 도움을 받기로 했는지, 전체적인 작업의 흐름과 만드는 요리를 간략하게 설명했다.

　가게에 내놓는 요리는 내가 가르쳐준 것들이기에, 이 정도면 방해가 되지는 않을 것 같았다.

　서둘러 주문을 확인하며 필요한 재료를 모으자, 상황을 이해하지 못한 아라드가 나를 손가락으로 가리키며 언성을 높였다.

　"저기, 디 씨. 아무렇지도 않은 듯이 요리나 할 때가 아니잖아요! 이 사람은 대체 누구죠?!"

　"이분에 대해서는 걱정할 필요 없어. 그것보다 아라드야말로 멍하니 있지 말고 작업을 하는 게 어때?"

　"앗?! 죄, 죄송합니다!"

　디는 말주변이 없지만, 보아하니 아라드와 나쁘지 않은 사제 관계를 유지하고 있는 것 같았다.

하지만 아라드는 완전히 납득하지는 못했는지 나를 계속 쳐다보고 있었다. 하지만 내가 채소를 써는 모습을 보더니, 감탄을 터뜨렸다.

"······우와. 나보다 빠르고 정확해."

"당연하지. 이분은 내 주인이신 시리우스 님이니까 말이야."

"예?! 이 사람이요?!"

내가 디의 주인이라는 게 판명되자, 아라드는 크게 놀랐다. 하지만 그는 곧 눈을 반짝이면서 동경하는 사람을 만난 듯한 눈길로 나를 쳐다보았다.

으음······ 초면인 그는 대체 나를 어떤 존재로 알고 있는 걸까?

"아라드. 심정은 이해하지만, 작업을 멈추지는 마."

"아, 아차! 죄송합니다."

"아무튼 밑 준비는 나한테 맡기고, 너희는 요리를 완성시켜."

"'예.'"

레시피는 알지만, 이 식당의 요리를 먹어보지 않았기에, 간을 맞추는 것은 힘들 것 같았다.

그래서 이번은 완전히 보조만 하기로 결심한 나는 하염없이 채소와 고기를 적당한 크기로 잘라서, 냄비와 프라이팬 앞에 있는 두 사람의 옆에 두기만 했다.

그러다 보니 전체적인 요리 속도가 빨라졌고, 곧 여유가 생겼다. 그러자 디는 프라이팬을 휘두르면서 아라드에게 말을 걸었다.

"이제 알겠지? 밑 준비만 철저해도 이렇게 요리하기가 편해져."

"예! 역시 디 씨의 스승님…… 아, 고마워요."

약간 흥분한 듯한 아라드의 옆에 채소 볶음용 재료를 두고, 완성된 요리를 웨이트리스가 가지고 갈 쟁반에 놓았다.

틈틈이 가게 안을 둘러보니, 에밀리아는 과거의 경험을 살려 멋지게 활약하고 있었다.

그리고 리스 또한 약간 허둥대면서도 착실하게 일을 하고 있었으며, 가게 안의 손님들은 느닷없이 나타난 은색 머리카락과 파란 머리카락의 여자애를 보며 기분 좋게 식사를 하고 있었다.

그중에는 에밀리아와 리스에게 음흉한 짓을 하려고 하는 자도 있었지만, 밖에서 돌아온 레우스가 위압해서 그딴 짓을 못하게 했다.

저쪽은 잘 돌아가고 있는 것 같으니, 나는 이쪽 일에 전념해야겠다.

그리고 또 새로운 주문이 들어왔기에, 채소를 자르려고 한 순간…….

"어라~? 시리우스 님, 언제 오신 거예요?"

시치미를 떼는 듯한 목소리가 들려오더니, 노엘이 태연한 표정으로 나타났다.

너무 연기가 어설퍼서 슬플 지경이었지만, 일단은 딴죽을 걸어줘야겠다.

"방금 왔어. 그것보다…… 너야말로 대체 무슨 일이 있었던 거야?"

"에이, 시리우스 님. 모처럼 시종과 주인이 감동의 재회를 하는데, 왜 그렇게 무미건조한 반응을 보이는 거예요?"

이 유부녀…… 아까 일을 없었던 일로 치부하고 싶은 것 같았다.

뭐, 좋다. 그 점에 대해서는 천천히 심문…… 아니, 차분하게 이야기를 나눠봐야겠다.

"쌓인 이야기도 있겠지만, 우선 가게 문을 닫고 나서 하자. 여기는 이제 괜찮으니까, 노엘은 홀을 맡아."

"예! 그럼 여보, 갔다 올게요."

"그래."

홀에 가는 것뿐인데도 서로를 응시하며 저런 대화를 나누는 걸 보면, 이 부부는 여전히 금슬이 좋은 것 같았다.

조리실도 이제 꽤 여유가 생겼기에, 내가 디에게 승낙을 받고 다른 요리를 만들고 있을 때, 가게 쪽에서 큰 목소리가 들렸다.

"에미, 레우 군, 오래간만! 보고 싶었어!"

"예. 오래간만이에요, 언니."

"나도 보고 싶었어, 노엘 누나!"

"너희가 이렇게 멋지게 자라줘서 누나는 기뻐. 그런데 이 애가 리스 양이야?"

"예?! 으, 으음…… 처음 뵐게요, 노엘 씨. 저는 페어리스라고 해요."

"나는 노엘이야. 참고로 나는 노엘이라고 불러도 돼!"

"저기, 언니! 아직 일 안 끝났으니까 인사는 나중에 나눠!"

"으으으…… 감동의 재회 중인데……."

목소리만 들리지만, 여동생에게 혼나서 풀이 죽은 노엘의 모습을 상상할 수 있었다.

"변함없네……."

아직 재회를 하고 제대로 인사를 나누지 않았는데, 저택에서 같이 살던 시절을 떠올린 나는 자연스럽게 미소를 지었다.

그리고 가게를 닫고, 뒷정리를 마친 후, 홀의 테이블에 모인 우리는 다시 인사를 했다.

우리 네 사람과 디와 노엘이 가족인 아라드와 노키아도 있기에, 테이블을 붙이지 않으면 전원이 다 앉을 수가 없었다.

그리고 직접 만든 요리를 조리실에서 내온 나는 노엘의 등 뒤에 숨어서 이쪽을 쳐다보는 여자애를 발견했다.

그래. 저 여자애가…….

"후후후. 시리우스 님, 눈치챘군요? 할 이야기가 많지만, 우선 이 애부터 소개할게요."

"응. 소개해줘."

"예! 이 애야말로 저희의 보물인 노와르예요. 자아, 노와르도 인사를 해."

"저기…… 저, 저는 노와르……예요."

노엘에게 물려받은 붉은색 머리카락을 트윈 테일 모양으로 묶고, 고양이 귀와 꼬리를 지닌 귀여운 여자애였다.

169

전체적으로 노엘을 닮아서, 한눈에 모녀지간이라는 걸 알 수 있었다. 외모에서 디를 닮은 구석이 전혀 보이지 않는데, 역시 노엘의 유전자가 너무 강렬했던 걸까?

노와르는 약간 낯을 가리는 건지 자기소개를 마치자 노엘의 등 뒤에 또 숨었다. 느닷없이 찾아온 자들이 자신의 부모와 친근하게 이야기를 나누고 있으니 저러는 것도 무리는 아닐지도 모른다.

좀 미안하다고 생각하고 있을 때, 노엘은 딸인 노와르를 안아 들면서 디의 옆에 섰다.

"보세요, 시리우스 님. 이게 지금의 저희예요."

"시리우스 님께서 힘써주신 덕분에 저희는 행복하게 살고 있습니다. 다시 한 번 감사드립니다."

"……나는 조금 도와줬을 뿐이야. 너희가 성공한 건 너희가 노력을 게을리 하지 않았기 때문이라고."

"저희도 노력을 했지만, 역시 시리우스 님이 안 계셨으면 이 자리까지 오지는 못했을 거라고 생각합니다. 그러니 시리우스 님께서는 더욱 자랑스러워 해주셨으면 합니다."

확실히 내가 여러모로 가르쳐주긴 했지만, 그것을 자신의 것으로 만든 건 엄연히 그들이 노력했기 때문이다.

하지만 더 거부하면 오히려 실례일 것 같으니, 나는 행복해 보이는 미소를 짓고 있는 부부의 감사 인사를 받아들였다.

"그럼 제 가족을 소개할게요. 이 애가 제 여동생인 노키아이고, 저 애가 남동생인 아라드예요. 두 사람은 에리나 식당에서

고용한 종업원이기도 하죠."

"여러분, 처음 뵙겠습니다. 언니의 동생인 노키아라고 해요."

"아라드예요. 저기, 아까는 디 씨의 스승이신 줄도 모르고 실례를 범해 죄송합니다."

노키아는 정중하게 인사를 했고, 아라드는 깊이 고개를 숙이며 사과를 겸한 인사를 했다.

그에게 있어 디는 요리 스승이니, 그런 디에게 다양한 요리를 가르쳐준 나를 공경하려는 것 같았다. 상하관계에 엄격한 남자 같았다.

"그건 이제 신경 쓰지 않아도 돼. 그럼 이제 우리 차례네."

그대로 제자들을 소개한 후, 마지막으로 밖에 있는 호쿠토를 소개하려 했지만, 음식점 안으로 들일 수는 없기에 창을 통해 얼굴을 비추게 한 후, 소개를 했다.

느닷없이 나타난 커다란 늑대를 본 그들은 깜짝 놀랐지만…….

"멍멍이! 엄마, 멍멍이야!"

"노와르, 그러면 안 돼."

"그래, 노와르. 빨리 떨어져……."

"멍멍이한테는 호쿠토 씨라는 이름이 있으니까, 이름으로 부르세요. 오오…… 폭신폭신하네요!"

"응! 호쿠토 씨, 폭신폭신해!"

"문제는 그런 게 아니잖아!"

노엘, 그리고 그녀의 딸인 노와르는 주저 없이 호쿠토에게 다가갔다. 그리고 호쿠토의 얼굴을 꼭 끌어안으면서 털의 감촉을 즐긴 것이다. 그 순간, 노와르가 노엘의 딸이라는 걸 확신할 수 있었다.

이렇게 서로를 소개한 후, 우리는 늦은 저녁을 먹기 시작했다.

오늘 요리는 영업시간에 틈틈이 육수를 내며 만든, 내 특제 고기전골이다.

식당이라 식재료와 조미료가 풍부하기에, 꽤 호화로운 요리가 완성됐다. 마음 같아서는 더 맛있어 지도록 오랫동안 끓여서 진하게 육수를 내고 싶었지만, 그건 다음 기회로 미뤄야겠다.

오래간만에 고기전골을 먹는 거라 제자들은 기뻐했지만, 간을 좀 세게 한지라 노엘 일가의 입에 맞을지 좀 걱정되었다.

"하아…… 맛있어요. 그리고 왠지 그리운 맛이네요."

"그래. 게다가 실력도 더 좋아지셨군. 나도 아직 멀었는걸."

"……맛있어. 이 깊은 맛은 대체 어떻게 낸 거지?"

"으으…… 분하지만, 누나의 말이 맞아. 계속 먹게 돼."

다들 각양각색의 반응을 보이며 차례차례 냄비의 고기와 채소를 먹는 가운데, 딱 한 사람은 무덤덤한 반응을 보였다.

"노와르, 왜 그러니? 전골을 좋아하잖아?"

"……좋아해."

"아버지가 덜어주마. 시리우스 님이 만든 전골에 든 채소도 맛있을 거란다."

"……응."

디와 노엘이 신경을 써줬지만, 노와르는 기분이 좋지 않았다.

노와르의 입에 맞지 않았던 걸까?

하지만 맛이 없어서 저러는 것 같지는 않은데…… 혹시 뜨거운 걸 못 먹나?

내가 그런 생각을 하고 있을 때, 우리 집 먹보는 당당하게, 그리고 노키아가 부끄러워하며 접시를 내밀었다.

"형님, 더 줘!"

"저도 더 주세요."

"나, 나도……."

"……내일은 더 많이 준비하는 편이 좋을 것 같군요."

"그래. 돈과 일손을 제공할 테니까, 재료를 더 많이 사다줘."

나는 먹성 좋은 제자들 때문에 왠지 미안한 기분을 맛보면서 채소와 고기를 전골에 투입했다.

참고로 마지막에 밥을 넣어서 죽을 만들었는데, 다들 순식간에 먹어치웠다.

시끌벅적한 식사는 끝났지만, 식기들을 정리한 후에도 우리는 테이블에 앉아 있었다.

"자아, 아침이 되려면 아직 멀었어요. 시리우스 님이 학교에서 뭘 했는지 자세하게 들려주세요!"

노엘은 이때를 오랫동안 고대했는지, 술까지 들고 오며 물었다.

그리고 디도 주방에서 과일과 음료수를 가지고 왔기에, 우리는 그것을 먹으면서 헤어져 지낸 나날을 메우듯 계속 이야기를 나눴다.

주로 나눈 이야기는 내 학교생활에 관해서지만, 제자들이 열연을 펼치며 여러 사건들에 대해 이야기를 해줬기에, 노엘 일가는 우리의 이야기에 푹 빠져들었다.

"이제 다 틀렸다고 생각한 순간, 형님이 벽을 부수면서 도와주러 왔어요."

"저희가 당해내지 못한 상대를, 시리우스 님은 혼자서 순식간에 해치우셨죠. 죽을 뻔하기는 했지만, 그 순간의 시리우스 님은 정말 멋졌어요."

"크으…… 시리우스 님은 정말 끝내주는 순간에 등장했군요! 리스 양은 그때 시리우스 님에게 반해버린 거죠?"

"바, 반하다니…… 제가 시리우스 씨를 좋아하게 된 건 다른 일 때문에…… 앗?! 아, 아무것도 아니에요!"

"어머나? 자세한 이야기를…….."

"즐거운 시간에 찬물을 끼얹는 것 같지만, 오늘은 이만 끝내자."

오랫동안 이야기를 하는 사이 밤이 깊었고, 마을 전체가 잠에 빠져들 시간이 되었다.

노엘과 디는 괜찮을지 몰라도, 노키아와 아라드는 집에 돌아가야 하니 이쯤에서 끝내는 편이 좋을 것이다.

"으음…… 어쩔 수 없군요. 하지만 뒷내용이 궁금하니 리스 양은 제 방에서 같이 자요. 하다 만 이야기를 끝까지 해달라고요!"

"으으으……."

"적당히 좀 해. 그런데 나와 레우스가 잘 방은 있어? 없으면

이 마을의 여관에 가면 되는데…….”

“그건 절대 안 돼요! 이 집에는 객실이 하나 있으니까, 시리우
스 님은 거기서 주무세요. 그리고 레우 군은 디 씨와 함께 자고,
에미와 리스 양은 좀 좁겠지만, 제 방에서 자죠. 이 날에 대비해
모포를 잔뜩 준비해놨으니 안심하세요.”

노엘은 우리의 의견을 들어보지도 않고 반 배정을 결정했지
만, 나 혼자서 방 하나를 쓰는 것은 조금 마음에 걸렸다.

그래서 레우와 내가 객실을 쓰기로 했지만, 시종들끼리 나누
고 싶은 이야기가 있다면서 레우스는 오늘만 디의 방에서 자기
로 했다.

그리고 완전히 잠든 노와르를 침대에 옮기고 온 노엘에게, 나
는 아까 있었던 일에 대해 물었다.

“그런데…… 노엘. 모험가들과 시비가 붙었을 때의 그 소동은
대체 뭐야?”

“예? 무슨 소리를 하는 건지 모르겠네요.”

노엘은 고개를 돌리며 시치미를 뗐지만, 나는 그냥 넘어갈 수
없었다.

내가 계속 물어보면서 심문을 하자, 결국 노엘은 자백을 했
다.

“그게 말이죠. 처음에는 장난을 치거나 요리가 맛없다고 떠들
어대는 손님들을 마법으로 쫓아냈을 뿐이에요. 그런데 주위에
서 보던 손님들의 반응이 좋아서, 그럼 좀 여흥 삼아 해볼까 해
서…….”

그래서 아까 위풍당당하게 등장하며 멋진 포즈를 취한 건가.

여흥으로 친다면 딱히 이상할 게 없지만, 이 세계에 있어서는 그다지 좋지 않은 행동이다.

"디는 말리지 않…… 아니, 말렸겠지."

"예. 하지만 가게가 번성할 거라면서 말을 듣지 않았습니다. 게다가 노엘의 마음을 생각하면 한사코 반대할 수도 없어서……."

"위험하니까 관두라고 몇 번이나 말했어요. 하지만 언니가 고집을……."

"저는 요리 쪽으로는 거의 도움이 되지 않으니까, 이렇게도 돕고 싶었어요. 게다가 불만을 늘어놓는 손님들은 좀처럼 없죠. 이번으로 세 번째예요!"

"문제는 횟수가 아냐!"

나는 노엘의 안면을 잡으며 오래간만에 '아이언 클로'를 날렸다.

옛날과 달리 노엘보다 키가 커진 나는 간단히 그녀의 조그마한 얼굴을 움켜쥘 수 있었고, 손에 힘을 주자 그녀는 괴로워했다.

"아야야야얏! 전보다 세잖아요!"

"심정은 이해하지만, 상대가 너보다 강하면 어쩔 건데!"

"하, 하지만, 저도 가게에 도움이 되고 싶다고요……."

"그러다 다치기라도 하면 어쩔 거냔 말이야."

"현재진행형으로 다칠 것 같다고요~! 잘못했어요~!"

나는 그 말을 듣고 노엘을 풀어준 후, 그녀의 머리에 손을 얹으며 타이르듯 말했다.

"네가 다치는 건 디와 노엘, 네 가족뿐만 아니라, 나도 싫어. 그러니까 싸우려고 하지 말고 이 마을의 자경단과 이야기해서 대책을 세우도록 해."

"으으…… 알았어요. 이제 관둘게요."

내가 단호하게 꾸짖으며 죄책감을 자극하자, 노엘은 순순히 그렇게 말했다.

노엘은 고집이 강하지만, 제대로 설득을 하면 알아듣는 상냥한 애다. 물리적 요소가 포함된 것은 옛날 버릇 때문이며, 노엘은 좀 쓴맛을 봐야만 제대로 이해를 한다.

모험가들 중에는 거친 자들이 많고, 손님을 상대해야 하니 원한을 남기지 않는 편이 좋을 것이다.

디와 노키아의 말을 듣지 않았던 것은 노엘이 가게를 번성하게 해야 한다는 사명감을 우선했기 때문이다. 게다가 저 두 사람은 노엘에게 무르니, 결국 그녀의 행동을 허락하고 만 것이다.

한편, 반성을 하는 노엘을 보고 놀라는 이들이 있었다.

"마, 말도 안 돼! 누, 누나가 저렇게 순순히 남의 말을 듣더니……."

"언니와 디 씨가 따를 만도 해……."

……노엘이여. 가족들은 너를 대체 어떤 애로 여기고 있는 거냐?

다음 날 아침, 나는 에리나 식당의 객실에서 눈을 떴다.

밖은 아직 어둑어둑했고, 해의 높이로 볼 때 평소보다 조금 일찍 깬 것 같았다.

귀를 기울여보니 조리실에서 소리가 났기에, 이미 디가 아침 식사를 준비하고 있는 것 같았다. 음식점 사람들의 아침은 이른 시간부터 시작되는 것이다.

어제 들은 이야기에 따르면, 에리나 식당은 아침에 샌드위치를 비롯해 포장이 가능한 가벼운 식사거리를 판다고 하며, 본격적인 영업은 점심때부터 시작한다.

옷을 갈아입고 조리실에 가보니, 디와 아라드가 음식을 만들고 있었다. 그리고 나를 발견한 두 사람은 잠시 손을 멈추며 인사를 했다.

"좋은 아침입니다, 시리우스 님."

"혹시 저희 때문에 깬 건가요?"

"원래 평소에도 이런 시간에 일어나. 그것보다 내가 도울 일은 없어?"

"이미 대부분 끝났으니 괜찮습니다. 아침 식사는 어떻게 하시겠습니까?"

"글쎄. 아침 운동을 마친 후에 먹을게."

두 사람에게 그렇게 말한 후, 밖으로 나간 나는 식당 뒤편에 있는 우물에서 물을 떠서 세수를 했다.

그리고 근처에 놓여 있던 수건을 향해 손을 뻗자, 어느새 나타난 에밀리아가 아침 인사를 하며 나에게 수건을 건넸다.

그녀의 뒤편에는 레우스와 리스가 있었으며, 호쿠토도 앉아서 대기하고 있었다.

"다들 모였으니, 오늘도 훈련을 시작할까?"

""""예!""""

"멍!"

식당 뒤편에는 꽤 넓은 공간이 있었기에, 우리는 광장을 빙빙 돌듯 달렸다. 이건 아침 훈련이지만, 호쿠토에게 있어서는 산책 같은 것이다. 그래서 호쿠토는 꼬리를 흔들며 내 옆에서 함께 뛰었다.

어느 정도 뛰고, 모의전을 하면 훈련이 끝나지만, 좀 일찍 일어난 바람에 아침 식사 시간이 되려면 아직 멀었다.

몸가짐을 단정히 하고 쉴까도 생각했지만, 꼬리를 흔들고 있는 호쿠토를 보니, 불쑥 뭔가가 생각났다.

"그러고 보니 호쿠토와 프리스비를 한 적이 없구나."

전생의 호쿠토와는 이런저런 놀이를 했으며, 그중에서도 프리스비를 좋아했다. 한때는 세계를 노릴 수도 있지 않을까 하는 생각이 들 정도의 기술을 갖추고 있었다.

여행을 하면서 틈틈이 새로운 프리스비를 만들었고, 엄마의 무덤 앞에서는 못했으니, 이참에 하는 것도 괜찮을지 모른다.

지금의 호쿠토라면 얼마나 잘할지 생각하고 있을 때, 어느새 옆에 앉아 있던 호쿠토가 사라졌다.

그리고 남매의 모습도 없어졌으며, 홀로 남은 리스가 쓴웃음을 지으며 나를 쳐다보고 있었다.

"······다른 녀석들은 어디 간 거야?"

"시리우스 씨, 아까 프리스비라고 중얼거렸지? 그 말을 들은 순간······."

리스가 말을 끝내기도 전에 흙먼지를 휘날리면서 두 사람과 한 마리가 돌아오더니, 내 앞에 한 줄로 섰다.

그리고 에밀리아는 호쿠토 용으로 좀 크게 만든 프리스비를 들고 있었다. 그녀는 눈을 반짝이면서 프리스비를 나에게 건넸다.

"시리우스 님, 부탁드려요!"

"형님, 빨리 하자!"

"멍!"

두 사람과 한 마리······ 아니, 그냥 세 마리라고 해도 되려나.

세 마리가 각자의 꼬리를 조화를 이루며 흔드는 광경을 보니, 더는 별 말을 할 수가 없었다. 사이가 좋으니 잘됐다고 생각하기로 했다.

"이 멤버한테는 못 당할 것 같으니까, 견학만 하고 있을게."

"그 편이 좋을 것 같아."

세 마리의 실력을 생각하면, 가볍게 던지면 불만만 늘어놓을 것 같았다.

그러니 '부스트'를 발동시키며 던지자, 세 마리는 지면을 도려내듯 박차면서 몸을 날렸다.

머나먼 상공을 나는 프리스비를 향해, 에밀리아는 마법으로 바람을 일으키며 내달렸고, 레우스는 '부스트'를 사용하며 지면을 박찼으며, 호쿠토는 엄청난 각력을 선보이며 내달렸다.

겨우 몇 초 차이로 승리를 한 자는…… 역시 호쿠토였다.

호쿠토는 남매를 따돌리며 천천히 낙하하는 프리스비를 손쉽게 입으로 캐치했다. 아무리 저 남매라도 백랑에 비하면 신체능력이 떨어지니 어쩔 수 없을지도 모른다.

분통을 터뜨리는 남매를 곁눈질하며 돌아온 호쿠토는 나에게 프리스비를 건넸다. 내가 호쿠토의 머리를 쓰다듬어주자, 호쿠토는 꼬리를 흔들며 기뻐했다.

"음, 잘했어. 호쿠토. 하지만 좀 어른스럽지 못한 거 아냐?"

"멍!"

나는 좀 봐주라는 뜻에서 그렇게 말했지만, 호쿠토는 그럴 수 없다는 듯이 고개를 가로저었다.

"형님, 그런 소리 하지 마. 이건…… 전쟁이야!"

"봐줄 필요 없어요. 저는 실력으로 호쿠토 씨에게 이긴 후, 시리우스 님에게 머리를 쓰다듬어달라고 할 거예요!"

"멍!"

도전을 받아주마…… 하고 호쿠토가 말했다는 걸 나도 알 수 있었다.

세 마리에게 있어 프리스비란 놀이가 아니라 전쟁이었다.

하지만 이대로 가다간 호쿠토가 계속 이길 게 뻔했기에, 호쿠토는 자기 자신에게 핸디캡을 주기로 한 것 같았다.

남매만 방해공작이 허락되었고, 스타트 위치를 더 먼 곳으로 했지만, 호쿠토는 그래도 승리를 거머쥐었…… 아니, 물어줬었다.

묘한 상황이지만, 이것도 남매에게 훈련이 될 것 같았기에 계속 하기로 했다. 그리고 호쿠토가 열 번째 승리를 맛본 순간, 남매는 작전회의를 시작했다.

"역시 호쿠토 씨는 강적이네. 방해를 하려고 해도 등에 눈이 달린 것처럼 피해버리니, 역시 먼저 잡는 수밖에 없겠어."

"그럼 누나, 그걸 하자."

"하지만 그랬다간 너는 못 잡잖아."

"괜찮아. 지금은 호쿠토 씨에게 이기는 게 우선이야!"

작전회의를 마친 후, 각오를 다진 남매는 긴장한 표정으로 내가 프리스비를 던지기만 기다렸다.

핸디캡 덕분에 남매는 호쿠토에게 뒤처지지는 않았지만, 호쿠토의 뛰어난 도약력 때문에 지고 마는 것이다.

그걸 어떻게 극복하려는 건지 궁금해하면서 프리스비를 던지자, 에밀리아는 갑자기 속도를 줄였다. 그리고 레우스는 갑자기 뒤돌아서면서 양손을 포개더니, 포갠 손을 앞으로 내밀었다.

에밀리아는 레우스의 손에 발을 얹더니, 호흡을 맞춘 후…….

"가자, 누나!"

레우스가 에밀리아를 내던진 순간, 그녀는 마법의 바람을 사용해서 높이 도약했다.

남매의 절묘한 콤비네이션은 에밀리아를 호쿠토보다 훨씬 높은 위치로 날아오르게 했다. 그리고 에밀리아는 낙하하고 있는 프리스비를 움켜잡았다.

"해냈어요!"

"에, 에밀리아! 착지는 어떻게 하려는 거야?!"

리스가 걱정했지만, 에밀리아는 바람 마법으로 멋지게 착지할 수 있을 것이다.

하지만 저렇게 흥분한 걸 보면, 머릿속에 착지에 대한 생각이 전혀 없는 걸지도 모른다.

만일의 경우에 대비해 내가 몸을 날릴 준비를 했을 때, 호쿠토가 에밀리아의 목덜미를 물면서 그녀를 구해줬다. 여전히 다방면에서 도움이 되는 녀석이다.

에밀리아를 구출한 호쿠토는 소리 없이 착지했다. 그리고 에밀리아를 문 채 내 곁으로 걸어오더니, 그녀를 내려놓았다. 호쿠토 나름대로 남매의 건투를 칭찬하는 것 같았다.

"고마워요, 호쿠토 씨. 그리고 시리우스 님…… 드디어 해냈어요!"

"그래. 잘했어."

마치 프리스비계의 정점에 서기라도 한 것처럼 프리스비를 치켜든 에밀리아의 머리를 쓰다듬어주자, 그녀는 꼬리를 흔들면서 황홀한 표정을 지었다.

"아아…… 이게 승리의 맛이군요. 정말 감미로워요……."

"좋겠네……."

"왜 부러워하는 거야. 레우스도 이리로 와."

이번 승리는 프리스비를 움켜쥔 에밀리아만이 아니라 레우스도 함께하여 얻은 승리이기도 하다.

강대한 적과 마주쳤을 때, 적과 힘을 합쳐 승리를 거머쥐는 행동을 칭찬받아 마땅하다. 그래서 레우스의 머리도 쓰다듬어주자, 그는 미소를 지었다.

"헤헤…… 드디어 형님이 머리를 쓰다듬어줬어."

이제 식사 시간이 다 되었으니, 프리스비는 이쯤하기로 할까.

아침 식사 후에는 노엘의 어머니에게 인사를 드리러 갈 예정이니, 땀 냄새를 풍기며 만나러 갈 수도 없다.

노엘에게는 갓난아기 때부터 신세를 졌으니, 그녀의 어머니에게도 인사를 드리고 싶다.

프리스비를 이제 그만 하겠다는 말을 듣고 아쉬워하는 세 마리를 데리고, 우리는 에리나 식당으로 돌아갔다.

아침 훈련을 마치고 돌아온 우리는 에리나 식당의 거주구인 거실에 모여서 아침 식사를 했다.

오늘 아침은 디가 만든 프렌치토스트와 샐러드, 스프다. 꽤 호화로운 메뉴였다.

프렌치토스트를 먹어보니, 예전보다 훨씬 맛있었다.

"응, 맛있어. 잘 구웠는걸, 디."

"감사합니다."

"스프에서 느껴지는 상냥한 맛도 변함없네요……."

"맛있어, 디 형!"

"당연하죠, 레우 군! 우리 남편은 노력가거든요. 리스 양도 입에 맞나요?"

"예. 정말 맛있어요. 그런데……."

노엘은 디보다도 더 으스대고 있었다.

그리고 미소를 머금은 채 음식을 맛보던 리스의 접시가 어느새 깨끗하게 비었다.

그녀가 이 정도로 만족할 리가 없고, 리스 또한 아쉬운 듯한 표정을 짓자, 디는 아무 말 없이 음식을 가져다줬다.

"아…… 먹어도 되나요?"

"사양하지 말고 얼마든지 먹어."

"그래요, 리스 양. 이렇게 맛있게 먹어주니 저희도 다 기쁘거든요. 얼마든지 먹어도 돼요."

"고마워요. 그럼…… 두 개만 더 주세요."

"나도 더 먹을래!"

"그래. 기다리고 있어."

디가 서둘러 조리실과 거실을 오고가며 토스트를 준비하자, 나와 에밀리아는 그를 도우려 했다. 하지만 디는 딱 잘라 거절을 했다. 아무래도 옛날 생각이 나서 즐거운 것 같았다.

그러고 보니 저택에 살던 시절에도 우리는 이랬었고, 디는 남을 챙겨주는 걸 좋아한다. 디가 즐거워하는 것 같으니, 그가 하고 싶은 데로 하게 두기로 했다.

그리고 차례차례 구워져 나오는 토스트를 먹어치우는 가운데, 나와 가장 떨어진 곳에 앉아 있는 노와르가 이쪽을 쳐다보고 있다는 사실을 눈치챘다.

나와 시선이 마주치자, 노와르는 바로 고개를 돌리면서 토스트를 먹었다. 왠지 기분이 나빠 보이는 건 내 착각일까?

"노와르, 왜 그러니? 오늘은 평소보다 천천히 먹네."

"입에 맞지 않아?"

"그렇지 않아! 아빠가 만든 토스트는 정말 맛있어!"

"후후, 아빠가 만든 요리니까 당연하지. 그런데 이 프렌치토스트를 가장 먼저 만든 사람은 저기 계신 시리우스 님이란다. 그것 말고도 여러 요리를 아빠에게 가르쳐줬어."

"……그랬구나."

"응. 그러니까 노와르도 크면 시리우스 님의 시종이……."

"잘 먹었습니다."

나는 딸을 내 시종으로 만들려 하는 노엘을 말리려 했지만, 노와르는 엄마의 말을 끝까지 들어보지도 않고 거실을 나섰다.

노엘과 디가 얼이 나간 듯한 표정을 짓고 있는 걸 보면, 노와르가 저런 행동을 취하는 것은 매우 드문 일인 것 같았다.

"노와르, 왜 저러는 걸까? 아침 먹기 전에는 기분이 좋아 보였는데……."

"따라가 보는 게 어때? 뒷정리는 우리가 할게."

"고맙습니다. 그럼……."

"그럼 다녀올게요."

부부가 노와를 쫓아가기 위해 자리를 비우자, 주방에서 음식 준비를 하던 아라드, 그리고 출근을 한 노키아가 나타났다.

디와 노엘이 보이지 않자, 두 사람은 고개를 갸웃거렸다. 그리고 우리가 상황을 설명해주자, 두 사람은 더욱 고개를 갸웃거렸다.

"노와르가 도망치다니, 신기한 일도 다 있네."

"그래. 음식을 다 먹고 자기 접시도 치우는 착한 애인데 말이야. 왜 저러는 거지?"

"우리 때문이 아닐까? 그건 그렇고, 아라드뿐만 아니라 노키아도 일찍 출근하네. 일은 점심때부터 하는 것 아니었어?"

"아, 실은 시리우스 씨에게 볼일이 있어서요. 잠시 시간을 내주실 수 있을까요?"

노키아는 미안해하며 고개를 숙였지만, 현재 내 볼일이라고는 노엘의 어머니를 만나는 것뿐이다.

문제가 없다고 말하자, 노키아는 안도의 한숨을 내쉬면서 가게 안쪽을 쳐다본 후, 입을 열었다.

"실은 저희 어머니가 가게에 오셨어요. 그리고 시리우스 씨와 단둘이서 이야기를 나누고 싶어 하세요."

"나와?"

"예. 나중에 다른 분들과도 인사를 나눈다지만, 우선 시리우스 씨와 중요한 이야기를 나누고 싶대요⋯⋯."

"나도 인사를 하고 싶었으니까 괜찮아. 일부러 와주셔서 미안하네."

"그렇게 생각할 필요 없어요. 저희 어머니가 멋대로 오신 거니까요."

노엘의 가족을 만나러 가는 것이기에 제자들은 딱히 개의치 않으며 나를 보내줬다. 아직 식사를 하느라 정신이 없다고 할 수도 있으리라.

그리고 가게 안에 들어가 보니, 테이블 앞에 놓인 의자에 갈색을 띤 짧은 머리카락을 지닌 여성이 앉아 있었다. 일반적인 여성보다 몸집이 큰 여성이며, 팔이 두꺼운 걸 보면 상당한 근육을 지닌 것 같았다.

그 여성은 나를 보더니 노엘과 마찬가지로 고양이 귀와 꼬리를 쫑긋 세우며 환한 미소를 지었다. 왠지 배포가 큰 누님 같은 분위기의 여성이었다.

"네가 시리우스지?"

"예. 그렇습니다. 당신이 노엘 씨의 어머니인가요?"

"그래. 아무튼 여기에 앉아. 그리고 나한테 존댓말을 쓸 필요 없으니까, 시리우스는 평소 말투로 이야기해도 돼."

말투가 좀 거칠기는 하지만, 시원시원한 누님 같은 말투, 그리고 엄마와는 다른 느낌의 상냥한 미소가 보는 이들에게 불쾌감을 주지 않는 사람이기도 했다.

노엘이 나에 대해 어떻게 설명을 한 건지 궁금했지만 일단 자기소개를 마쳐야겠다고 생각하며 맞은편에 앉자, 노엘의 어머니는 테이블에 놓인 물병의 물을 컵에 따라서 내 앞에 뒀다.

중요한 이야기를 나눌 건데, 물만 마시는 것도 좀 그랬다.

"괜찮다면 제 시종에게 홍차를 준비시켜도 될까요?"

"미안하지만 나중에 그래줄래? 그 전에 끝내고 싶은 게 있거든."

나도 지금 바로 차를 마시고 싶은 건 아니기에, 그녀의 뜻에 따르기로 했다.

"우선 만나서 반가워……라고 해야겠지. 나는 노엘의 어미인 스텔라라고 해. 편한 데로 불러."

"그럼 스텔라 씨라고 부르죠. 노엘에게서 이야기를 들으셨겠지만, 저는 시리우스라고 합니다."

"응. 우리 딸한테서 몇 번이나 이야기를 들었어. 내 바보 딸이 엄청 신세를 졌지?"

자신의 딸을 바보라고 말하면서도, 스텔라는 상냥한 미소를 머금고 있었다.

말투는 험하지만, 이 사람이 자식을 걱정하는 한 명의 엄마라는 것은 틀림없다. 이런 상대에게는 마음을 터놓고 당당하게 이야기를 나누는 편이 좋을 것이다.

"바보라는 점은 부정하지 않겠지만, 저는 노엘에게 많은 걸 가르쳐줬죠. 하지만…… 노엘은 더 많은 걸 저에게 가르쳐줬어요."

"하하하. 바보 같은 딸이지만 도움이 되었다니 기뻐."

"너무 바보라고 하지 마세요. 지금은 한 아이의 어엿한 엄마잖아요."

"아냐……. 그 애는 바보야. 지금 행복한 만큼 더 바보지."

그리고 스텔라는 푸념에 가까운 옛날이야기를 시작했다.

스텔라는 오름 마을에서 건축 관련 종사자의 우두머리 격인 여성이며, 아이가 일곱 명이나 있는 어머니이기도 했다. 그 아이들 중 가장 나이가 많은 애가 노엘이라고 한다.

하지만 일곱 명이나 되는 아이들이 태어나자마자 남편이 병으로 이 세상을 떠났고, 그 후로 그녀는 홀로 아이들을 키워야 했다. 그리고 일이 잘 풀리지 않아서 생활이 힘들었던 시기가 있었다고 한다.

가족 모두가 만족스럽게 식사도 할 수 없는 나날이 계속되던 어느 날, 노엘은 입을 하나라도 줄이기 위해 가출을 하고 만 것이다.

"진짜 바보 같은 애야. 한 명이 줄어봤자 그다지 생활이 나아지지도 않는데, 내가 굶는 모습을 더는 못 보겠다고 적힌 쪽지만 하나 남겨두고 집을 뛰쳐나갔어."

부모로서 정말 분했을 것이다. 당시의 일을 떠올린 스텔라는 쓰디쓴 표정을 지었지만, 곧 온화한 표정을 지으며 창밖을 쳐다보았다.

"그리고 얼마 후, 귀족의 시종이 되었다는 편지가 오더니…… 아예 남편까지 데리고 돌아온 거야. 부모에게 걱정을 잔뜩 끼쳐놓고, 환하게 웃으며 돌아온 딸이 바보가 아니면 뭐겠어?"

"틀린 말은 아니군요. 하지만 지금은 그녀에게 도움을 받고 있지 않나요?"

"분하지만 맞아. 노키아와 아라드에게 안정적인 일자리가 생겼고, 맛있는 음식을 만들어주는 남편까지 데리고 왔지. 그 애가 돌아와 준 덕분에, 우리 가족의 생활은 정말 편해졌어."

불가사의하다는 생각이 들었다. 외모와 성격, 그리고 언동은 엄마와 명백하게 다르지만, 스텔라에게서 엄마와 똑같은 온기가 느껴졌다.

자연스럽게 내 마음이 온화해지는 가운데, 스텔라는 다시 따른 물을 마신 후, 말을 이었다.

"그 애가 한 번은 노예가 됐다는 이야기를 들었을 때, 나는 확 때려주고 싶다는 충동을 느꼈어. 노엘만이 아니라 나 자신도 말이지. 하지만…… 그런 바보 같은 애를 구해줬을 뿐만 아니라, 길어준 은인이 있다는 이야기를 들었어."

"내 엄마들…… 말이군요."

"맞아. 그래서 그 은인에게 고맙다는 말을 하고 싶은데, 이미 이 세상 사람이 아니라잖아. 누구에게 고맙다는 말을 해야 하는 건지 몰랐는데, 드디어 그 말을 할 상대가 나타났어."

나만 부른 것은 딸을 구해줘서 고맙다는 말을 하고 싶었기 때문……인가.

하지만 진정한 의미에서 노엘을 구해준 사람은 내 엄마인 아리아와 에리나다.

게다가 나는 노엘에게 도움만 받았다. 그러니 내가 거꾸로 고맙다는 말을 해야 하지만, 스텔라의 마음을 가볍게 여길 수도 없기에…….

"……알았어요. 제가 대표로 인사를 받죠."

"너는 내 은인의 아들이니까, 인사를 받을 자격이 있어. 시리우스…… 내 소중한 딸을 구해줘서, 정말 고마워."

그렇게 말하면서 자리에서 일어난 스텔라는 나를 향해 깊이 고개를 숙였다.

그리고 고개를 든 스텔라는 부끄러워했지만, 가슴의 응어리가 내려간 듯한 표정을 지으며 달아오른 몸을 식히려는 것처럼 또 물을 들이켰다.

"하하하……. 부끄러운 모습을 보였네. 저 애에게는 절대 이런 모습을 보여주고 싶지 않아."

"아뇨. 자식을 생각하는 어머니의 행동을 부끄럽게 여길 필요 없어요."

"그렇게 말해주니 고마운걸. 그런데 물어볼 게 있는데, 시리우스가 저 애에게 마법을 가르쳤다면서? 저 시끌벅적하고 기분 파인 저 애에게 마법을 가르치느라 고생하지 않았어?"

"……실은 꽤 힘들었죠."

"응, 솔직하네. 그건 그렇고 진짜로 저 애는 좋은 사람들을 만났구나. 너도 그렇게 생각하지?"

스텔라는 호쾌하게 웃더니, 다시 가게 안쪽을 쳐다보며 이렇게 외쳤다.

"자아, 이야기가 끝났으니 숨어 있지 말고 전부 튀어나와!"

우리를 몰래 숨어서 쳐다보던 이들이 멋쩍은 표정을 지으며 모습을 드러냈다.

하지만 방금 그 이야기의 중심인물인 노엘과 그녀의 딸인 노와르는 당당했다. 여러 가지 의미에서 격이 다른 모습을 보여줬다.

"들켰군요. 그것보다 엄마. 왠지 나만 폐를 끼친 것처럼 말하던데, 저도 시리우스 님에게 이것저것 가르쳐줬어요. 진짜라고요."

"하아…… 우리 딸이 바보라 정말 미안해. 그런데 뒤편에 있는 애들이 시리우스의 일행이야?"

"예. 이 애들은 제 후배이자, 여동생과 남동생이기도 한 애들이에요."

"어느새 나한테도 여동생이 생겼어……."

"네가 소개할 필요 없으니까 물러나 있어."

스텔라는 노엘의 머리를 가볍게 두드리며 물러서라는 듯이 쫓아냈다. 엄마인 만큼 노엘을 어떻게 다뤄야 하는지 잘 아는 것 같았다.

그리고 전원의 소개가 끝난 후, 스텔라는 내 제자들의 머리를 상냥하게 쓰다듬어줬다.

"에밀리아…… 레우스…… 그리고 리스구나. 좋은 이름이네. 그리고 우리 애와 다르게 똑똑해 보여."

"그렇지 않아요. 언니는 저와 레우스를 구해준 은인이에요."

"응. 노엘 누나는 우리와 자주 놀아줬어."

"저는 만난 지 얼마 안 됐지만, 노엘 씨는 정말 기운이 넘치고, 주위 사람들을 즐겁게 해주는 멋진 여성이라고 생각해요."

"흐음……. 역시 우리 애와는 달라도 너무 다르네."

"정말, 엄마! 의외로 멋진 말도 할 줄 아네요. 아…… 어, 얼굴은 안 돼요! 그리고 지금은 감동하면서 저를 칭찬할 타이밍이잖아요!"

노엘은 분노를 터뜨리며 어머니에게 달려들었지만, 스텔라는 한 손으로 그녀를 제압하며 웃음을 터뜨렸다.

그런 가슴 따뜻한 광경이 펼쳐진 사이, 디는 우리 모두가 마실 음료를 준비해서 테이블에 놓았다. 다들 모였기에, 가게를 열 때까지 다 같이 이야기를 나누기로 했다.

그리고 스텔라에게 제압을 당한 노엘이 거친 숨을 내쉬면서 입을 열었다.

피곤하면 쉬면 될 텐데, 너는 정말 무슨 일에든 다 끼어드는구나.

"하아…… 하아…… 그런데, 시리우스 님은 언제까지 여기에 계실 건가요?"

"아직 정하지는 않았지만, 그렇게 오래 머물 생각은 없어."

"그럼 1년…… 아니, 가볍게 5년 정도 계시는 건 어떨까요?"

"그걸 가볍다고 표현하지는 않아."

게다가 왜 1년에서 5년으로 늘어난 거지?

나는 스텔라에게 도움을 요청하는 눈길을 보냈지만, 그녀는 자신의 팔을 손으로 두드리며 호쾌하게 웃었다.

"괜찮은 것 같네. 집이라면 내가 지어주지. 딸의 은인을 위해 멋진 집을 지어주겠어."

"……괜찮아요. 일단 보름 정도 묵었다가 가도록 하죠."

역시 이 두 사람은 부모와 자식이다.

솔직히 말해 보름도 긴 것 같지만, 너무 짧으면 노엘이 불평을 늘어놓을 것 같고, 그렇다고 해서 너무 오래 있으면 멋대로 집을 지어버려서 여행을 떠나기 힘들 것 같은 기분이 들었다.

"어쩔 수 없군요. 이번에는 봐주겠어요. 엄마, 보름이면 집 한 채를 지을 수 있죠?"

"가능은 하지만, 지금은 다른 일이 있어서 좀 힘들 것 같네. 은인을 위해서라고 해도, 다른 일을 허투루 하는 건 내 자존심이 용납하지 않거든.”

　역시 그런 생각을 하고 있었던 것 같았다. 일단 스텔라의 장인 기질에 감사해야겠다.

　이렇게 이야기를 나누다보니, 오럼 마을에서 지내는 동안은 에리나 식당에서 머물기로 했다.

　식구가 네 명이나 늘었으니 여러모로 힘들 것 같지만 요리와 웨이트리스 등을 비롯해 도울 일은 잔뜩 있는 것 같고, 노엘 일가는 개의치 않는 것 같으니 사양하지 말고 신세를 지기로 했다.

　리스도 노엘 일가에게 익숙해진 것 같으니 마음 편히 지낼 수 있을 거라 생각했지만…… 문제가 딱 하나 있었다.

　“자아, 노와르. 오빠와 언니가 한꺼번에 생겼네. 잘됐지?”

　“……응.”

　“으음…… 이렇게 낯가림이 심한 아이가 아닌데, 대체 왜 이러는 거지?”

　“너도 시리우스 님이 얼마나 대단한 분인지 깨달아줬으면 좋겠구나.”

　노엘과 디가 노와르의 머리를 쓰다듬으면서 그런 소리를 했지만, 나를 힐끔 쳐다보더니 납득한 것처럼 고개를 끄덕였다.

　“뭐, 같이 살다 보면 금방 익숙해질 거예요. 머지않아 시리우스 님이 얼마나 대단한 분인지 깨달은 노와르가 자기 입으로 모시고 싶다는 소리를 할 거라고 생각해요.”

　“그래. 노와르. 이 아빠는 일을 하러 갈 테니, 얌전히 있거라.”

“응!”

노와르는 디에게 안겨들면서 나이에 걸맞은 귀여운 미소를 지었지만, 우리…… 아니, 나를 보더니, 언짢은 표정을 지었다.

일단 당초의 목적은 노와르와 사이좋게 지내는 것이다.

우선 케이크로 그녀를 낚아보자고 생각한 나는 디에게 조리실을 빌려달라고 부탁했다.

노엘, 디와 재회하고 며칠이 지났다.

에리나 식당에서 지내기로 한 우리는 훈련하는 틈틈이 식당일을 도우면서 느긋하게 지냈다. 참고로 남매는 손님 상대와 뒷정리 면에서 활약했고, 나와 리스는 주방에서 요리를 도왔다.

그리고 오늘 영업시간이 끝난 후, 나는 디에게 새로운 요리를 가르쳐줬다.

디와 함께 나에게 요리를 배우는 아라드는 흥미진진한 눈길로 나를 쳐다보고 있었다.

"여기서 푼 달걀을 넣고 뚜껑을 덮은 후, 달걀이 익으면 완성이야."

"……그렇군요."

"가르쳐주셔서 감사합니다!"

내가 이번에 가르쳐준 것은 돈가스덮밥과 닭고기 달걀덮밥처럼 식당의 정석 메뉴라고 할 수 있는 덮밥 요리다.

빠르고, 싸며, 맛있는 이 요리를 가르쳐주지 않은 것은 아직 쌀의 유통이 원활하지 않았기 때문이다.

지금까지는 개인적으로만 만들어왔지만, 에리나 식당은 가르간 상회에서 안정적으로 쌀을 공급받을 수 있어서, 이제 가르쳐주기로 한 것이다.

완성된 닭고기 달걀덮밥을 시식한 두 사람의 반응을 보니, 나쁘지 않은 것 같았다.

"돈가스덮밥은 좀 더 손이 가지만, 밥만 지어두면 스튜와 마찬가지로 미리 만들어둘 수도 있어."

"예. 이 메뉴라면 금방 제공할 수 있을 것 같군요."

"예. 만드는 법도 간단한 데다 맛도 좋다니, 우리한테 딱 좋은 메뉴예요."

"그럼 너희도 하나씩 만들어봐. 그걸 다른 사람들에게 먹여보고 의견을 들어보자."

"좋은 생각이에요. 디 씨, 해보죠!"

"그래."

두 사람은 내 제안에 동의하더니, 방금 가르쳐준 세 종류의 덮밥 요리를 만들기 시작했다.

바로 그때 시선이 느껴져서 고개를 돌려보니, 냄새에 이끌린 짐승…… 아니, 노엘을 필두로 리스와 레우스가 주방을 기웃거리고 있었다.

"맛있는 냄새가 나요……."

"노엘 누나, 완전 기대되지 않아? 이건 형님의 필살기인 덮밥 요리라고."

"중독될 정도로 맛있어."

먹보 세 사람의 텐션이 상승하기 시작했지만, 내가 다가가자 부리나케 도망쳤다. 너희는 정말 항상 즐거워 보이는구나.

잠시 후 모든 덮밥 요리가 완성되자, 나는 다른 이들을 부르려 했다. 하지만 노엘을 비롯한 대부분의 이들이 접시와 젓가락을 준비하고 대기 중이었기에, 그대로 품평회를 시작했다.

　손님이 없는 가게 안의 테이블에 돈가스덮밥, 닭고기 달걀덮밥, 쇠고기 덮밥이 놓인 냄비가 놓였다. 그리고 각자의 앞에는 밥만 놓인 그릇이 준비되어 있었다.

　"그 밥 위에 이 냄비 안에 있는 건더기와 국물을 얹어서 먹는 거야. 밥은 더 있으니까, 괜찮으면 모든 종류를 먹어보고 감상을 말해줘."

　"이걸 말인가요? 어디어디…… 어머, 맛있네?! 이거, 정말 맛있어요! 다른 것도…… 응! 끝내주네요!"

　"형님이 만든 것과 맛이 조금 다르기는 하지만, 역시 돈가스덮밥은 최고야!"

　"저는 닭고기 달걀덮밥이 가장 맛있어요. 이 아련한 단맛이 제 입에 딱 맞아요."

　"밥 더 주세요."

　"으음…… 나는 이 쇠고기 덮밥이 가장 맛있어."

　저녁을 먹은 지 얼마 안 되었는데도 다들 밥을 더 달라고 했다.

　이 반응을 보아하니, 가게에 내놔도 문제는 없을 것 같았다.

　그렇게 생각하며 노와르를 쳐다보니, 그녀는 젓가락질을 능숙하게 놀리면서 닭고기 달걀덮밥을 맛있게 먹고 있었다. 젓가락을 쓰는 법은 노엘과 디한테서 배운 것 같았다.

　그런 노와르에게 에밀리아와 리스가 말을 걸더니…….

　"노와르는 뭐가 가장 맛있니?"

"닭고기 달걀덮밥! 진짜 맛있어!"

"닭고기 달걀덮밥의 맛을 이해하는 군요. 역시 언니의 딸이에요."

"당연하잖아."

노와르는 순수한 미소를 지으며 대답했다.

이 며칠 동안, 에밀리아와 리스는 노와르와 같은 방에서 생활하며 꽤 많이 친해진 것 같았다.

그리고 그 두 사람만큼은 아니지만 레우스가 노와르와 이야기를 나누는 모습도 자주 보였다. 아마 레우스에게도 어느 정도마음을 허락한 것 같았다. 레우스의 분위기와 노엘과 비슷하기 때문일지도 모른다.

그리고…….

"노와르, 어때? 너는 좀 더 단 게 입에 맞으려나?"

"……응."

내가 말을 걸면 고개를 휙 돌렸다. 나를 대하는 태도는 전혀 달라지지 않은 것이다.

하지만 며칠 동안 같이 지내면서 원인을 파악했다.

아마…… 노와르는 나를 질투하고 있는 것이다.

노엘의 정보에 따르면, 그녀는 노와르가 철이 들었을 때부터 내가 얼마나 대단한 사람인지 몇 번이나 말해줬다고 한다.

설명하는 노엘은 노와르를 위해서 그런 거겠지만, 노와르는 그 이야기가 재미있지 않았을 것이다. 딸보다 나를 우선하고 있는 것처럼 느껴질 테고, 우리가 이곳에서 지내게 되면서, 노엘과 디가 딸을 신경써주는 시간이 줄어든 것 또한 사실이니까 말이다.

하지만 그만큼 에밀리아 일행이 노와르와 놀아줬다. 그리고 내가 보기에 노엘과 디가 딸에게 쏟는 애정이 줄어든 것 같지는 않았다.

하지만 이성적으로 생각할 수가 없는 것이다.

노와르는 아직 어린애이니, 부모와 우리가 하는 말에 바로 납득할 수 있을 리도 없다.

나는 며칠 전에 케이크를 만들어서 노와르의 마음에 들려고 했지만…… 결과는 참패였다.

케이크는 맛있게 먹어줬지만, 내가 말을 걸면 고개를 휙 돌리는 건 변함이 없었던 것이다.

케이크는 지금까지 무적이나 다름없었지만, 노와르는 디가 때때로 만들어준 케이크를 먹어본 적이 있기에 내성이 있는 걸지도 모른다. 아니…… 오히려 미묘한 맛의 차이 때문에 역효과만 난 것일지도 모른다.

아이에게 있어서는 부모가 만들어준 익숙한 맛이 최고인 것이다.

결국, 노와르를 위해 만든 케이크는 제자들과 노엘만 기쁘게 했다. 노엘의 딸답게 쉬운 상대는 아닌 것 같았다.

그 후로 몇 번이나 말을 걸고, 친해지기 위해 여러모로 손을 써봤지만…… 노와르의 태도는 아직까지도 변함이 없었다.

이곳에 눌러앉으려는 것도 아니니, 우리가 여행을 떠나고 나면 마음이 풀릴 것이다. 하지만 가능하면 기분 좋게 여행을 떠나고 싶었다.

게다가 내가 신뢰하는 노엘과 디의 딸과 친해지고 싶었다.

그래서 그날 밤, 노와르가 잠든 후에 모두가 가게 테이블에 모여서 작전회의를 했다.

"그럼…… 제1회, 노와르와 친해지기 회의를 개최하겠습니다. 여러분, 박수!"

……내 가명(家名)을 정했을 때와 비슷한 텐션이었다.

이제 딴죽을 거는 것과 귀찮아져서 그냥 입을 다물고 있자, 노엘은 손을 번쩍 들면서 자신의 의견을 내놓으려 했다. 딱히 손을 들 필요는 없는데 말이다.

"그럼 제가 먼저 의견을 내놓죠. 에미를 공략한 그 신의 손으로 쓰다듬어주는 건 어떨까요? 참고로 노와르의 쓰담쓰담 포인트는 정수리의 오른쪽 대각선 뒤편이에요."

"저기, 언니. 그러면 노와르가 가만히 있을 거라고 생각해?"

"으음, 그럼 제가 잡고 있을 테니, 그 틈에 쓰다듬어주죠!"

"억지로 하면 역효과만 날 거야! 시리우스 씨를 따르는 건 알지만, 엄마라면 노와르의 마음을 좀 헤아려줘!"

"꼭 그렇게까지 말할 건 없잖아! 나는 노와르와 시리우스 님, 둘 다 소중하단 말이야. 으으…… 에미, 노키아가 나를 괴롭혀~."

"후후, 다 큰 어린애군요."

자매의 이런 다툼은 일상다반사적으로 벌어지는 일이며, 노엘은 거짓 눈물을 흘리며 에밀리아의 품에 뛰어들었다.

그리고 에밀리아에게 안긴 노엘은 갑자기 몸을 부르르 떨었다.

"역시 나보다 커! 게다가 이렇게 부드럽다니…… 그야말로 이상적인 가슴이야!"

"시리우스 님을 위해 노력했거든요. 저는 언제나 준비가 되어 있어요."

"저기…… 여성은 가슴이 전부가 아니니까, 노엘 씨도 그렇게 우울해할 필요는……."

"그, 그래요! 저도 저렇게 매력적인 남편과 결혼했으니까, 저보다 작은 노키아도 언젠가 반드시……."

"좋아! 일단 밖으로 나가!"

일단 노엘의 말은 무시하기로 하고, 우선 노와르의 본심을 들어봐야겠다는 생각이 들었다.

내가 그런 제안을 하자, 디는 고개를 저었다.

"그 애는 노엘을 닮아서 고집이 세죠. 저희가 물어봐도 순순히 이야기해줄지……."

"그렇구나. 그럼 그건 나중에 시험해보기로 하고, 다른 방식으로 어프로치를 해보는 편이 좋을지도 몰라."

즉, 노와르는 소중한 부모님이 나만 계속 칭찬하는 게 마음에 들지 않는 것이다. 어린애 입장에서 본다면 자신의 부모님을 최고라고 생각하는 것도 당연하니까 말이다.

그리고 잠시 동안 생각에 잠겨 있던 나는 불현듯 좋은 생각이 떠올랐다.

"……디. 다음에 나와 모의전을 해보지 않겠어?"

모의전에서 내가 일부러 져서 부모님이 이기는 광경을 보여주면, 뭔가 반응이 있을지도 모른다.

꽤 괜찮은 방법이라고 생각하며 나는 말했지만, 다들 굳은 표정을 짓는 걸 보면 그다지 좋은 생각이 아닌 것 같았다.

"죄송하지만 사양하겠습니다. 설령 연기라고 할지라도, 저는 주인을 쓰러뜨리고 싶지 않군요."

"디 씨의 말이 맞아요. 시리우스 님은 저희가 모시는 주인이니까요."

"나도 형님이 지는 모습은 보고 싶지 않아."

레우스뿐만 아니라 옆에 앉아 있는 에밀리아와 리스도 동의한다는 듯이 고개를 끄덕였다.

그들의 신뢰는 기쁘지만, 넓은 세상에는 나보다 강한 자나 마물이 잔뜩 있을 테니 과대평가는 하지 말아줬으면 한다. 내가 져서 제자들이 마음이 꺾였다…… 같은 사태가 벌어지지 않도록 조심해야겠다.

이야기가 옆으로 샜지만…… 다른 좋은 방법이 없을지 생각해보고 있을 때, 노엘이 또 손을 들었다.

묘하게 자신이 있어 보이는데, 이번에는 무슨 소리를 하려는 걸까.

"그럼 저와 청소 승부를 하죠! 청소는 시종이 하는 일이니까 제가 이기더라도 문제가 되지 않을 거예요. 그리고 노와르에게 제가 얼마나 대단한지 보여줄 수도 있을 거예요."

"안 돼."

"왜요?!"

아니…… 나도 잘 모르겠지만, 왠지 노엘에게 지는 게 싫었다.

그 설명만으로 납득하지 못하고 양손을 휘두르며 난리를 치는 노엘을 달래고 있을 때, 옆에 있던 에밀리아가 손을 들었다.

"소풍을 가는 건 어떨까요? 다 같이 놀다 보며 친해지면 본심을 이야기하기도 쉬울 테고, 그대로 시리우스 님과 친해질지도 몰라요."

흠…… 나쁘지 않은 생각이다.

나만이 아니라 다들 동의한다는 듯이 고개를 끄덕였지만, 디는 굳은 표정을 짓고 있었다.

"가게를 쉴 수는 없어. 요리를 먹으러 와주는 사람들에게 죄송하니까 말이야."

"아뇨. 쉬어야 해요. 이 식당을 연 후로 디 씨는 거의 쉬지를 않았잖아요. 그날은 저와 노키아 누나, 둘이서 어떻게든 할 테니까, 디 씨는 천천히 쉬세요."

"마음은 고맙지만, 둘만으로는 무리일 거야."

"다른 동생들을 불러서 돕게 할게요. 그리고 미리 만들어둘 수 있는 요리 위주로 가게를 운영하면 하루 정도는……."

아라드 또한 나름대로 디를 걱정하고 있는 것 같았다.

듣자하니 이 가게가 영업을 하지 않은 것은 디가 몸이 나빴을 때뿐이라, 노엘과 노키아도 반대할 이유는 없는 것 같았다.

디를 쉬게 해주고 싶은 건 나도 마찬가지이기에, 그들을 지지하는 편이 좋을 것 같았다.

"그럼 그날은 한정요리만으로 영업을 하는 건 어때? 신작 요리 발표회라는 명목으로 메뉴를 줄인 후, 사전에 벽보와 전언 같은 걸로 알려두는 거야."

"설명은 제가 할게요. 단골들에게 말해두면 금방 알려질 테니까요."

아까 가르쳐준 덮밥 요리를 선보일 딱 좋은 기회이기도 했다.

애초에 이 가게는 메뉴가 너무 풍부해서 손이 너무 많이 가기도 했다.

"그러면 저 혼자서도 어떻게든 되겠군요. 디 씨, 이래도 안 될까요?"

"누나만이 아니라 우리 모두를 위해 최선을 다해온 디 씨를 위한 일이니까, 동생들도 기꺼이 도와줄 거예요."

아라드와 노키아가 진지한 표정으로 그렇게 말하자, 디는 한숨을 내쉬면서도 미소를 지었다. 가족들이 디를 따르는 모습을 보자, 나도 기분이 좋아졌다.

디가 여전히 망설이자, 노엘은 웃으면서 그의 손을 잡았다.

"저도 같은 심정이에요. 디 씨는 매일 열심히 일할 뿐만 아니라 노엘도 챙겨주잖아요. 그러니 좀 쉬어주세요. 당신이 쓰러지면 저와 노와르가 울 거예요."

"……그건 싫은걸. 좋아. 너희의 호의를 받아들이기로 하지."

"맡겨만 주세요! 디 씨의 제자로서 최선을 다할게요."

"하지만…… 역시 언니는 약았어. 항상 가장 멋진 역할을 가로채간다니깐."

"흐흥, 제가 이 세상에서 가장 사랑하는 남편이니 당연하죠. 안 그래요? ……여, 보~."

"그래. 나는 노엘을 가장 좋아해. 지금은 노와르도 마찬가지지만 말이야."

"여보……."

"노엘……."

……이 핑크색 공간은 변함이 없는 것 같았다.

이제 이미 익숙해진 것인지 아라드와 노키아는 어깨를 으쓱했다.

참고로 에밀리아와 리스는 그 광경을 부럽다는 듯이 쳐다보고 있으며, 레우스는 가게 밖에서 자고 있는 호쿠토의 꼬리로 그림자놀이를 하고 있었다.

그리고 정신을 차린 두 사람과 함께 소풍 일정을 잡았다.

괜찮아 보이는 날짜를 몇 개 고른 후, 다른 데서 일하는 노엘의 가족들에게 확인을 해보니, 바로 승낙을 해줬다.

그 사이, 아라드는 덮밥 요리 연습을 하면서, 요리를 만드는 데 걸리는 시간을 줄여나갔다.

여담이지만, 레우스는 호쿠토의 꼬리를 안면에 맞고 졌다. 호쿠토의 꼬리 정도는 이길 수 있을 거라는 생각은 레우스의 착각이었던 것 같다.

그리고 며칠 후, 드디어 그날이 찾아왔다.

날씨는 쾌청했다. 소풍가기 딱 좋은 날이었다.

소풍은 우리와 노엘, 디, 노와르, 이렇게 일곱 명이서 가기로 했다.

우리는 평소보다 일찍 일어나서 대량의 요리를 만들어뒀다. 그러니 요리를 제공하지 못하는 최악의 사태는 피할 수 있을 것이다.

가게용 요리를 준비하며 틈틈이 만든 대량의 도시락, 그리고 레저 도구들을 챙겼으니, 이제 준비는 끝났다.

"가게를 부탁하마. 하지만 무리는 하지 마라."

"맡겨만 주세요. 이만큼이나 준비를 해뒀으니 실패할 리가 없어요."

"저도 도울 테니까 안심하세요. 언니와 디 씨는 느긋하게 쉬고 오세요."

다른 동생들은 점심 때 오기로 했으며, 그들은 이전에서 일한 적이 있으니 별문제는 없을 것이다.

그리고 우리는 아라드와 노키아에게 배웅을 받으면서 마을 밖으로 향했다.

목적지는 근처 숲이며, 노엘의 말에 따르면 그곳에는 멋진 장소가 있다고 한다.

그렇게 먼 곳은 아니지만, 어린아이라 체력이 약한 노와르는 호쿠토의 등에 태웠으니 걱정할 필요가 없다.

참고로 노와르는 아침부터 기분이 좋았으며, 호쿠토의 등 뒤에서 들뜬 듯한 반응을 보이고 있었다. 옆에서 걷고 있는 노엘과 함께 콧노래를 부르고 있는 광경은 보는 이들의 가슴을 푸근하게 해줬다.

"시리우스 님, 노와르가 정말 즐거워 보여요. 이대로만 가면 친해질 수 있을지도 모르겠어요."

"그렇게 되면 좋겠네. 그리고 즐기는 것도 좋지만, 경계심을 풀지는 마."

"나만 믿어, 형님!"

"노와르는 반드시 지킬게."

노와르와 그녀의 부모는 움직이기 편한 복장을 하고 있지만, 우리는 여행을 할 때와 같은 장비를 착용하고 있었다.

마을이 가까우니, 위험한 마물은 없을 거라고 노엘이 말했지만, 밖에 나왔으니 무장을 하는 게 당연했다. 우리는 호위나 다름없는 것이다.

호위라고 말하자 노엘 가족은 사양했지만, 앞으로 여행을 계속할 우리는 길드에서 호위 의뢰를 받게 될 일이 있을지도 모르니 연습 삼아 해보겠다고 말해서 납득시켰다.

뭐, 기척에 민감한 호쿠토가 있으니, 우리도 적당히 즐길 생각이다.

처음에는 노와르와 친해지는 게 목적이었지만, 디를 쉬게 해준다는 목적도 생겼으니 너무 부담을 주지 않도록 나름 신경을 써야겠다.

노엘에게 안내를 받으면서 숲에 들어가서 잠시 동안 걸어가자, 탁 트인 장소에 도착했다.

그곳에는 조그마한 강이 흐르고 있으며, 근처에는 꽃이 흐드러지게 핀 장소도 있었다. 여러모로 기분 좋은 장소였다.

강에는 깨끗한 물이 흐르고 있지만, 수심이 얕았다. 그리고 마물이 숨어 있는 것 같지도 않았다.

또한 탁 트인 장소라 마물이 접근하는 걸 금세 알 수 있다. 노엘이 소풍을 가기에 적당한 장소라며 추천할 만한 장소였다.

도중에 디의 어깨에 탄 노와르는 눈동자를 반짝이면서 눈앞에 펼쳐진 광경을 보았다.

"우와…… 이런 곳이 있었구나!"

"이 아버지도 처음 와봤지만, 좋은 장소구나."

"마을 사람들에게는 꽤 알려진 곳이지만, 마을 밖인 데다 때때로 마물이 나오기 때문에 함부로 이곳에 오지 않는대요."

"마물이 나타나면 우리한테 맡겨!"

"잘 부탁해요, 레우 군. 자아, 이제 그만 준비를 하죠. 우선 다 같이 앉을 자리를……."

"시리우스 님. 돗자리를 준비했어요."

노엘이 그렇게 말하는 사이, 에밀리아가 이미 돗자리를 깔았다.

"저, 점심 먹기에는 아직 이르니까, 우선 차를 마시면서 한숨……."

"시리우스 님, 드세요. 여러분의 몫도 준비했답니다."

그리고 노엘이 나서기 전에 에밀리아가 인원수만큼의 컵을 준비하더니, 가르간 상회에서 만든 유사 보온병에 들어 있는 홍차를 따라서 사람들에게 나눠줬다.

"역시 이런 곳에서는 프리스비가……."

"오늘은 너무 과하게 하지 않을 테니, 부탁드릴게요!"

노엘도 또 나서기 전에, 에밀리아가 프리스비를 나에게 내밀면서 꼬리를 흔들어댔다. 물론 그런 에밀리아의 옆에는 레우스와 호쿠토가 있었다.

"우와~! 에미, 좀 봐줘! 나도 시리우스 님을 챙겨드리고 싶단말이야!"

"시리우스 님을 시중드는 역할 만큼은 그 누구에게도 양보할 수 없어요. 그리고 언니는 오늘 쉬는 날이니까 개의치 말고 느긋하게 보내세요."

"그건 고맙지만, 그래도 좀 양보해줘도 되잖아! 아아…… 부드러워~."

우리는 에밀리아의 품속에서 평온한 표정을 짓고 있는 유부녀는 그냥 내버려 두기로 한 후, 돗자리 위에서 한숨 돌렸다.

프리스비를 하기에는 공간이 좀 부족했기에 남매와 호쿠토에게 포기하라고 말했을 때, 노와르는 강을 손가락으로 가리키며 이렇게 외쳤다.

"아빠, 강! 강에 가고 싶어!"

"그래, 가자."

"모처럼 쉬는 건데 괜찮겠어?"

"이래 봬도 충분히 쉬고 있는 거니 괜찮습니다."

사랑하는 딸의 재촉을 들은 디가 홍차를 다 마신 후, 몸을 일으켰다.

노와르는 강에 정신이 팔려 내가 전혀 신경 쓰이지 않는 것 같았다. 나는 그런 노와르와 친해지기 위해 같이 강에 간 후, 디와 노와르가 신발을 벗고 강에 들어가는 모습을 지켜봤다.

잠시 후 리스가 와서 노와르를 같이 놀아주자, 디는 강기슭에 앉아 있는 내 곁으로 왔다.

디는 리스와 노와르가 즐겁게 서로에게 물을 끼얹고 있는 광경을 쳐다보고 있었다. 그리고 그 모습을 본 디는 눈을 가늘게 뜨며 입을 열었다.

"저는 항상 일만 하느라 노와르와 놀아준 적이 거의 없습니다. 하지만…… 저 아이는 이런 저를 따라주죠. 정말 불가사의하군요."

"부모자식 사이인데다, 노와르는 네 애정을 이해하고 있는 것 같아. 똑똑하고 착한 아이인걸."

"예. 저의 자랑거리입니다. 그렇기 때문에 저 아이가 시리우스 님을 좋게 생각하지 않는 게 아쉽습니다. 시리우스 님이 계시지 않으셨다면, 저희는 이러고 있을 수가 없을 텐데……."

"너희가 나를 따르는 건 몇 년 동안 같이 지냈기 때문이지? 그런데 나와 만난 지 얼마 안 된 노와르에게 그런 강요를 하는 건 좋지 않다고 생각해."

"머리로는 이해하고 있습니다만, 그래도…… 안타까운 마음이 드는 군요. 자식을 키운다는 건 쉬운 게 아니군요."

전생의 나에게도 친자식은 없었지만, 노와르만한 아이들을 주워서 기른 적이 있다.

하지만 나는 자신의 후배를 기르는 것이었기에, 평화롭게 사는 노와르와는 경우 자체가 달랐다.

그러니 좋은 조언을 해줄 수 없지만…….

"내가 해줄 수 있는 말이라면, 너희의 방식이 잘못되지 않았다는 것뿐이야. 노와르가 저렇게 웃을 수 있는 건, 너희가 저 아이를 어엿하게 키웠다는 증거지. 그리고 저 애만이 아니라, 너희도 아이를 기르면서 함께 성장하면 돼."

자식을 키우기 위해서는 지식만이 아니라 경험도 중요하다고 생각한다.

그러니 갑자기 잘할 수 있을 리도 없거니와, 부담을 느끼는 것도 당연하다.

"그것보다 오늘은 쉬기로 했잖아? 긴장 좀 풀고 푹 쉬어."

"예…… 그러겠습니다. 감사합니다."

쓴웃음을 지으며 고민에 빠져 있던 디는 즐겁게 노는 딸을 보고 마음이 진정된 것 같았다. 그는 만족스러운 표정을 지으면서 그 자리에 벌러덩 드러누워서 쉬웠다.

그렇게 한동안 논 우리는 점심 식사 시간이 되자 돗자리 쪽에 모였다.

다 같이 둘러앉은 후, 먹보 세 사람은 에밀리아가 도시락 통을 풀기만 눈을 반짝이며 기다리고 있었다.

아니, 오늘은 노와르도 포함되었으니 총 네 명이다. 저렇게 즐겁게 뛰어 놀았으니 배가 고플 만도 했다.

"시리우스 님, 준비가 끝났어요."

"수고했어. 그럼 먹자."

다들 내 조언을 신호 삼아 일제히 도시락을 향해 손을 뻗었다.

각양각색의 샌드위치와 주먹밥, 그리고 닭튀김과 달걀말이 같은 반찬이 잔뜩 들어 있는, 그야말로 정석적인 소풍 도시락이었다.

내가 뭘 먹을지 고민하고 있을 때, 에밀리아가 샌드위치가 놓인 접시를 나에게 내밀었기에, 나는 그것을 받아들었다.

샌드위치를 먹고 반가운 맛을 느낀 나는 무심코 옛날 일을 떠올렸다.

이 샌드위치의 내용물…… 엄마와 소풍을 갔을 때 먹었던 것과 같았다.

"……반가운걸. 그때도 에밀리아는 나에게 먹을 걸 건네줬지."

"기억하고 계신가요?!"

"당연하잖아. 에밀리아가 처음으로 만들어준 요리인걸."

"아아…… 행복해요."

그때는 간이 좀 약했지만, 지금은 내 혀에 딱 맞았다. 자식이 생긴 노엘과 디만이 아니라, 에밀리아도 성장한 것이다.

꼬리를 흔들며 행복한 표정을 짓고 있는 에밀리아에게 시중을 받으면서 고개를 돌려보니, 노와르가 행복한 표정으로 샌드위치를 먹고 있었다.

옆에 있는 노엘이 그런 노와르를 챙겨주고 있었으며, 딸의 입에 묻은 빵가루와 소스를 손수건으로 닦아줬다.

"노와르, 맛있니?"

"응! 엄청 맛있어!"

"그렇구나. 이것도 먹어보렴. 이 아버지가 자신 있게 만든 거란다."

그리고 디가 도시락에서 샌드위치를 꺼내 노와르에게 건네줬다. 그 샌드위치는 이번에 가게에서 제공할 예정인 신작이다.

노와르도 분명 마음에 들어 할 거라고 생각하지만, 약간 위화감이 느껴졌다.

"이것도 맛있어! 역시 아빠가 만든 음식이 제일 맛있네."

"맞아. 역시 아빠의 요리가 최고…… 어머. 저기 노와르. 혹시 그건…… 시리우스 님이 만든 게 아닐까?"

"어…….."

"아, 헷갈렸군. 내가 만든 건 이거야."

뭔가 위화감이 느껴진다 했더니, 디가 노와르에게 건네준 것은 내가 만든 것이었다.

오늘 아침에 디가 가르쳐준 방식으로 내가 만든 것인데, 노와르의 혀를 속일 수 있을 만큼 맛이 비슷한 것 같았다.

약간 만족해버렸는지, 나는 눈앞에 있는 폭탄이 점화됐다는 사실을 뒤늦게 깨달았다.

"후후, 노와르도 참. 아빠가 만든 요리와 헷갈릴 만큼 시리우스 님의 요리가 맛있나 보구나."

"어……째서……."

"항상 퉁명한 반응을 보였지만, 실은 시리우스 님의 요리도 맛있었지? 이제 그만 솔직해지렴."

"어이, 노엘. 잠깐만……."

나는 노엘을 말리려 했지만, 이미 한 발 늦고 말았다.

노엘은 금방이라도 울음을 터뜨릴 것 같은 노와르를 보더니, 자신이 말실수를 했다는 걸 깨닫고 입을 막았지만…… 이미 늦었다.

"이…… 이 사람이 만든 건 하나도 맛있지 않아!"

"노, 노와르!?"

"이 사람이 만든 것보다, 아빠가 만든 게 훨씬…… 훨씬 맛있단 말이야! 그러니까 말도 안 되는 소리 하지 마, 엄마!"

"노와르. 그런 소리를 하면 안 돼. 시리우스 님은 우리를 위해……."

"아빠도, 엄마도, 왜 이 사람 이야기만 하는 건데?! 아빠와 엄마가 훨씬 대단한데…… 대체 왜 그러는 거냔 말이야!"

"".............""

노와르가 그렇게 외치자, 노엘과 디는 아무 말도 하지 못했다.

이 상황에서는 자기들이 대단하다고 딱 잘라 말해주면 되겠지만, 여전히 자신들이 내 시종이라 생각하는 두 사람은 그러지 못했다.

노와르는 부모님의 반응을 보고 충격을 받았는지 눈물을 흘리면서 벌떡 일어섰다.

"왜야! 아빠가 더 대단하다고, 엄마가 더 대단하다고 말해!"

"……미안하다."

"……미안해."

"윽?! 아, 아빠와, 엄마는…… 바보야아아아앗——!"

감정이 폭발한 노와르는 엉엉 울면서 숲을 향해 뛰어갔다.

"노, 노와르, 기다리렴! 그쪽으로 가면 안 돼!"

"기다려, 노와르!"

이곳은 숲 외곽이라 마물이 적지만, 안쪽으로 들어가면 위험한 마물이 있을 가능성이 크다.

그래서 두 사람은 필사적으로 노와르를 말리려 했지만, 그녀는 그대로 숲속으로 뛰어 들어갔다.

솔직히 말해…… 노와르를 말리는 건 간단했다. 호쿠토나 내가 뛰어가서 억지로 잡으면 되는 것이다.

하지만 그랬다간 노와르에게 진짜로 미움을 받을 수도 있다.

게다가 지금 상황에서는 무슨 말을 해봤자 소용이 없을 테니, 잠시 시간을 두거나 누가 쿠션 역할을 해줄 필요가 있으리라.

"형님!"

"시리우스 님, 지금 바로 쫓아가죠!"

"어린애 혼자 숲에 들어가는 건 너무 위험해!"

"진정해. 주위에 마물 반응은 없으니 한동안은 괜찮을 거야. 그것보다 저 두 사람부터 어떻게 해야겠지."

노와르의 걸음으로는 먼 곳에 갈 수 없을 테고, '서치'로 항상 주위와 노와르의 위치를 파악하고 있으니, 금방 찾을 수 있다.

나는 제자들을 달랜 후, 딸에게 아무 말도 하지 못했던 두 사람의 어깨에 손을 얹었다.

"노엘, 디…… 이 일은 우리에게 맡겨주지 않겠어? 노와르는 반드시 우리가 찾아올 테니까, 너희는 노와르에게 해줄 말을 생각해봐."

"하, 하지만……! 노와르는…… 저희의 딸이에요."

"노엘. 시리우스 님을 믿자. 우리는 일단 머리를 식힐 필요가 있어."

"……알았어요. 시리우스 님…… 잘 부탁드려요."

마음 같아서는 지금 바로 딸을 쫓아가고 싶겠지만, 나에게 맡겨준 것은 그만큼 나를 신뢰하기 때문이리라. 그 신뢰에 부응하기 위해서라도, 우선 노와르를 무사히 찾아야만 한다.

서로의 어깨를 감싸며 앉아 있는 두 사람에게 허락을 받은 우리는 바로 행동을 시작했다.

하지만 넷이서 쫓아가면 괜히 경계당할 테니, 한두 명이서 가는 편이 나을 것이다.

그렇다면 에밀리아와 리스가 적임일 테니, 그 두 사람에게 노와르를 쫓아가라고 지시를 내렸다. 그리고 레우스에게는 노엘과 디의 호위를 맡겼지만…….

"나와 호쿠토는 먼 곳에서 노와르에게 다가오는 마물이 없는지 경계하겠어. 그럼……."

"기다려, 형님!"

행동을 시작하려던 순간, 레우스가 우리 앞을 가로막았다.

"레우스, 왜 그러니?"

"빨리 노와르를 구하러 가야 하잖아."

"누나, 리스 누나, 미안하지만 잠시만 기다려줘. 저기, 형님. 노와르는 나한테 맡겨주지 않을래?"

"……이유를 말해봐."

옛날과 달리, 지금의 레우스는 내 지시에 무조건 복종하는 충실한 남자다.

그런 레우스가 내 행동을 막으면서까지 의견을 내놓는 것은 드문 일이기에, 나는 이유를 물어보았다.

"저기…… 말이야. 노와르는 옛날의 나와 비슷한 것 같은 느낌이 들어. 그래서 걔의 마음을 이해한다고나 할까…… 아무튼 해줄 이야기가 있으니까, 나를 보내줘."

"그 애를 설득할 자신이 있어?"

"그건…… 모르겠어. 하지만 노와르의 심정을 이해하기 때문에 내버려 둘 수 없다고나 할까…… 아무튼, 해주고 싶은 말이 있어."

그러고 보니, 레우스는 어릴 적에 나를 지독하게 싫어했다.

그 이유는 누나를 빼앗겼다는 질투심 때문이었으며, 지금의 노와르는 과거의 레우스와 닮은 부분이 많았다.

닮은꼴이라는 점이…… 어쩌면 돌파구가 되어줄지도 모른다.

"알았어. 너한테 맡길게."

"괜찮겠어요?"

"그래. 네가 하고 싶은 대로 해."

"형님…… 고마워!"

레우스는 나를 향해 고개를 푹 숙였다. 하지만 레우스는 나 이외에도 노엘과 디에게서 허락을 받아야만 한다.

옆에서 이야기를 듣고 있던 그 두 사람은 조용히 고개를 끄덕이더니, 레우스에게 다가가서 그의 어깨에 손을 얹었다.

"레우 군. 노와르를…… 부탁해."

"……부탁한다."

"나만 믿어! 노엘 누나와 디 형의 보물이잖아? 내가 꼭 데리고 돌아올게!"

노엘과 디는 나와 마찬가지로 과거의 레우스를 안다. 그래서 레우스라면 노와르와 공감할 수 있을 거라고 생각한 것이다. 두 사람은 레우스를 향해 미소를 지으며 그에게 자신들의 딸을 맡겼다.

두 사람에게 신뢰받은 레우스는 의욕과 함께 약간의 긴장감을 드러냈다.

"좋아. 그럼 레우스는 노와르를 데리러 가. 에밀리아와 리스는 여기서 두 사람을 호위해."

"예. 레우스, 노와르를 잘 에스코트하렴."

"힘내, 레우스."

"응! 갔다 올게!"

뛰어가는 레우스를 배웅한 후, 나는 근처에 있던 호쿠토의 머리를 쓰다듬었다. 그리고 레우스와 다른 방향을 쳐다보았다.

그런 나를 보고 뭔가를 눈치챈 에밀리아가 내 곁으로 다가오면서 작은 목소리로 이렇게 말했다.

"뭔가 문제라도 있나요?"

"좀 떨어진 곳에서 마물의 반응이 느껴져. 퇴치하고 올게."

"그럼 저도……."

"아냐. 저 두 사람을 더 걱정시킬 수는 없잖아. 그렇게 많지도 않으니까, 에밀리아는 노엘과 디의 곁에 있어줘."

"……예. 무슨 일 있으면 연락을 드릴게요."

에밀리아는 초커에 달린 마석을 매만지면서 나를 배웅했다.

나는 그런 에밀리아의 머리를 쓰다듬어준 후, 이미 몸을 웅크리고 있는 호쿠토의 등에 탔다. 그리고 주위를 경계하겠다고 말하며 마물을 퇴치하러 갔다.

마물의 숫자는 상당했지만, 호쿠토와 나라면 간단히 해치울 수 있을 것이다.

문제는 나보다 레우스다.

원래라면 같은 여성인 에밀리아와 리스를 보내야 하겠지만, 레우스는 내 지시를 거역하면서까지 자기가 가겠다고 나선 것이다.

감이 좋은 그 녀석이 노와르의 마음을 이해한다고도 말했다.

레우스의 성장을 지켜봐왔고, 그의 성격을 잘 알기에, 나는 도박을 해보기로 했다.

레우스…… 네가 신세를 진 노엘과 디에게 보답을 할 기회야.

두 사람의 신뢰에 부응하라고.

—— 레우스 ——

형님들과 헤어진 후, 나는 노와르를 쫓아갔다. 하지만 노엘이 숲속 깊은 곳까지 간 건지 금방 찾지 못했다.

나는 형님처럼 상대를 감지할 수 없지만, 냄새를 잘 맡기 때문에 노와르가 어느 쪽으로 갔는지 알 수 있었다.

노와르에게는 노엘 누나의 냄새가 배어 있기 때문에, 녹음이 우거진 숲속에서도 냄새를 감지할 수 있었다.

참고로 누나는 형님의 냄새라면 산 너머에서도 맡을 수 있다고 말했다. 농담이 아니라 진담일 것 같아서 솔직히 무서웠다.

도중에 몇 번이나 멈춰 서서 냄새를 확인하며 노와르를 쫓다 보니, 녹음이 우거지면서 주위가 어두워졌다.

발치도 잘 보이지 않고, 나무뿌리가 곳곳에 튀어나와 있었기에, 노와르가 넘어지지는 않았을지 걱정이 됐다.

"게다가 숲속에서 혼자 있으면 쓸쓸하지. 빨리 찾아야겠네."

더욱 빨리 뛴 끝에 노와르를 발견한 나는 그녀에게 말을 걸기도 전에 먼저 지면을 박찼다.

왜냐하면 노와르는 나무뿌리에 발이 걸렸는지 급한 내리막 앞에서 몸을 휘청거리고 있었던 것이다.

나는 무의식적으로 '부스트'를 발동시키면서 몸을 날렸고, 노와르가 쓰러지기 전에 어찌어찌 그녀를 잡았다.

평소 같으면 노와르를 꼭 끌어안으며 멈춰 섰겠지만, 나는 초조한 나머지 전력을 다해 몸을 날린 바람에 내리막을 구르고 말았다.

나는 노와르를 지키기 위해 꼭 끌어안으며 그 내리막을 굴렀다.

도중에 나무에 몇 번이나 부딪칠 뻔했지만, 몸을 비틀거나 손이나 발로 나무를 치면서, 어찌어찌 부딪치는 걸 피했다.

몇 번이나 구른 건지 모르겠지만, 평평한 곳에서 드디어 멈춰 선 나는 곧 노와르의 상태를 확인했다.

"아야야…… 노와르, 괜찮니?"

"레우스…… 오빠?"

"그래. 나야. 아픈 곳은 없어?"

"아프지는 않은데, 눈앞이 빙글빙글 돌아……."

나는 형님에게 훈련을 받으며 반고리관을 단련해서 괜찮지만, 역시 노와르는 눈앞이 빙글빙글 도는지 멍한 표정으로 나를 올려다보고 있었다.

하지만 노와르는 나를 알아본 것 같고, 딱히 다친 곳도 없는 것 같았다. 나는 노와르가 무사해서 다행이라고 생각하며 안도의 한숨을 내쉬었다.

"좀 있으면 괜찮아질 테니까 안심해. 자아, 여기에 앉아서…… 윽?!"

"왜 그래?"

"아무것도 아냐. 자아, 내 무릎에 앉아서 쉬어."

"······응."

나는 무릎 위에 노와르를 앉혀서 쉬게 했다.

그러면서 자신의 상태를 확인해보니, 역시 왼팔이 아플 뿐만 아니라 저린 탓에 뜻대로 움직이지 않았다.

아무래도 무리한 자세에서 나무를 두들겨 팬 탓인 것 같지만, 노와르가 신경 쓸지도 모르니 입 다물고 있기로 했다.

리스 누나나 형님이라면 바로 치료해줄 수 있겠지만, 지금은 곁에 없으니 그저 참을 수밖에 없다. 다행히 형님과 할아버지에게 받은 훈련 덕분에 통증에는 익숙했다.

변신을 하면 상처가 빠르게 회복되겠지만, 그 상태가 되면 적만 눈에 들어올 정도로 흥분하는데다 노와르가 겁먹을지도 모르니 변신할 수 없다.

잠시 동안 이러고 있자, 노와르도 마음이 진정되었는지 나를 올려다보면서 불안 섞인 눈빛으로 말을 걸었다.

"저기······ 오빠. 아빠와, 엄마는······?"

"응? 으음······ 아까 거기서 노와르가 돌아오기만 기다리고 있어."

"역시 나보다 그 사람이 더 소중하구나······."

"그렇지 않아! 노엘 누나와 디 형이 그런 생각을 할 리가 없어!"

언성을 좀 높인 바람에 노와르가 놀란 것 같지만, 내가 머리를 쓰다듬어주자 진정했다. 형님처럼 잘하지는 못했지만, 가능한 한 상냥하게 쓰다듬어주니 좋아하는 것 같았다.

"아무튼 노엘 누나와 디 형은 노와르를 엄청 걱정하고 있어."

"하지만 나는 아빠와 엄마한테 바보라고 했어. 분명 화났을 거야. 이제 그 사람만 신경 쓸 거야. 나는 쳐다봐 주지도 않을 게 뻔해……."

"노와르……."

큰일 났다. 진짜로 옛날의 나와 똑같다.

그때…… 누나와 나는 형님에게 구원을 받았다.

하지만 당시의 나는 그걸 제대로 이해하지 못했고, 누나를 빼앗기는 게 싫어서 형님을 진심으로 싫어했다.

가출을 했을 때도, 저주받은 아이는 살해당하는 게 싫어서 나간 거라고 말했다. 하지만 형님에게 누나를 빼앗긴 것 때문에 삐쳐서 그랬던 거라는 걸 커서야 눈치챘다.

그래서 나는 이 애에게 가르쳐주고 싶다.

분명 노엘 누나와 디 형은 형님을 쳐다보지만, 그건 노와르가 곁에 있어서 안심하고 있기 때문이다. 누나도 형님에게 푹 빠졌지만, 내가 없으면 진심으로 걱정하며 울어줬다.

노와르가 내 은인인 노엘 누나와 디 형의 아이이기 때문에 걱정하는 거기도 하지만, 내가 존경하는 형님을 노와르가 싫어하는 것도 싫었다.

"저기…… 노와르. 내가 노와르만 했을 때, 나는 형님이 정말 싫었어."

"뭐?!"

"진짜야. 형님의 손을 깨문 적도 있지."

노와르는 눈을 치켜뜨더니, 믿기지 않는다고 중얼거렸다.

며칠 동안 내가 형님을 따르는 모습만 봤었으니 저렇게 놀라는 것도 무리는 아니다.

"믿기지 않지? 뭐, 평소의 나를 보면 그렇게 생각할 만도 해. 옛날의 나는 노와르와 똑같았어. 누나는 형님을 좋아했고, 나는 형님에게 누나를 빼앗겼다고 생각했거든. 어때? 똑같지?"

"거, 거짓말! 싫어하는 사람을 왜 대단하다고 말하는 거야?!"

"보통은 그렇게 생각할걸? 실은 나, 노와르처럼 도망치기만 한 게 아니라, 가출을 한 적도 있어⋯⋯."

나는 부끄러운 과거를 노와르에게 이야기해줬다.

한심하기 짝이 없는 과거지만, 지금의 노와르라면 이해해줄 거라고 생각한 것이다.

그리고 누나를 빼앗겼다고 생각하며 가출했다가 형님에게 두들겨 맞고 집에 돌아왔으며, 그때 누나가 엉엉 울면서 안아줬다는 이야기도 했다.

"나는 그렇게 형님을 존경하게 됐어. 그리고 누나가 나를 항상 지켜봐 주고 있다는 것도 눈치챘지. 즉, 노엘 누나와 디 형은 오래간만에 만난 형님을 쳐다보고 있을 뿐, 노와르를 쳐다보지 않는 게 아냐."

"⋯⋯정말이야?"

"그래. 만약 내 말이 거짓이면, 내 푸딩과 케이크를 노와르에게 줄게."

"⋯⋯그럼 믿을래."

절대 그럴 리가 없으니, 디저트든 뭐든 전부 걸 수 있다.

그건 그렇고, 역시 노와르는 노엘 누나의 딸이다. 디저트의 소중함을 잘 아는 것 같았다.

"그러니까 이제 그만 돌아가자. 노엘 누나와 디 형뿐만 아니라, 다들 노와르를 걱정하고 있어."

"하지만 내가 바보라고 했는데……."

"노엘 누나와 디 형이 그런 거 가지고 화를 낼 리가 없잖아. 만약 화를 낸다면 그건 노와르가 이런 숲속까지 들어갔기 때문일 거야."

"역시…… 혼나겠지?"

"노와르가 소중하니까 혼을 내는 거야. 잘못했다고 말하면 용서해줄 테니, 빨리 돌아가서 두 사람을 안심시켜주자."

"……응."

다행히 노와르는 내 말을 듣더니 고개를 끄덕였다.

파트너인 대검을 짊어지고 있었기에, 나는 오른손으로 노와르를 안아 들며 아까 굴러 내려온 내리막을 올라갔다.

아무래도 꽤 긴 내리막인 것 같았기에, 올라가려면 꽤나 고생을 해야 할 것 같았다.

지금 있는 곳은 시야가 탁 트인 장소이기에 올라가기 편한 곳이 없나 싶어 주위를 둘러보고 있을 때, 노와르가 내 얼굴을 뚫어져라 쳐다보고 있다는 걸 눈치챘다.

"……왜 그래? 내 얼굴에 뭐가 묻었어?"

"저기…… 오빠는 정말 대단하다는 생각이 들었어. 나를 아무렇지 않게 들고 있는데다, 이런 곳에 떨어졌는데도 멀쩡하잖아."

"이 오빠도 꽤 단련을 했거든. 형님이라면 노와르를 구할 뿐만 아니라, 굴러 떨어지지도 않았을 거야."

"으으……."

아차, 무심코 형님이 얼마나 대단한 사람인지 이야기하고 말았다.

"저기, 오빠. 왜 다들 그 사람이 대단하다고 하는 거야? 내 아빠와 엄마가 더 대단한데……."

"그래. 노엘 누나와 디 형도 대단하긴 해!"

"맞아! 아빠가 만드는 밥은 엄청 맛있고, 엄마도 엄청난 마법을 쓸 수 있어! 분명, 틀림없이! 아빠와 엄마가 더 대단할 거야!"

노와르가 노엘 누나와 디 형에 대해 즐겁게 이야기하는 모습을 보니, 역시 부모를 닮았다는 생각이 들었다. 그 두 사람도 형님에 대해 이야기할 때면 이런 느낌인 것이다.

"노와르에게 있어 노엘 누나와 디 형은 대단한 사람이지? 하지만 그건 노엘 누나와 디 형도 마찬가지 아닐까?"

"마찬가지? 뭐가 말이야?"

"네가 노엘 누나와 디 형이 대단하다고 생각하는 것처럼, 그 두 사람은 형님이 대단하다고 생각하는 거야. 그래서 자기가 대단하다고 말하지 못하는 거지."

"하지만 아빠와 엄마가 가장 대단하단 말이야."

"그래. 노엘 누나와 디 형은 대단해. 하지만 세상에는 대단한 사람이 잔뜩 있어. 그리고 아까 노와르는 나도 대단하다고 했지?"

"아……."

내 엄마가 되어줬던 에리나 씨. 검술만이라면 존경하고도 남는 라이오르 할아버지.

아직 잘 알지는 못하지만, 이 세상에는 대단한 사람들이 잔뜩 있고, 나보다 강한 녀석 또한 수없이 많다.

"아무튼 대단하다는 것에도 종류가 많아. 그러니까 아무리 형님이 대단해도, 노와르의 아빠와 엄마가 대단하다는 점에는 변함이 없어. 그걸로 충분하지 않아?"

"……응."

"그래도 신경 쓰인다면, 아빠를 빼앗아가지 마…… 하고, 형님한테 말해버려."

"그런 소리를 하면 화낼 거야!"

"형님은 그런 일로 화내지 않아."

"……진짜야?"

"그래. 뭣하면 내가 옆에 있어줄 테니까, 노와르가 하고 싶은 말을 전부 해버려. 노엘 누나라면 서슴없이 말할걸?"

"……응. 알았어."

"좋았어. 그럼 빨리 돌아가……."

노와르의 마음이 변하기 전에 돌아가자고 생각한 바로 그 순간…… 나는 다가오고 있는 마물의 기척을 느꼈다.

그것도 상당한 숫자였으며, 사방에서 우리를 포위하듯 다가오고 있었다.

젠장…… 노와르를 필사적으로 설득하느라 마물들에게 포위
당했다는 걸 눈치채지 못했다. 형님한테 꾸중을 듣고도 남을 실
패를 범했다.

하지만 우울해할 때가 아니다.

마음을 다잡으며 기척에 집중해보니, 마물의 숫자는 얼추 마
흔 마리 정도였다. 하지만 그렇게 강한 것 같지는 않고, 포위 상
황에서의 전투법도 형님에게 배운 적이 있다.

문제는…….

"왜 그래?"

노와르를 어떻게 지킬 것인가……다.

길드의 의뢰로 고블린에게 납치당한 여자를 구한 적이 있지
만, 상대는 머리가 나쁜 고블린이라서 위협하듯 고함을 지르니
알아서 나만 노렸기에 딱히 지킬 필요가 없었다.

하지만 이번 상대는 그런 방식이 통하지 않을 것 같았다.

"하필 이럴 때 이 녀석이…….."

"히익?!"

주위에서 모습을 드러낸 것은 나보다 몸집이 약간 작은 검은
늑대들이었다. 아마 다이나울프라 불리는 마물일 것이다.

책에는 그렇게 강한 마물이 아니라고 적혀 있었지만, 항상 무
리를 지어 덤비기 때문에 성가시다고 한다.

하지만 가장 큰 문제는 다이나울프의 특징이다. 이 마물은 본
능적으로 약한 사냥감을 노리는 것이다.

즉, 노와르를 가장 먼저 노릴 것이며, 검을 휘두르거나 노려보는데도 도망치지 않는 걸 보면 싸울 수밖에 없을 것 같았다.

근처에 등을 맡길 만한 나무도 없고, 아직 왼손도 저린 상황이니, 진짜로 큰일이 났다.

그래도 나는 싸울 수밖에 없다.

각오를 다진 나는 노와르를 내려놓았다. 그러자 노와르는 금방이라도 울음을 터뜨릴 것 같은 표정으로 나를 올려다보았다.

"오빠……."

이 애는…… 내 은인인 노엘 누나와 디 형의 보물이다.

그러니 반드시 지키고 말겠다!

나는 망토를 벗어서 노와르의 머리에 씌워준 후, 미소를 지었다.

"안심해, 노와르. 내가 반드시 지켜줄 테니까, 거기서 움직이지 마."

"하, 하지만! 이렇게 잔뜩……."

"이런 마물이 얼마나 덤벼들든 전혀 문제없어. 그것보다 검을 휘둘러야 하니까, 내 손을 놔줘."

"으, 응!"

마물이 무서울 텐데도, 노와르는 천천히 내 손을 놓으며 한 걸음 물러섰다.

망토가 있으니 노와르가 마물의 피를 뒤집어쓰지는 않을 테니, 이제 뒷일은 나에게 달렸다.

나는 크게 한숨을 내쉰 후, 등에 맨 파트너를 움켜쥐었다.

"무서우면 눈과 귀를 막아. 다 끝난 뒤에 어깨를 두드려줄게."

"알았어! 으음…… 하나~, 둘~……."

"……착한 아이구나."

나는 마지막으로 노와르를 쳐다보며 마음을 다잡은 후, 주위에서 으르렁거리고 있는 마물들을 쳐다보았다.

내 살기로 저들을 위압하는 것도 한계인 것 같았다.

이 마물들은 주로 손톱과 이빨로 공격을 한다. 그러니 우선 숫자를 줄이기 위해 마법으로 공격하기로 했다.

나는 등에서 뽑아든 파트너를 지면에 꽂은 후, 마법을 발동시켜 양손에 불꽃을 만들어냈다.

"'플레임 너클'…… 슛!"

이대로 때리면 평소와 다름없는 '플레임 너클'이지만, '플레임 랜스'를 이미지하면 불꽃을 발사할 수도 있다.

내가 팔을 크게 휘두르며 불꽃을 날리자, 그 불꽃은 마물에게 닿자마자 폭발을 일으켰다.

방금 그 공격으로 두세 마리 정도는 해치운 것 같지만, 마치 이게 신호탄이 된 것처럼 주위의 다이나울프들이 일제히 달려들었다.

"덤벼!"

왼손이 잘 움직이지 않기에, 나는 파트너인 대검…… 은아(銀牙)를 한 손으로 휘둘렀다.

주로 쓰는 오른팔이 무사한 건 다행이지만, 내 파트너를 한 손으로 휘두르려니 좀 무거웠다.

하지만 여차할 때 한 손으로 휘두를 수 있도록 형님에게 훈련을 받은 게 도움이 됐다.

지면에 꽂아둔 파트너를 뽑아 휘둘러서 정면에서 달려드는 마물을 두 동강 낸 나는 그대로 기세를 죽이지 않은 채 검을 휘둘러서, 옆에서 달려드는 다른 마물을 벴다.

"여덟~…… 아홉~……."

"윽! 우랴아아아아압!"

하지만 나에게 달려드는 마물보다, 노와르에게 달려드는 마물이 더 많았다.

나는 '부스트'를 발동시키면서, 노와르에게 달려드는 마물들을 향해 몸을 돌리면서 그대로 파트너를 휘둘렀다.

"이 정도라면!"

한 호흡에 여덟 번의 공격을 날리는 강파일도류의 기술……난검(亂劍) '산파(散破)'.

나는 아직 여섯 번밖에 공격하지 못하지만, 이런 마물들 상대로는 그 정도면 충분했다.

공중으로 몸을 날린 마물들이 내 파트너에 의해 잘게 썰려나가면서 주위에 피를 흩뿌렸다. 나는 피를 뒤집어썼지만, 노와르는 망토 덕분에 피를 뒤집어쓰지 않았다.

"윽?! 아직 멀었어!"

한 손으로 기술을 펼치니 검을 쥔 오른손에서 으스러지는 듯한 소리가 흘러나왔지만, 마물들은 아직 꽤나 남아 있었다.

내가 고통 때문에 얼굴을 찡그린 순간, 지면을 기듯 다가오던 마물이 몸을 날렸다.

"노와르를 건드리지 마!"

파트너를 휘두른 직후라, 무기로 공격할 수는 없었다.

그렇다면…… 몸으로 막아주겠어!

마물은 노와르를 물어뜯기 위해 입을 크게 벌렸지만, 내가 그 입에 왼팔을 밀어 넣자 마물은 반사적으로 내 팔을 물었다.

그리고 팔이 박살 나기 전에 마물에게 물린 팔을 휘둘러 다른 쪽에서 다가오던 마물을 향해 팔을 문 마물을 던져버렸다. 전력을 다해 휘둘렀기에 마물은 그대로 쑥 빠져버렸지만, 이빨에 찔린 바람에 팔에서 피가 났다.

꽤 아팠지만, 다른 마물이 다가오고 있었기에 고통을 호소할 겨를이 없었다.

"젠장. 하다못해 왼손을 쓸 수 있었다면……. 형님……."

이 상황…… 형님이라면 이미 파악했을 것이다.

그런데 도와주러 오지 않는 것은 형님이 나를 시험하고 있거나, 아니면 올 수 없는 이유가 있는 걸지도 모른다.

"……나는 대체 무슨 생각을 하고 있는 거야. 형님에게 어리광을 부릴 짬이 있으면……."

그렇다……. 이 상황을 어떻게 극복할지를 생각해라.

지금은 나밖에 없으니, 노와르를 지키는 것만 생각하며 싸우는 것이다!

"큭, 안 돼!"

내가 생각에 잠긴 사이, 마물이 나와 노와르를 동시에 노렸다. 나는 그 마물을 베어버렸다.

그러던 와중에 왼쪽 어깨를 물렸지만, 검의 손잡이 부분으로 어깨를 문 마물의 얼굴을 박살 냈다. 또 피가 났지만, 나는 개의치 않으면서 파트너를 계속 휘둘렀다.

아직 노와르를 지키고 있지만, 이대로 가다간 내 체력이 바닥나고 말 것이다.

이제…… 망설일 틈은 없다.

"오빠! 뒤쪽!"

그 말을 듣고 고개를 돌려보니, 일곱 마리가 넘는 마물이 동시에 달려들고 있었다.

이 숫자는 '산파'로도 막기 힘들 뿐만 아니라, 지금의 내 몸 상태로는 검을 다섯 번 휘두르는 것도 힘들 것이다.

그래서 그걸 하려고 했는데…… 왜 너는 눈을 감고 있지 않는 거야!

머뭇거리면서 고개를 돌려보니, 노와르는 눈물을 흘리면서 힘내라고 외치고 있었다.

나를 믿는 저 순수한 눈빛…… 그 순간, 나는 각오를 다졌다.

설령 저 눈이 공포에 질릴지라도, 나는 너를 지키겠어!

형님처럼…… 지키고 싶은 사람을 지킬 거야!

"우……오오오오오오오!"

나는 순식간에 변신했다.

온몸이 삐걱거리더니, 몸집이 약간 커졌다. 그리고 은색 털에 온몸이 뒤덮이자, 몸에서 흘러나오던 피가 전부 멎었다.

고통은 느껴지지만 왼팔이 움직여졌다. 그래서 나는 양손으로 파트너를 쥐고 '산파'를 날려 일곱 번의 공격으로 마물들을 전부 베었다.

그리고 마물 두 마리가 내 빈틈을 노리듯 달려들었지만, 한 마리는 검으로 베었고, 다른 한 마리는 왼손으로 머리를 움켜쥐어서 박살 냈다.

둔탁한 소리를 내며 목숨을 잃은 마물을 집어던진 후, 지면을 향해 검을 휘둘러 '충파(衝破)'를 펼치자, 광범위 충격파가 여러 마리의 마물을 날려버렸다.

정말…… 아까까지의 고전은 대체 뭐였을까.

마물이 덤벼들기를 기다리지 말고, 내가 쳐들어가서 해치우는 편이 더 빠르지 않을까?

그래……. 그러면…….

"……안 돼!"

나는 대체 무슨 생각을 하는 걸까.

그랬다간 노와르가 위험하잖아!

나는 마물을 해치우기 위해서가 아니라, 저 아이를 지키기 위해 변신한 거야!

나는 나서고 싶다는 마음을 억누르면서 마물이 달려들기를 기다린 후, 검으로 베었다.

때로는 두들겨 패고, 몸을 잡아서 지면에 내동댕이치거나 짓밟다 보니, 빨리 마물을 쓰러뜨리고 싶다는 마음이 점점 강해졌다.

그래. 빨리 전멸시켜버리면…….

"……안 돼! 나는 노와르를 지켜야 해!"

하지만 전부 해치워버리면 그게 그거잖아?

"……그렇지 않아! 노와르의 몸에 상처가 하나라도 나면 안 된단 말이야!"

지금의 나라면 그 정도는 손쉽게…….

"나는 지켜야만 한단 말이야!"

그래……. 나는…… 나는…….

"나는…… 내가 소중한 이를 지키기 위해 강해지고 싶은 거란 말이야!"

등 뒤에 있는 조그마한 존재를 지키기 위해, 그리고 동경하는 그 등에 다가서기 위해, 나는 파트너를 휘둘렀다.

마음이 차분해지자, 얼마 남지 않은 마물들이 도망치는 모습과, 멍하니 나를 쳐다보는 노와르의 모습이 눈에 들어왔다.

도망치게 놔뒀다간 또 사람을 습격할지도 모르니 전멸시키고 싶지만, 지금은 노와르가 곁에 있으니 관둘 수밖에 없었다.

숨을 가다듬으면서 고개를 돌려보니, 노와르가 나를 계속 쳐다보고 있었다.

정말…… 눈을 감고 있으라고 했는데, 대체 언제부터 보고 있었던 걸까.

"노와르. 다친 데는 없지?"

"으, 응……. 괜찮아."

노와르는 겁을 먹은 것 같지만, 보아하니 다친 곳은 없어 보였다.

나는 무사한 노와르를 보면서, 진짜로 이 애를 지키는 데 성공했다는 걸 실감했다.

기본적으로 형님과 누나는 내가 지킬 필요가 없으니, 나는 전투가 벌어지면 앞으로 나서서 파트너를 휘두르기만 할 때가 많았다.

나 혼자서 싸울 때도 있었지만, 그때는 지켜야 하는 대상이 잘 모르는 이였기에 그들을 의식하지 않으며 마물을 쓰러뜨리는 데만 집중했다.

그러니 나는 이번에 처음으로, 지키고 싶다고 생각한 사람을 지킨 것이다.

"지킨다는 건…… 이런 거구나."

엄청 힘들지만, 노와르가 무사해서 정말 기뻤다.

이게 형님이 항상 해온 일이다.

그리고 형님이 걸어온 길인 것이다.

형님의 옆에 서고 싶다고 생각한 순간부터, 나는 쭉 형님의 등을 쫓아왔다.

매일 훈련을 했고, 라이오르 할아버지에게 검술도 배웠지만, 형님의 멀기만 할 뿐만 아니라, 왠지 흐릿하게 보이기까지 했다.

하지만 누군가를 지키는 게 얼마나 힘든 것인지 알고, 누군가를 지키는 기쁨을 안 지금은…… 형님의 등이 보이기 시작한 듯한 느낌이 들었다.

누군가를 지키는 게 얼마나 힘든 일인지 안 만큼 형님의 등이 더 멀어진 것 같은 느낌도 들었지만, 내가 추구해야 할 방향을 알게 되어서 기뻤다.

"다 끝났어. 노와르, 이제 돌아가자."

나를 쳐다보며 꼼짝도 하지 않는 노와르를 향해 한 걸음 다가가자, 그녀는 한 걸음 물러서고 말았다.

그래……. 나를 피하는 것도 당연해.

나는 변신을 풀지 않았고, 온몸이 마물의 피로 범벅이 됐다. 이 상태에서는 형님이나 누나도 나에게 다가오고 싶지 않을 것이다.

"미안해. 무서……웠지? 더는 다가가지 않을 테니까, 나한테서 너무 떨어지지는 마. 마물이 더 있을지도 모르거든."

"아, 아냐! 무, 무서운 게…… 아냐."

하지만 노와르의 발은 떨리고 있었으며, 귀와 꼬리도 축 처져 있었다. 그 모습만 봐도 그녀가 겁을 먹었다는 걸 알 수 있었다.

이 모습은 저주받은 아이로 불리고 있을 정도이니, 반쯤 늑대로 변할 수 있는 남자는 노와르에게 있어 마물이나 별반 다르지 않을 것이다.

이런 나를 보고도 웃었던 형님이 얼마나 대단한지 다시 한 번 깨달았다.

"무리는 하지 마. 아무튼 다른 마물이 오기 전에 여기를 벗어나자. 자아, 나를 따라와."

"자, 잠깐만!"

노와르는 고함을 지르면서 뛰어오더니, 몸에 피가 묻는 걸 개의치 않으면 내 손을 움켜쥐었다.

"피가 묻을 거야. 떨어져 있어."

"……싫어."

나는 그렇게 말했지만, 노와르는 고개를 저으며 내 손을 한사코 놓지 않았다.

어쩔 수 없이 그대로 걷자, 노와르는 내 손을 꼭 잡고 따라왔다.

우리는 아무 말 없이 계속 걸었고, 굴러 떨어지기 전의 장소로 돌아왔을 즈음에야 나는 원래 모습으로 돌아왔다.

변신은 마음이 진정되면 바로 풀리지만, 오늘은 평소보다 격렬했는지 풀리는데 시간이 걸렸다.

마물에게 당한 상처는 변신한 동안의 회복력 덕분에 아물었다. 하지만 무리를 한 바람에 몸 곳곳이 아팠다.

빨리 형님과 리스 누나에게 치료해달라고 해야겠다고 생각하고 있을 때, 내가 원래 모습으로 돌아왔다는 걸 눈치챈 노와르가 내 손을 잡아당겼다.

그리고 내가 돌아보자, 노와르는 겁먹은 표정으로 나를 향해 미소 지었다.

"저기…… 말이야. 늑대 오빠는 무서웠지만…… 엄청, 멋졌어!"

솔직히 말해 나는 그 모습이 되는 걸 좋아하지 않는다.

강해지기는 하지만, 엄청 흥분해서 적만 눈에 계속 보이는데다, 친해진 이들이 겁먹은 눈길로 나를 쳐다볼 게 뻔하기 때문이다.

하지만 노와르는 겁을 먹었으면서도 나를 향해 미소를 지어주어서, 나는 구원받은 느낌이 들었다.

이게 누군가를 지킨다는 기쁨이구나…… 형님.

── 시리우스 ──

"……또 성장했구나."

나는 한참 떨어진 곳에 있는 언덕 위에서 제자를 내려다보며 만족스럽다는 듯이 고개를 끄덕였다.

레우스와 노와르가 위기에 처했다는 걸 안 내가 저격으로 두 사람을 구하려 한 순간, 그들은 이미 다이나울프 무리에게 포위당해 있었다.

나는 바로 엄호를 하려 했지만, 레우스의 모습을 보고 언제든지 마법을 날릴 수 있는 상태에서 두 사람을 지켜보기로 했다.

노와르가 있으니 나에게 도움을 청해도 됐을 텐데, 레우스는 사나이다운 표정을 지으며 혼자서 그녀를 지키려 하고 있었던 것이다.

하지만, 레우스가 변신을 했을 때는 좀 놀랐다.

레우스는 변신을 하면 흥분이 된다고 했다. 그래서 노와르를 지켜야 한다는 걸 잊고 전투에 몰입할지도 모른다고 생각했지만, 레우스는 본능에 삼켜지지 않고 전투를 벌이며, 노와르를 지킨 것이다.

"너는 본능을 이성으로 억누를 만큼 강해졌구나."

나만큼 강해지고 싶다고 자주 말했지만, 레우스가 강해지고 싶다고 생각하게 된 계기는 누나인 에밀리아를 지키고 싶기 때문이다.

하지만 에밀리아도 강해졌기에, 레우스에게 있어 누나는 지켜야 할 사람이 아니라 내 제자로서 나란히 설 존재로 변했다. 물론 지금도 누나를 지키고 싶다는 마음에는 변함이 없겠지만, 그럴 필요가 적어진 것은 사실이다.

그 탓인지 레우스는 앞으로 나서서 싸울 때가 많아졌으며, 싸울 수 없는 사람을 지키면서 검을 휘두를 기회가 줄었을 때 이런 일이 벌어진 것이다.

지키고 싶은 사람을 홀로 지켜낸 레우스가 어떤 심정일지는 본인에게 물어보지 않으면 알 수 없지만, 분명 무언가가 달라졌을 것이다.

나중에 칭찬을 해줄 생각이니, 그때 물어보도록 하자.

그러니 빨리 돌아가고 싶지만…… 그 전에 해야 할 일이 있다.

"도망친 건 총 다섯 마리……군. 호쿠토, 나를 호위해줘."

"멍!"

레우스가 놓친 다이나울프들의 기척은 계속 추적하고 있었기에, 어디에 있는지는 이미 파악했다.

호쿠토가 내 뒤편에 서는 걸 확인한 후, 포복 사격 자세를 취한 나는 자작 망원경으로 도망치는 다이나울프들을 쳐다보며 손가락을 들었다.

목표는 먼 곳에 있고, 장애물도 많은 숲속을 뛰고 있기에, 저격을 하는 건 매우 어렵지만······.

"미안하지만, 거기는 내 사정거리 안이야."

전생이었으면 도박이나 다름없을 레벨이지만, 지금의 나라면 얼마든지 성공시킬 수 있다.

도망을 칠 때는 공격을 당하지 않도록 좌우로 움직이면서 도망쳐야 한다.

뭐, 장거리에서의 일점 저격 같은 건 이 세상에 없으니, 경계를 하지 않는 게 당연한 걸지도 모르지만 말이다.

나는 나무들 사이로 보이는 한순간의 움직임을 포착하며 상대의 이동거리와 탄환의 착탄위치를 계산한 후, 나는 장거리 저격 마법 '스나이프'를 발동시켰다.

그 순간······ 조준을 한 마물의 머리가 박살 나더니, 남은 마물들이 공격을 경계하며 걸음을 멈췄다. 그런 그들은 나에게 있어 딱 좋은 표적이었다.

나는 담담히 마물의 머리를 전부 파괴한 후, 마지막 한 마리를 처리하고 몸을 일으켰다.

"처리 완료······. 이제 이 주변의 마물의 숫자도 줄 거야."

실은 저 다이나울프들이 두 사람을 포위하기 전에 해치울 생각이었지만, 그 전에 발견한 마물을 처리하느라 시간이 걸렸다.

레우스와 헤어진 후, 나와 호쿠토는 숲속에 무리를 지어 있던 다이나울프들을 섬멸하러 갔다.

내버려 둬도 괜찮을지 모르지만, 마을 인근의 숲이니 섬멸하는 편이 좋을 것이다.

다이나울프는 무리를 짓는 게 특징이며, 소굴에는 백여 마리나 있었다. 하지만 나와 호쿠토가 함께 나서자 금방 처리가 되었다.

하지만 그 틈에 다른 무리가 레우스와 노와르를 덮쳤기에, 나는 사전에 저 마물들을 처리하지 못했다.

예상하지 못한 사태가 벌어지기는 했지만, 레우스가 성장했으니 결과적으로 잘됐다고 생각하기로 했다.

"자아, 돌아가서 레우스를 칭찬해줘야겠지. 가자, 호쿠토."

"멍!"

나는 동의하듯 짖는 호쿠토의 등에 탄 후, 다른 이들의 곁으로 돌아갔다.

레우스는 노와르의 걸음에 맞춰주고 있었기에, 나와 호쿠토는 두 사람에게 들키지 않도록 빙 둘러서 다른 이들에게 돌아갔다.

그리고 내가 도착하자마자, 에밀리아와 노엘이 뛰어왔다. 두 사람은 나와 호쿠토가 다 놀랄 정도로 표정이 좋지 않았다.

"어서 오세요, 시리우스 님! 다치신 곳은 없으신가요?"

"시리우스 님! 노와르와 레우 군은 어떻게 됐나요?!"

나는 두 사람을 달래며 다들 무사하다는 걸 알려줬다. 바로 그때, 레우스와 노와르가 돌아왔다.

노엘과 디는 딸을 향해 바로 뛰어갔지만, 노와르는 부모님을 보더니 레우스의 등 뒤에 숨었다.

아까 그런 식으로 헤어졌으니, 얼굴을 마주하기 힘들 것이다.

하지만 노엘은 그런 걸 신경 쓰지 않는다는 것처럼 노와르를 안아주려 했지만, 피범벅이 된 레우스를 보고 걸음을 멈췄다.

"노와르! 레우 군도 무사해서…… 무, 무슨 일이 있었던 거야?!"

"아…… 응. 꼴은 말이 아니지만, 우리는 무사해. 그것보다…… 자아."

레우스는 자기가 피범벅이 된 이유를 설명한 후, 노와르의 머리에 손을 얹으며 앞으로 나서게 했다.

그러자 노와르는 걸치고 있던 망토를 벗은 후, 노엘의 앞에 섰지만 고개는 들지 못했다.

노와르는 사과를 하고 싶지만, 입이 떨어지지 않는 것 같았기에…….

"……저기, 엄……."

"노와르!"

노엘이 더는 못 참겠다는 듯이 노와르를 꼭 끌어안았다.

그 필사적인 모습을 보고, 자신이 가족에게 얼마나 걱정을 끼친 건지 알고 만 노와르는 눈물을 흘리면서 엄마와 포옹을 했다.

"……잘못……했어요. 잘못했어요, 엄마!"

"엄마야말로 미안하구나. 노와르의 마음…… 이해해주지 못했어."

"그렇지 않아. 바보라고 해서, 정말 미안해."

"이제 신경 쓰지 않으니 개의치 마렴. 그러니까 이제 멋대로 아무데도 가지 마. 노와르가 없으면 이 엄마는……."

두 사람은 눈물을 흘리며 부둥켜안고 있지만, 곧 상황이 묘하게 달라지기 시작했다.

구체적으로 말하자면, 노와르가 서서히 괴로워하기 시작한 것이다.

"저, 저기……. 엄마. 좀…… 아파."

"아프겠지! 나뿐만 아니라 시리우스 님께 폐를 끼친 벌이야!"

"꺄아~! 아빠, 도와줘~!"

……감동의 재회가 묘한 방향으로 엇나가고 있는 느낌이 마구 들었다.

노엘은 벌을 빙자하며 노와르를 계속 끌어안고 있었다. 내가 이제 그만 말려야겠다고 생각한 순간, 디가 두 사람 사이에 끼어들어서 노엘의 머리를 쓰다듬었다.

그러자 노엘은 팔에 들어간 힘을 점점 빼더니 노와르를 풀어 줬다. 그러자 노와르는 도망치듯 디에게 안겼다. 그 익숙한 몸놀림을 보니, 이런 일도 일상다반사적으로 일어나는 것 같았다.

"노와르. 다친 데는 없지?"

"응! 레우스 오빠가 지켜줬어."

"그랬구나. 레우스, 딸을 지켜줘서 고맙다."

"레우 군, 노와르를 지켜줘서 고마워."

"아냐. 나야말로 고마워."

레우스가 느닷없이 고맙다고 말하자, 노엘과 디는 불가사의한 표정을 지었다. 그러나 곧 레우스가 피범벅이라는 걸 떠올리더니 수건을 준비했다.

"아, 잠깐만요. 수건으로 닦기 전에 제가 마법을 사용할게요."

"응. 부탁해, 리스 누나."

"물을 너무 마시지는 마. 물이여…… '아쿠아 링'."

고개를 갸웃거리는 부부를 보면서 리스가 마법을 발동시키자, 레우스를 중심으로 물이 몰려들더니, 그의 몸 전체를 감싸듯 커다란 구체가 되었다.

이것은 내 아이디어를 리스가 재현해서 만든 오리지널 마법이다. 치료 촉진 효과가 담긴 물로 대상자를 감싸서, 외상을 치료하면서 몸도 깨끗하게 씻겨주는 마법이다. 레우스처럼 온몸이 피로 범벅이 됐을 때 쓰면 딱 좋다.

문제점은 온몸이 물에 젖는다는 것과 잠시 동안 숨을 쉴 수 없다는 것이다.

상대에게 설명을 하지 않고 쓰거나, 장시간 동안 쓰면 땅 위에서도 익사할 수 있기에 주의해야만 한다. 공격에도 쓸 수 있는 마법이지만, 이것은 치유를 위한 마법이라 생각하는 리스는 웬만해선 이 마법을 쓰지 않을 것이다.

참고로 방대한 마력뿐만 아니라 섬세한 마력 조작 능력도 필요하기 때문에, 정령의 힘을 빌릴 수 있는 리스만이 쓸 수 있는 마법이기도 했다.

"……응. 이제 괜찮은 것 같아."

그리고 마법에서 풀려난 레우스는 흠뻑 젖었지만, 피도 깨끗하게 씻겨 나갔다.

만족스러운 표정으로 몸을 살피던 레우스가 자신의 옷을 짜고 있을 때, 노엘이 수건을 건네줬다. 레우스는 그것으로 몸을 닦으며 입을 열었다.

"휴우…… 개운하네. 고마워, 리스 누나."

"레우스도 수고 많았어. 가벼운 상처는 얼추 나았을 테지만, 혹시 아픈 곳이 있어?"

"왼손에서 위화감이 느껴지네. 그리고 온몸이 약간 욱신거려."

"그럼 시리우스 씨에게 봐달라고 하는 편이 좋을 거야."

"어디 한 번 보자."

진단은 내 특기이기에, 나는 레우스의 머리에 손을 얹으며 '스캔'을 발동시켰다.

레우스가 말한 곳뿐만 아니라 온몸을 면밀하게 살펴봤지만, 후유증이 남을 정도로 손상된 곳은 없었다.

위화감이 느껴지는 왼손과 온몸에서 느껴지는 욱신거림은 한계를 뛰어넘은 움직임을 펼친 탓에 근육이 상했기 때문이다. 전투 도중에 움직임이 약간 이상했던 이유가 바로 이것이다.

"안심해. 이 정도면 격렬하게 움직이지만 않는다면 금방 나을 거야. 가볍게 치료를 해둘 테니까, 오늘은 검을 휘두르지 마."

나는 다짐을 받듯 그렇게 말한 후, 레우스의 왼팔에 마력을 흘려 넣어서 치유력을 높여줬다. 그러자 레우스는 개운한 표정을 지으며 나를 쳐다보았다.

"저기, 형님. 싸우지 못하는 사람을 지키는 건…… 힘든 거네.”

“맞아. 주위 상황을 살피는 감과 경험, 그리고 냉정한 행동력이 필요하거든. 그것보다 도우러 못 가서 미안해.”

“형님이 사과할 필요 없어. 그리고 평소에 형님이 하던 걸 나도 처음으로 해낼 수 있었다고.”

“그래? 노와르를 지켜낸 기분이 어때?”

“아직 잘 모르겠지만, 뭔가가 보인 것 같은 느낌이 들어. 노와르가 웃어주고, 노엘 누나와 디 형에게 고맙다는 말을 들었을 때…… 나, 정말 기뻤어. 하지만 그건 형님이 항상 해오던 일이고, 나는 그중 일부를 해냈을 뿐이라고…… 생각해.”

그리고 레우스는 옛날과 변함없이 순진무구한 미소를 지으면서 이렇게 말했다.

“형님을 쫓는 것도 중요하지만, 나는 역시 소중한 사람을 지키기 위해 강해지고 싶어. 그러니까 앞으로도 잘 부탁해.”

“힘들 거야. 누군가를 지킨다는 건, 그 지켜야 할 상대가 네 약점이 될 수도 있다는 걸 뜻해. 즉, 지금보다 몇 배는 더 강해져야 하는 거지.”

“바라는 바야!”

이번 일을 통해 레우스가 얻은 대답은 바로 이것인가.

내 등을 쫓는 길의 샛길처럼 여겨지던 수호자로서의 길을 명확하게 인식하게 된 것이다.

길이 많으면 망설이게 될 가능성도 있지만, 가능성 또한 더욱 넓혀진다.

아니, 더욱 욕심을 부려도 된다. 내 옆에 나란히 서기 위해 강해질 뿐만 아니라, 남을 구할 수 있는 힘도 얻으면 되는 것이다.

네 잠재능력이라면 그 정도는 해낼 수 있을 테고, 나 또한 네가 쫓고 싶어질 만큼 어엿한 목표가 계속 되어주겠다.

"우선 당초의 목표는 라이오르 할아버지를 쓰러뜨리는 거야!"

"으음…… 그건 마지막 목표로 삼아."

찬물을 끼얹는 것 같아서 미안하지만, 그 할아버지는 현재진행형으로 강해지고 있으니까, 가장 마지막 목표로 삼는 편이 좋을 것이다.

의욕이 넘치는 레우스를 진정시키고 다 같이 앞으로 어떻게 할지 의논을 했는데, 레우스의 몸 상태를 생각하여 조금 일찍 에리나 식당으로 돌아가기로 했다.

그리고 돌아가는 길에 노와르는 호쿠토의 등에 타지 않았다.

왜냐하면 노와르를 중심으로 노엘과 디가 양옆에 서서 손을 맞잡은 것이다.

손을 맞잡은 채 웃으면서 이야기를 나누는 가족의 모습은 행복 그 자체인 것처럼 보였다.

그런 가족의 뒷모습을, 우리는 미소를 지은 채 쳐다보고 있었다.

"노와르, 기뻐 보이네."

"레우스가 최선을 다한 덕분이야. 저 광경은 네가 지킨 거야."

"역시 아이에게는 부모님이 최고라니깐. 좀…… 부러워."

우리는 이미 부모가 없기 때문에, 노와르처럼 부모님과 손을 잡을 수 없다. 리스의 아버지는 살아 있지만, 어머니는 이미 이 세상 사람이 아니니 저렇게 손을 잡을 수 없다.

노와르를 지켜낸 레우스는 순수하게 기뻐하고 있었지만, 에밀리아와 리스의 미소에는 약간의 부러움과 쓸쓸함이 어려 있었다.

두 사람의 심정은 이해가 된다. 그러니 사고방식을 바꾸면 될 것이다.

"노와르처럼 부모님과 손을 잡는 건 무리일지도 모르지만, 노엘처럼 자식과 손을 맞잡는 건 가능하지 않을까?"

"“어?!'"

"나는 남자애든 여자애든 상관없지만, 에밀리아와 리스의 애라면 성별이 뭐든 귀여운 아이로 자랄 거라고 생각해."

"시리우스 님? 그 말은…… 설마…….”

"으음…… 아버지는…….”

"뭐, 언젠가는…… 말이야.”

어깨 너머로 돌아보니, 에밀리아와 리스는 얼굴을 새빨갛게 붉히고 있었다. 나는 그런 두 사람을 못 본 척 하면서 걸음을 계속 옮겼다.

그러자 나를 향해 뛰어온 에밀리아가 미소를 지으며 내 왼팔을 꼭 끌어안았고, 리스는 반대편에서 내 옷의 소매를 움켜잡으며 멋쩍은 듯이 웃었다.

눈치 좋은 호쿠토가 레우스를 질질 끌며 앞으로 나아가는 모습을 바라보면서, 나는 양옆에 있는 소중한 존재의 온기를 곱씹었다.

해가 지기 전에 돌아온 우리를 맞이한 것은 아수라장이 된 에리나 식당이었다.

아무래도 점심 때 내놓는 덮밥 요리의 소문이 마을 전체에 퍼졌는지, 그 신기한 요리를 맛보기 위해 평소의 곱절 가량 되는 손님들이 몰려온 것이다.

아무리 오늘 하루 쉬기로 했다 할지라도 이 상황을 두고 볼 수만은 없기에, 레우스에게는 쉬라고 말을 해둔 후, 우리는 식당 일을 도왔다.

하지만 오늘은 노엘의 동생들 전원이 일을 하고 있었기에, 우리가 가세하자 상황은 금방 수습되었다. 그리고 딱히 별문제 없이 영업 종료 시간이 되었다.

디는 일을 마친 노엘의 동생들에게 급료를 줬지만, 그들은 가족이니 됐다면서 끝내 돈을 받지 않고 돌아갔다. 오히려 디를 도와서 기쁘다는 듯이 웃고 있었다. 정말 가족을 생각하는 이들이다.

디도 이대로 보내는 건 미안했는지 틈틈이 만들어둔 신작 과자를 줬고, 그들은 그 과자를 들고 기쁜 얼굴로 돌아가자, 디 또한 만족했다.

그리고 현재…… 나와 노와르는 가게 테이블에 마주 앉아 있었다.

아무래도 노와르가 나에게 할 말이 있는지, 나를 부른 후 긴장한 표정으로 의자에 앉아 있었다.

그런 노와르의 옆에는 레우스가 앉아 있었는데, 그는 그저 같이 있어주기만 하는 건지 입을 꾹 다문 채 조용히 앉아 있었다.

아마 이 상황은 숲에서 단둘이서 이야기를 나눈 결과일 것이다.

레우스에게서 노와르가 나에게 중요한 이야기를 하려 한다는 말만 들었지만, 그래도 노와르와 제대로 이야기를 나눌 수 있는 상황을 만들어준 것은 고마웠다.

참고로 노엘과 디는 옆방에서 몰래 이쪽을 쳐다보고 있었는데, 이번에는 제대로 숨어 있기에 노와르에게 들키지 않은 것 같았다.

"저기…… 으음……."

그런 노와르의 눈에서 적의는 느껴지지 않지만, 지금까지 나를 차갑게 대한 탓에 입이 잘 떨어지지 않는 것 같았다.

원래라면 노와르가 말을 하기 쉽도록 내가 입을 열어야겠지만, 자기 입으로 할 이야기가 있다고 한 노와르의 자주성을 존중하기로 했다.

그래서 나는 끈기 있게 기다렸고, 드디어 노와르가 입에 담은 말은…….

"시, 시리우스…… 님."

"왜?"

"죄…… 죄송해요."

사과의 말이었다.

사과를 받을 만한 짓을 당한 적은 없지만, 노와르가 용기를 내서 사과를 하고 있으니 제대로 받아준 후 그녀의 본심을 들어보기로 했다.

"응. 사과해줘서 고마워. 나는 이제 화 안 났으니까 개의치 않아도 돼. 그것보다, 왜 사과를 한 건지 물어봐도 될까?"

"저, 저기, 나, 시리우스…… 밥이 맛없다고 했고…… 아빠와 엄마를 빼앗기는 게 싫어서, 과자를 줬을 때도 고맙다는 말은 안 해서……."

"그래서 맛없다고 한 거구나. 하지만 노와르의 말은 틀리지 않았어."

"그렇지 않아! 지, 진짜로…… 맛있었어."

"고마워. 하지만 내가 하고 싶은 말은 말이야. 내가 아무리 맛있는 밥과 과자를 만들어도, 디한테 이길 수 없다는 거야."

"뭐?"

그렇다……. 내가 아무리 발버둥을 쳐도 디에게 이길 수 없다.

노와르는 그런 말을 들을 거라고는 생각도 못했는지, 망연자실한 표정으로 나를 쳐다보고 있었다. 나는 그런 노와르에게 미리 준비해둔 과자를 내밀었다.

"이건…… 과자?"

"그래. 내가 오늘 만든 몽블랑이라는 과자야. 노엘과 디뿐만 아니라 레우스도 먹어보지 못한 거지. 자아, 먹어봐."

정확하게는 밤 맛이 나는 씨앗으로 비슷하게 만든 과자지만,

맛과 생김새는 진짜와 비슷하니 몽블랑이라는 이름을 붙이기로 했다.

레우스는 무심코 군침을 삼켰고, 밖에 있는 노엘과 리스도 부러운 듯이 신음을 흘리는 가운데, 노와르는 몽블랑을 한 입 먹더니 눈을 크게 뜨면서 순식간에 먹어치웠다.

"어때?"

"엄청 맛있어!"

"그래? 진심으로 맛있다고 말해준 건 처음이네."

내가 웃으면서 그렇게 말하자, 노와르는 고개를 푹 숙였다. 하지만 그녀는 곧 고개를 들면서 나를 향해 미소 지었다.

"나중에 디한테도 만드는 법을 가르쳐줄 테니까, 다음에 만들어달라고 해. 그러면 가장 맛있는 몽블랑을 맛볼 수 있을 거야."

"이것도 맛있어."

"아니, 디가 만든 몽블랑이 가장 맛있을 거야. 노엘과 노와르만을 위해 만든 몽블랑이니까 말이야."

"아……."

"잘 들어, 노와르. 나는 네 아버지와 어머니, 그리고 노와르를 소중하고 사랑스러운 가족이라고 생각해. 하지만 내가 아무리 노와르를 좋아해도, 노엘과 디에게는 미치지 못해."

레우스에게 내 옆에 앉으라고 지시를 한 후, 숨어 있는 노엘과 디를 부르자, 두 사람은 노와르의 양옆에 앉으면서 나를 진지한 표정으로 쳐다보았다.

노와르는 뜻밖의 말을 듣고 당황한 것 같지만, 노엘이 상냥하게 그녀의 머리를 쓰다듬어주며 진정시켰다.

"자아, 디에게 물어보지. 내가 노와르를 사랑하는 것보다 더 사랑하지?"

"죄송하지만 그것만큼은 양보할 수 없습니다. 제가 더 노와르를 사랑하는 게 틀림없으니까요."

"아뇨! 제가 더 사랑해요! 노와르를 향한 사랑만큼은 시리우스 님에게도, 당신에게도 절대 지지 않아요!"

테이블을 내려칠 듯한 기세로 나를 향해 그렇게 말하는 부모를 본 노와르는 자신이 착각을 했다는 사실을 알고 눈물을 흘리기 시작했다.

그렇다⋯⋯. 숲속에서 노와르가 부모에게 물어본 것은 존경과 동경에 관한 것이지, 애정에 관한 것이 아니다.

노와르의 격렬한 감정 때문에 노엘과 디가 당황하기는 했지만, 만약 노와르가 자신의 부모에게 누구를 더 좋아하는지 물어봤다면 그런 사태는 벌어지지 않았을 것이다.

뭐, 가족이라는 것은 다투기도 하면서 성장하는 법이다.

이런저런 일이 있기는 했지만, 이제 나도 노와르와 친해질 수 있을 것 같았다.

레우스는 결국 울음을 터뜨린 노와르를 향해 환한 미소를 지으며 말을 걸었다.

"노와르, 어때? 내 말이 맞지?"

"응! 고마워, 오빠⋯⋯ 레우스 님!"

"그래! 어?"

노와르가 마지막으로 한 말을 듣고 레우스는 고개를 갸웃거렸지만, 나도 같은 심정이었다.

내가 잘못 들은 게 아니라면, 노와르는 방금 레우스를 레우스 님이라고 불렀다.

우리가 고개를 갸웃거리자, 노엘은 손가락을 하나 세우면서 설명을 시작했다.

"레우 군. 아까 노와르와 이야기를 하고 정한 건데, 노와르는 장래에 레우 군의 시종이 되기로 결심했대. 그러니 잘 부탁해."

"어? 형님이 아니라…… 나?"

"그래. 노와르를 멋진 시종으로 기를 테니까, 레우 군도 멋진 주인이 되기 위해 더욱 강해져야 돼."

레우스는 완전히 굳어버렸다.

음…… 그 심정은 이해가 되긴 했다.

피범벅이 되면서까지 자신을 구해준 레우스에게 반할지도 모른다고 생각했지만…… 이건 좀 예상외다.

이것도 시종인 부모님 밑에서 자란 탓일까?

"저, 저기, 노엘 누나. 노와르는 형님의 시종이 될 예정 아니었어?"

"그렇게 생각하고 있었지만, 레우 군은 시리우스 님의 시종이니까 문제될 건 없잖아. 게다가 노와르도 의욕이 넘쳐."

"응! 나는 레우스 님의 시종이 될 거야! 그리고 맛있는 요리를 해줄 거야!"

"그, 그래?!"

역시 레우스의 성격을 잘 아는 것 같았다.

레우스를 낚으려면 외모보다는 요리 실력이 중요했다. 그런 부분을 파고드는 건 매우 올바른 선택이다.

레우스가 머리를 감싸 쥐자, 노엘은 상냥한 목소리로 설명하기 시작했다.

"저기, 레우 군. 지금은 신경 쓰지 않아도 돼. 서로가 커서, 레우 군이 노와르를 시종으로 삼아도 좋겠다는 생각이 들면 그때 그렇게 하는 거야."

"저, 정말?"

"응. 몇 년 후가 될지 모르겠지만, 어쩌면 서로의 마음이 바뀔지도 모르잖아. 지금은 그냥 알고만 있어줬으면 해. ……어때?"

"혀, 형님…… 어떻게 할까?"

레우스는 나를 쳐다보며 도움을 요청했지만, 나는 자기 일이니 자기가 결정하라는 뜻이 담긴 시선을 보냈다. 그러자 레우스는 잠시 동안 고민한 후…… 고개를 끄덕였다.

아무래도 각오를 다진 것 같았다.

이걸로 본인의 마음이 바뀌지 않는 한, 노와르는 레우스의 시종이 되는 것으로 결정된 거나 다름없다.

은인의 딸이자, 자신을 따르는 아이를 레우스가 함부로 할 리가 없다.

갑작스러운 상황이 벌어지기는 했지만, 가족 이외의 이성에게 무심했던 레우스를 달라지게 할 계기가 될지도 모르기에, 나는 응원하기로 했다.

노와르는 아직 어리니 지금의 이 마음은 단순한 동경에 지나지 않을지도 모르지만, 그 마음이 연심으로 변할 가능성은 충분히 있었다.

　열 살 정도 차이가 났지만, 레우스의 장래에 대한 걱정거리가 하나 준 것 같은 느낌이 들었다.

　그런 레우스의 장래 설계에 대해 생각하고 있을 때, 디가 노려…… 아니, 평소와 다름없는 표정으로 레우스를 쳐다보더니, 악수를 청하듯 레우스를 향해 천천히 손을 내밀었다.

　"……레우스."

　"으, 응! 디 형, 왜?"

　"노와르를…… 부탁한다."

　"아, 알았어. 그런데 디 형. 왠지 표정이 무서워. 그리고 손도 아픈데……."

　디는 레우스를 믿을 수 있는 동생으로 여기지만, 딸을 주려니 왠지 주저되는 것 같았다.

　디도 마음속으로 엄청 갈등을 하고 있는지, 입가에는 미소가 어려 있지만 악수를 하고 있는 손에는 꽤나 힘이 들어간 것 같았다. 하지만 그러는 것도 무리는 아니다.

　딸에 대한 아버지의 독점욕은 한도 끝도 없으니까 말이다.

　이것은 여담이지만, 엘리시온을 떠나기 며칠 전, 리스의 아버지인 카디아스와 언니인 리펠 공주가 나를 찾아왔다. 그리고 악수를 나누면서 리스를 부탁한다고 말했다.

　그때 카디아스는 내 손을 으스러뜨리려는 것처럼 자신의 손에 힘을 줬지만, 내가 거꾸로 더 세게 손을 움켜쥐어서 고통에 떨게 만들어줬다. 그리고 리펠 공주는 만족스러운 듯이 그 광경을 보며 고개를 끄덕였다.

즉, 아버지는 여러모로 골치 아픈 생물인 것이다.

"당신, 마음은 이해하지만 레우 군이라면 안심해도 된다고 제가 말했죠?"

"그래. 이상한 녀석에게 줄 바에야 낫다고 생각하지만, 그래도……."

"저기, 아빠. 나한테 요리를 가르쳐줘. 아빠처럼 맛있는 요리를 만들어서, 레우스 님을 대접할 거야."

"…………그래."

아버지로서의 갈등도 사랑하는 딸 앞에서는 순식간에 녹아버리는 것 같았다.

디는 이런저런 감정을 삼키더니, 결국 딸의 부탁을 들어주기로 했다.

이렇게 나와 노와르 사이의 오해는 풀렸지만, 시선이 마주치면 고개를 돌릴 때가 있으니 가까워지려면 시간이 더 걸릴 것 같았다.

하지만 이제 서로에 대해 알기만 하면 되니, 머지않아 노와르와 같이 놀 수 있게 될 것이다.

노엘 부부와 마찬가지로 몰래 지켜보고 있던 에밀리아와 리스를 부른 후, 전원이 다 모이자 노엘이 이때를 기다렸다는 듯이 미소를 지으며 나를 쳐다보았다.

"그런데 시리우스 님. 아까 노와르에게 주신 몽블랑 말인데요……."

"알아. 다른 사람들이 먹을 몫도 만들어뒀으니까 안심해. 에밀리아."

"예. 여기 있어요."

내가 말을 걸자, 에밀리아는 쟁반을 들고 와서, 몽블랑이 놓인 접시를 테이블 위에 놓았다.

한 사람 당 하나지만, 레우스에게는 두 개를 주라고 했고, 방금 몽블랑을 먹은 노와르에게도 한 개를 더 줬다. 노와르는 성장기이니 두 개를 먹어도 괜찮을 것이다.

"형님. 왜 나만 두 개야?"

"네가 이번에 제일 활약했잖아. 상이니까 사양하지 말고 먹어."

"만세!"

리스와 노엘이 기뻐하는 레우스를 아쉬운 듯이 쳐다보았지만, 몽블랑을 한 입 먹어보더니 아쉬움도 잊어버리며 맛있게 몽블랑을 먹어댔다.

"쇼트케이크나 치즈케이크와는 다른 단맛이지만, 정말 맛있어요."

"역시 형님이 만드는 케이크는 최고야!"

"하아…… 맛있어……."

"그 씨앗이 이렇게 달 줄이야. 다른 요리에 응용할 수 있을지도 모르겠어."

"시, 시리우스 님! 하, 하나 더…… 하나 더 없나요? 이것만으로는 부족해요!"

"이번에는 이것밖에 안 만들었어. 그러니까 참아."

아무래도 노엘은 몽블랑이 정말 입에 맞는 것 같았다.

푸딩을 맛있게 먹을 때와 마찬가지로 순식간에 몽블랑을 먹어 치우고 더 달라고 하자, 노와르는 자신의 몫인 몽블랑을 포크로 잘라서 노엘에게 내밀었다.

"자, 엄마. 내걸 나눠줄게."

"노, 노와르! 네 상냥함이 내 심금을 울렸어."

평소는 반대잖아…… 하고 생각하면서도, 이것 또한 가슴 따뜻해지는 광경이니 아무 말도 하지 않기로 했다. 사랑하는 딸이 몽블랑을 먹여준 덕분에 노엘의 표정은 행복으로 가득 차기도 했으니까 말이다.

"저기, 노와르. 이래도 시리우스 님이 대단하지 않다고 생각하는 거야?"

"아냐. 엄마 말이 맞았어. 시리우스 님은 대단한 사람이야! 아, 물론 레우스 님도 대단해!"

노와르가 진심 어린 목소리로 그렇게 말하자, 나는 그제야 이 아이에게 인정받았다고 생각하며 만족감을 느꼈다.

《다음 세계로》

"자아, 이쪽이야."

"냐앙!"

노와르가 레우스의 시종이 되기로 선언하고 며칠 후.

오늘도 성황리에 식당 영업을 마친 후, 디 일행이 뒷정리를 하는 사이, 나는 거주구의 거실에서 노와르와 놀고 있었다.

그 일 이후로 나를 경계하지 않게 된 노와르와 꽤 친해졌기에, 단둘이서 놀게 된 것이다.

"좋아. 이번에는 이쪽이야."

"냐앙~!"

"저기, 시리우스 씨……."

"왜?"

"저기…… 나만 이상하다고 생각하는 거야?"

직접 만든 공을 굴리면서 노와르도 놀고 있을 뿐인데, 왜 이상하다는 걸까?

노와르는 굴러가는 공을 열심히 쫓아가며 즐거워하고 있는데 말이다.

"리스 누나. 노와르는 즐거워 보이니까 괜찮지 않을까?"

"맞아요. 노와르의 귀여운 모습도 볼 수 있잖아요. 그리고 시리우스 님과 노는 노와르가 부럽기까지 하네요."

"그 마음은 이해하지만, 역시 뭔가 좀 이상하다는 생각이 들어……."

내가 하는 것은 프리스비와 비슷한 것이다.

남매와 놀 때 하는 프리스비와 비슷한 거라고 생각해줬으면 좋겠는데 말이다.

내가 노와르와 한동안 놀고 있을 때, 식당 뒷정리를 마친 노엘과 디가 거실로 왔다.

"시리우스 님. 저희에게 할 이야기가…… 어머? 노와르도 참, 시리우스 님과 노는 게 즐겁나 보구나."

"응! 잘은 모르겠지만, 엄청 즐거워! 엄마도 할래?"

"중요한 이야기를 끝낸 후에 말이야. 시리우스 님…… 그런데…… 무슨 이야기를……."

말만 들어보면 어른스러워 보이지만, 노엘은 내가 굴리는 공에서 눈을 떼지 못했다.

한동안 공을 눈으로 쫓던 노엘의 발치 쪽으로 공을 굴리자…… 본능이 이성을 초월했다.

""냐앙~!""

그대로 엄마와 딸이 공을 향해 달려들더니, 다 큰 어린애와 조그마한 어린애가 사이좋게 논다고 하는, 실로 가슴 따뜻한 풍경이 펼쳐졌다.

자아…… 분위기가 부드러워졌으니, 슬슬 본론으로 들어가야겠다.

"시리우스 님. 중요한 이야기가 있다고 들었습니다만…… 나중에 하시겠습니까?"

"아니, 이 자리에서 말할게. 실은 슬슬 여행을 떠날까 해."

"'예?!'"

디는 짐작을 하고 있었던 것 같지만, 노엘과 노와르는 공놀이를 중단할 정도로 놀랐다.

공을 내버려 둔 노엘이 내 앞으로 뛰어오더니, 슬픔이 어린 눈길로 나를 응시했다.

"아직 겨우 보름밖에 지나지 않았잖아요! 모처럼 노와르와도 사이가 좋아지셨으니, 잠시만 더⋯⋯."

"이곳에서 지내는 것도 좋지만, 눌러앉을 수는 없어. 이해해줘."

"그런⋯⋯가요. 시리우스 님은 꿈을 이루기 위해 세계를 둘러보고 싶으시댔죠⋯⋯."

내가 진지한 표정으로 그렇게 말하자, 노엘은 납득할 수밖에 없는 것 같았다.

노엘은 나를 가족으로 생각해주고 있으며, 쭉 함께 있고 싶다고 진심으로 생각하는 것 같았다.

하지만 내가 하고 싶어 하는 일을 떠올린 노엘은 그걸 방해할 수 없다는 걸 눈치채며 납득했다.

하지만⋯⋯ 아직 어린애인 노와르가 납득할 리가 없다.

우리가 여행을 떠난다는 말을 듣더니, 눈물이 가득 맺힌 눈으로 레우스의 품속으로 뛰어들었다. 그 순간 디의 눈빛이 날카로워졌지만, 나는 아무것도 못 본 걸로 하기로 했다.

"레우스 님. 가버리는 거야?"

"그래. 지금 바로는 아니지만 곧 떠날 거야."

"싫어. 모처럼 나를 시종으로 삼아줬으면서, 떠나는 거야?"

"미안해. 하지만 나는 형님의 제자이자 시종이니까, 따라가야만 해."

"흐흑……."

노와르는 그대로 레우스의 가슴에 얼굴을 묻더니, 눈물을 흘렸다. 하지만 곧 곤한 숨소리를 내며 잠들었다.

그런 노와르의 얼굴을 보자, 어두워졌던 분위기가 약간 밝아졌다.

"미안해, 레우 군. 노와르한테는 나중에 내가 설명할게."

"부탁해, 노엘 누나. 하지만 노와르의 마음도 이해는 해. 나도 형님과 헤어지는 건 싫거든."

"저는 견딜 자신이 없어요. 시리우스 님, 부탁드릴게요. 저희를 두고 사라지지 말아주세요."

"너희가 나를 싫어하지 않는 한, 멋대로 사라질 생각은 없어."

남매는 그 말을 듣고 안도의 한숨을 내쉬었다. 과거에 두 사람은 죽을 때까지 나와 떨어지지 않겠다고 은월(銀月)에 맹세했던 것이다.

피치 못할 이유로 나와 떨어지게 되더라도, 남매는 반드시 나를 찾아낼 것 같았다.

내 냄새에 매우 민감한 누나와 비정상적으로 감이 좋은 동생이라면 손쉽게 나를 찾아낼 것이다.

그리고 우리의 말을 들으며 조용히 있던 디는 나와 시선이 마주치자 진지한 눈빛을 띄면서 고개를 끄덕였다.

그렇다. 가장인 디까지 가라앉았다간 가족 전체가 침울한 분위기에 휩싸일 테니, 너만은 꿋꿋해야만 해. 보아하니 옛날처럼 배를 때릴 필요도 없어 보였다.

"시리우스 님은 자신의 뜻의 마음껏 펼치십시오. 저는 가족을 지키며, 당신과의 재회를 고대하고 있겠습니다."

"응. 우리는 다시 돌아올 거야. 그 때는 노와르도 많이 컸겠지."

"예! 어디에 내놔도 부끄럽지 않을 만큼 멋진 아이로 키워두겠어요!"

그리고 한동안 이야기를 나눈 후, 우리는 닷새 후에 여행을 떠나기로 정했다.

실은 언제든 떠날 수 있도록 준비를 마쳐뒀지만, 그 전에 마쳐야만 할 일이 있다.

나는 곤히 잠든 노와르를 쳐다보면서 앞으로 할 일에 대해 설명했다.

그리고 이틀이 지난 후, 우리는 식당 조리실에서 대대적인 작업을 하고 있었다.

"디 형. 이 낡은 선반은 밖으로 옮길게."

"부탁한다. 아라드는 저쪽에 있는 조리 기구를 옮겨."

"예. 아, 레우스. 그건 무거우니까 제가 도와…… 어, 한 손으로?!"

"치운 곳부터 청소할게요."

오늘은 에리나 식당을 휴점하고, 조리실 개조 작업을 하고 있었다.

지은 지 몇 년 밖에 안 된 건물이라 딱히 파손된 곳은 없지만, 내가 개조 작업을 하자는 제안을 한 이유는 바로 점원들의 부담을 줄여주기 위해서다.

기본적으로 조리 담당이 두 명뿐이라고는 해도, 조리실이 너무 좁았다.

그래서 개조를 제안하자, 디도 신경 쓰이던 점들이 있다면서 동의했다. 손이 많이 가는 작업이기에 디도 포기하고 있었지만, 우리가 있으면 해결되기 때문이다.

이렇게 집주인의 허락을 얻은 후, 에리나 식당의 개조를 시작했다.

디가 감독을 하고, 레우스와 아라드가 큰 물건을 옮겼으며, 여성들이 청소 및 필요한 물건을 사 오는 가운데, 나는 커다란 철제 플레이트에 마법진을 그리고 있었다.

세밀한 작업을 마치고 한숨 돌리고 있을 때, 끌과 망치를 든 스텔라가 나에게 말을 걸었다.

"시리우스, 부탁한 게 완성됐으니까 확인해줄래?"

"아, 수고하셨어요. 작업을 빨리 끝내셨군요."

"나는 그쪽 일로 먹고살거든. 주문받은 물건은 빨리 완성하지 못하면 체면이 구겨져."

개조라고 해도 비전문가들만으로는 불안했기에, 건축업에 종사하는 스텔라에게 도움을 청했다.

자기 일 때문에 바쁠 텐데도, 그녀는 딸과 사위를 위한 일이니 기꺼이 돕겠다며 호탕하게 웃더니, 일 중간 중간에 틈틈이 도와주러 왔다.

손재주가 좋은 스텔라에게 약간 특수한 돌 받침대를 만들어 달라고 했는데, 그녀는 예상한 것보다 일찌감치 완성한 것 같았다.

스텔라가 커다란 바위를 깎아서 만든 받침대를 확인해보니, 전체적인 균형과 높이 면에서 딱히 문제는 없어 보였다.

"주문한 대로 철판을 끼울 홈도 만들기는 했는데…… 어때?"

"예. 완벽해요. 제가 원하는 대로 만들어주셨네요."

내가 지시한 대로 만들었으며, 불평할 여지가 없었다.

나는 바로 배치하기 위해, 작업을 일단락 지은 레우스를 불렀다.

"레우스, 저쪽을 들어. 주방으로 옮기자."

"알았어, 형님. 하나, 둘!"

나와 레우스는 수백 킬로그램을 될 듯한 커다란 돌 받침대를 '부스트'를 발동시켜서 옮겼다.

배치를 마친 후, 나는 마법진을 그린 철제 플레이트를 가지고 와서 돌 받침대의 홈에 딱 끼웠다. 이것으로 완성이다.

"시리우스 씨는 아궁이를 만들고 있었군요. 그런데 장작을 넣을 구멍이 없네요."

"일반적인 아궁이와는 조금 다르거든. 이 철판에 그려진 마법진이 화력을 자아내."

즉, 이것은 전생에 존재했던 전기 화로 같은 것이다.

원래 요리에 쓰일 만큼 뜨거운 열을 발생시키기 위해서는 상당한 마력이 필요하다. 하지만 이것은 학교에서 배운 지식과 학교장의 조언을 통해 개량을 거듭해서, 공기 중의 마력을 흡수해서 아무나 쓸 수 있게 만들었다.

또한 이 마력 화로는 마법진이 낡아서 쓰지 못하게 되더라도, 마법진을 그려둔 플레이트를 바꾸면 몇 번이든 다시 사용할 수 있는 카트리지식으로 만들어봤다.

이 기술과 마법진은 가르간 상회에 팔았으니 마력 화로 방식과 교환용 플레이트는 언젠가 거기서 취급할 것이다. 그러니 내가 없어도 문제는 없으리라.

그 외에도 동시에 여러 냄비를 얹을 수 있게 했고, 전생의 요리점에서 봤던 기능이나 장치를 재현했으니, 전체적은 효율은 꽤나 좋아졌을 것이다.

며칠 후부터 본격적으로 사용할 예정이니, 빨리 쓸 수 있게 해둬야겠다.

다이아장에서 쌓은 기술을 이용해 효율적으로 작업을 진행하는 우리를 본 스텔라가 감탄을 하며 고개를 끄덕였다.

"으음…… 좀 더 고생할 줄 알았는데, 이대로 가면 내일은 끝나겠는걸. 너희의 손재주와 체력을 우리 집 애들이 보고 배웠으면 좋겠어."

스텔라는 힘을 너무 써서 지쳐버린 아라드를 쳐다보며 그렇게 중얼거렸다.

어디까지나 우리가 특이한 것이니 그런 식으로 생각하지는 말아줬으면 좋겠는데 말이다.

"헤헤, 이 정도도 못하면 형님의 제자를 자처할 수 없다고."

"제가 보기에는 스텔라 씨야말로 대단해요. 정말 대단한 기술이세요."

"하하하, 지금은 후배에게 일을 떠넘기는 아줌마에게 무슨 소리를 하는 거야. 아, 저쪽을 눌러주지 않겠어?"

"멍!"

진짜로 이 사람은 대단했다.

스텔라 씨는 벽에 달 커다란 선반을 만들고 있는데, 수인들에게 있어 경외의 존경의 대상인 호쿠토를 부려먹었다.

호쿠토가 앞발로 판자를 눌러주는, 우리의 눈앞에서 불가사의한 광경이 펼쳐졌다.

그 광경을 쳐다보고 있을 때, 새로운 아궁이를 시험 삼아 써보던 디가 나를 불러서 감상을 이야기했다.

"정말 좋군요. 불길도 균일하고, 화력 조절도 스위치 하나로 할 수 있습니다."

"문제는 없나 보네. 그럼 점심을 만들어볼까."

"알았습니다. 재료를 준비하죠."

오전 작업은 이쯤에서 끝내기로 하고, 슬슬 점심 식사 준비를 하기로 했다.

디와 함께 점심을 만들던 내가 거의 다 만들었을 즈음, 필요한 물건을 사러갔던 여성들이 돌아왔다.

"다녀왔습니다."

"어서 와. 필요한 건 다 샀어?"

"물론이죠, 시리우스 님! 아, 이게 새로운 아궁이인가요? 그리고 이 냄새…… 카레군요!"

"그래. 노와르 용으로 단맛이 강한 카레도 만들었어. 곧 완성되니까 손을 씻고 기다려."

"응!"

노와르는 내 말에 바로 대답했다. 진짜로 나에게 마음의 문을 연 것 같았다.

기분이 좋아진 내가 조그마한 돈가스와 햄버그를 준비하고 있을 때, 디가 불가사의한 표정을 지으며 나를 쳐다보았다.

"시리우스 님. 카레인데 이렇게 반찬을 만들 필요가 있습니까?"

"아, 이건 토핑용이야. 카레를 준비하기 전에 각자의 주문에 따라 좋아하는 반찬을 카레에 얹어서 먹는 거지."

"그렇군요. 손님의 요청에 따르는 겁니까."

"그 외에도 카레의 날 같은 걸 만들어서 앙케트를 한 후, 가장 많이 팔린 건 메뉴에 넣는 것도 좋을 거야."

"……가르침, 감사합니다."

디는 좋은 생각이라는 듯이 고개를 끄덕이더니, 서둘러 메모를 했다.

그러지 않아도 에리나 식당이라면 장사가 잘 될 것 같지만, 책략이라는 건 많이 준비해둘 수록 좋은 것이다.

실은 카레만으로는 좀 그럴 것 같아서 준비한 것인데, 너무 신경을 쓰기 시작한 바람에 이런 식으로 변명을 한 것이다.

뭐랄까, 간단한 반찬을 하나 만들려고 했는데, 어느새 메인디시를 만들어버렸다…… 같은 느낌이다.

하지만 너무 많이 만들었다는 생각은 들지 않았다.

왜냐면 현재 이 집에는 대식가가 세 명이나 있는 것이다. 뭘 먹을지 물어보면, 전부 다 얹어달라고 할 게 틀림없다.

그리고 점심 식사 시간이 되자, 식당 안에 있는 테이블에 앉은 이들에게 뭘 먹고 싶은지 물어봤지만…….

"저는 치즈와 달걀을 부탁해요."

"으음…… 닭튀김!"

"""전부 다!"""

……이럴 줄 알았다.

레우스, 리스, 노엘, 세 사람은 당당하게 손을 들면서 그렇게 말했고, 나와 디는 쓴웃음을 지으면서 카레를 준비했다.

그리고 전원이 먹을 카레가 테이블 위에 놓인 후, 볼륨감 넘치는 카레를 먹기 시작한 노엘을 쳐다보던 스텔라가 어이없다는 표정으로 한숨을 내쉬었다.

"노엘…… 너, 진짜로 그걸 다 먹을 수 있는 거야? 오늘 아침에도 빵을 그렇게 많이 먹었잖니."

"이 정도는 아무것도 아니에요. 여보와 시리우스 님이 만든 요리는 정말 맛있거든요. 얼마든지 먹을 수 있어요."

"응! 할머니도 그렇지?"

"하하하, 노와르의 말이 맞아. 이 할머니도 두 사람의 요리를 좋아한단다."

스텔라는 눈을 가늘게 뜨더니, 자애에 찬 눈길을 머금으며 노와르의 머리를 쓰다듬어줬다.

하지만 다시 노엘을 향해 고개를 돌린 그녀의 얼굴에는 어이없어하는 듯한 표정이 어려 있었다.

"노와르는 어린애니까 괜찮지만, 너는 너무 많이 먹는구나. 그러다 살찔 거야."

"윽?!"

노엘은 날카로운 딴죽을 들고 움직임을 멈췄지만, 카레의 마력을 거부할 수가 없는 건지, 그녀가 쥔 스푼이 다시 활동을 시작했다.

스텔라는 고개를 젓기만 할 뿐, 더는 아무 말도 하지 않았다. 하지만 디는 진지한 표정을 지으며 말했다.

"괜찮습니다, 장모님. 설령 살찌더라도, 노엘은 노엘이니까요."

"여보…… 잠깐만, 왜 살찔 거라는 걸 전제로 이야기하는 거죠?"

"……이대로 가면, 그렇게 될지도 모른다고 생각하거든."

"커억! 고, 골치 아픈 상황이군요. 하지만…… 너무 맛있어서 멈출 수가 없어요! 시리우스 님, 어쩌면 좋을까요?!"

"나한테 물어보지 마. 그리고 말을 할 거면 일단 숟가락질을 멈춰."

뭐, 저 요리를 만든 사람은 나니까, 좋은 아이디어를 내줘야 할 것 같은 느낌이 들었기에 한 마디 해줬다.

"그런데 노엘이 원래 이렇게 많이 먹었어? 저택에서 지내던 시절에는 지금보다 적게 먹었던 것 같은데 말이야."

"……예. 예전에는 한 그릇으로도 충분히 만족했습니다."

"흠…… 지금 만들고 있는 걸로 두 그릇째인데, 다 먹을 수 있으려나?"

"예! 맛있기도 한데다, 배가 고파서 죽겠어요."

모든 토핑을 다 얹으면 평범한 사람에게는 많을 정도의 양이다.

이 세계의 사람들은 식사량이 좀 많은 편이지만, 현재 노엘의 식사량은 너무 많다는 느낌이 들었다.

디가 생각에 잠긴 나를 보고 걱정이 되기 시작한 건지, 나에게만 들릴 만큼 작은 목소리로 질문을 했다.

"시리우스 님. 혹시 노엘은 병에 걸린 걸까요?"

"옆에 더 많이 먹는 사람도 있으니까, 그저 식사량이 늘어났을 뿐일지도 모르지만……."

대식가인 레우스와 리스를 보니 식사량의 기준 자체가 이상해질 것 같았다.

애초에 이 세계에 대식가가 되는 병 같은 게 있을까?

그러고 보니 나는 이곳에 온 후로 노엘 가족의 건강을 체크해보지 않았다. 건강해 보이는 가족이라 재회했을 때 '스캔'으로 간단히 조사해보기만 했다.

디도 걱정을 하는 것 같으니, 다음에 정밀한 '스캔'으로 조사를 해봐야겠다.

"노엘. 이상이 없는지 조사해볼 테니까, 움직이지 마."

"이상…… 딱히 아픈 곳이 없지만, 조사해주신다면야…….
아, 그 전에 한 그릇 더 주세요."

"디 형, 나도 더 줘."

"디 씨, 저도 부탁드릴게요."

"잠깐만 기다려."

디가 먹보들이 먹을 음식을 준비하는 가운데, 나는 의식을 집
중해서 '스캔'을 발동시켰다.

평소에 쓰는 간이적인 '스캔'은 대충 훑어보는 것에 가깝지
만, 이번에 쓴 것은 내장의 세포 하나하나까지 전부 읽어 들이
는 듯한 이미지로 머리끝부터 발끝까지 세심하게 조사하는 '스
캔'이다.

내가 진지한 분위기를 형성하자, 다들 식사를 멈추며 마른 침
을 삼키고 있었다. 아…… 그러고 보니 두 명은 숟가락질을 멈
추지 않은 것 같지만, 개의치 않기로 했다.

"…………오호라."

"저기…… 왜 그렇게 진지한 표정을 짓는 거죠?"

"우선, 노엘은 병에 걸린 게 아니니까 안심해. 항상 배가 고플
뿐만 아니라, 많이 먹게 된 건 최근 들어서지?"

"그래요. 하지만 그건 디 씨와 시리우스 님의 밥이 맛있기 때
문이에요!"

내 탓으로 돌리는 것은 일단 제쳐두기로 하고, 과거에 조사했

던 책에서 얻은 지식과 '스캔'의 결과로 볼 때 틀림이 없을 것 같았다.

수인의 식사량이 늘어나는 이유는 많지만, 노엘의 배에서 느껴지는 반응으로 볼 때…….

"뭐…… 축하해."

"예?"

"시, 시리우스 님? 설마……."

"그래. 노엘의 배 속에 새로운 생명이 있어. 축하할게. 너희의 두 번째 아이야."

내가 이곳에 도착하기 직전이나 혹은 이곳에 머무는 동안에 아이가 생긴 것이리라.

아직 본인도 눈치채지 못할 만큼 초기 단계이지만, 곧 본인도 눈치챌 거라고 생각한다.

두 사람이 아기가 생겼다는 이야기를 듣고 잠시 동안 굳어 있는 가운데, 노키아와 에밀리아를 비롯한 다른 이들이 먼저 반응을 보였다.

"축하해요, 언니. 디 씨. 또 새로운 가족이 늘어나는 거군요."

"해냈구나, 노엘 누나! 디 형! 오늘은 파티를 해야겠네!"

"노엘 씨, 디 씨, 축하드려요. 하아…… 왠지 엄청난 상황을 본 것 같아요."

"누나, 축하해! 디 씨도 정말 좋겠네요!"

"저기, 언니? 우리말을 듣고 있는 거야? 둘째가 생겼단 말이야, 둘째!"

"드, 들었어. 으음…… 사실인가요?"

노엘이 믿기지 않는다는 듯이 나를 쳐다보자, 나는 고개를 끄덕이며 미소를 지었다.

드디어 현실에 돌아온 디는 노엘을 천천히 들어 올리더니, 그 자리에서 빙글빙글 돌기 시작했다.

"잘 됐어…… 잘 됐어, 노엘! 정말 잘 됐어!"

"우왓?! 저, 정말…… 당신도 참. 그래도…… 제가 또 해냈네요!"

디가 이렇게 기뻐하는 모습은 흔히 볼 수 있는 게 아니지만, 그만큼 기쁜 것이리라.

내버려 두면 계속 저러고 있을 것 같지만, 곧 노엘에게 부담을 줄 수 있다고 생각했는지 허둥지둥 그녀를 내려놓았다. 아직 초기 단계이니 저렇게 허둥댈 필요는 없는데 말이다.

노엘은 상황을 이해하지 못하고 시종일관 고개만 갸웃거리고 있는 노와르를 꼭 끌어안으며 설명을 했다.

"아직 남동생인지, 여동생인지 모르지만, 노와르가 언니 혹은 누나가 되는 거야."

"내가…… 내가 언니?!"

"그래! 자아, 만세!"

"만세~!"

노와르는 그제야 이해했는지 노엘과 함께 기뻐했다.

곧 진정한 노엘은 자리로 돌아가더니, 아까와 다르게 개운한 표정으로 카레를 먹기 시작했다.

아이를 가졌는데도 엄청난 기세로 음식을 먹어대는 모습을 보니 왠지 걱정이 됐지만, 노엘이 저러는 이유가 있었다.

나나 리스 같은 인간족이 아이를 가졌을 때는 식생활에 변화가 생기거나 몸 상태가 나빠지지만, 수인은 식사량이 늘어난다.

입덧 같은 건 안 하기에, 인간족만큼 임신기간에 몸 상태가 심하게 나빠지지는 않는다고 들었다. 하지만 모친의 영양분이 대부분 아이에게 가기 때문에, 항상 배가 고프다고 한다.

어느 쪽이 더 낫다고 할 수는 없지만, 결국 힘든 건 마찬가지인 것이다.

"시리우스 님이 만들어주시는 음식이 너무 반가워서 식사량이 늘어난 건줄 알았어요. 잘 생각해보니, 노와르를 가졌을 때도 이랬죠."

"자각증상이 생기기 전이고, 며칠이 지나면 싫어도 눈치챘을 거야. 아무튼 이걸로 마음 편히 식사를 할 수 있겠네."

"예! 맛있는 음식을 만들어주는 남편과 주인님을 둬서, 저는 정말 행복해요."

식사량이 부족하면 미숙아가 태어난 가능성도 높다고 하는데, 노와르를 보니 그런 걱정은 하지 않아도 될 것 같았다. 디가 그만큼 신경을 써준 것이리라.

앞으로의 식사는 양과 영양의 균형을 생각해서 준비해줘야 할 것이다.

영양이 풍부한 메뉴를 생각하고 있을 때, 홀로 조용히 있던 스텔라가 노엘에게 다가가더니, 그녀의 머리에 손을 얹었다.

"정말…… 둘째를 가졌는데도 너는 변함이 없구나."

"너무해요! 저는 마구 변하고 있다고요! 노와르를 낳은 후로 저한테서 흘러넘치는 모성이 느껴지지 않는 건가요?"

"내가 보기에는 아직 멀었어. 하지만…… 노엘, 축하해. 아이가 늘어나면 많이 힘들 테니, 나도 여기에 더 자주 와야겠네."

"아, 엄마의 속셈을 알겠어요. 손주의 얼굴이 보고 싶으면 당당하게 보러 오면 되잖아요. 여전히 제 앞에서는 허세를 부리는군요."

"기어오르지 마!"

어이없어 하는 노엘의 머리에 꿀밤을 날린 스텔라의 눈에는 딸의 행복을 바라는 모친의 마음이 가득 차 있었다.

대화 내용은 그렇다 치고, 웃고 있는 두 사람을 보니 모녀 관계가 양호해 보였다.

노엘의 반격을 막아낸 스텔라의 표정은 기쁨이 어려 있지만, 옆에 있는 다른 자식들을 쳐다보더니 한숨을 내쉬었다.

"하아…… 바보 딸내미는 둘째가 생겼는데, 다른 애들은 뭘 하고 있는 건지 모르겠네. 너희는 언제 손주를 나에게 보여줄 거니?"

"나, 나는 일편단심 요리야!"

"엄마…… 그런 소리 하지 마."

아라드는 방금 일편단심 요리라고 말했지만, 실은 이 마을에 사는 아가씨와 몰래 사귀고 있다는 걸 노엘이 나에게 가르쳐줬었다.

그리고 노키아는 디에게 마음이 있는 것 같지만, 자신의 언니와 그가 워낙 금실이 좋기에 이제 포기한 것 같았다. 그 후로 노키아는 이상적인 남성을 찾기 시작했고, 좀처럼 눈에 드는 남성을 만나지 못했다고 한다.

하지만 식당 웨이트리스를 하다보면 많은 사람들과 만나게 될 테니, 언젠가 이상적인 남성과 만날 수 있을 것이다.

"……아마도 말이야."

"저기, 시리우스 씨? 지금 이상한 생각 안 했어?"

"뭐, 노키아는 귀여우니까 분명 좋은 사람과 만날 거야."

"이익~! 저 만면의 미소가 너무 밉살스러워! 나는 반드시 언니보다 행복해지고 말거야!"

"흐흥, 과연 이 언니에게 이길 수 있을까? 자아, 나는 아기를 위해 음식을 더 먹어야겠어."

"더 주세요."

"나도 안 질 거야. 더 줘!"

"많이 먹기 승부를 하지 말라고……."

식욕이 왕성한 세 사람을 보고 어이없어 하면서도 그릇에 음식을 담던 나는 디의 표정이 묘하게 긴장되어 있다는 사실을 눈치챘다.

혹시 아르메스트에서 헤어졌을 때처럼 불안을 느끼고 있는 걸까?

또 정신이 바짝 들게 한 방 먹어줘야 하는 건지 생각하고 있을 때, 내 시선을 눈치챈 디가 나를 향해 돌아섰다.

"제 얼굴에 뭐가 묻었습니까?"

"아…… 이제부터 너는 더 힘들어질 거잖아. 디, 각오는 되어 있지?"

"괜찮……습니다. 이제 시리우스 님께서 제 배에 주먹을 꽂으실 필요는 없습니다."

"말은 잘하는걸. 그럼 가족을 잘 지켜."

"예!"

결혼을 하고 애도 생겼지만, 디의 눈매는 여전히 남을 노려보는 것처럼 위압감을 뿜고 있었다. 그래도 방금 그는 어엿한 아버지다운 표정을 지었다.

그리고 점심을 먹고 작업을 다시 시작한 우리는 저녁 즈음에 조리실 개조를 마쳤다.

화력 조절이 간단할 뿐만 아니라, 불 위에 얹을 수 있는 냄비의 숫자가 늘어난 아궁이, 그리고 식재료를 관리하기 위한 지하 저장 공간.

쓸데없는 물건을 줄여서 전체적으로 널찍하게 만들었으니, 요리를 할 때 느끼는 부담이 매우 줄었을 것이다.

그런 조리실이 완성된 후, 새로운 생명을 잉태한 축하를 기념해, 그날 밤에 성대한 파티를 열었다.

이틀 후…… 드디어 여행을 떠나는 날이 왔다.

마차의 점검을 마친 후, 우리는 에리나 식당 앞에서 작별 인사를 나눴다.

오늘 장사 준비를 해야 할 시간이지만, 디를 비롯한 노엘 일가 전원이 우리를 배웅하기 위해 보였다.

그리고 호쿠토의 하니스와 마차를 연결하고 있을 때, 디가 커다란 바구니를 내밀었다.

"시리우스 님. 도시락을 준비했으니 가시면서 드시죠."

"고마워. 이제 한동안 디의 요리를 못 먹을 거라고 생각하니 아쉽네."

"깜빡하신 물건은 없나요? 며칠 더 머물면서 챙겨할 할 물건이라든가……."

"대체 어떤 물건이기에 며칠이나 머물면서 챙겨야 하는데? 아무튼 준비는 완벽하게 했으니까, 이제 그만 포기해."

"으으…… 알았어요."

"노엘 누나. 기운 내."

"그래요. 저희는 또 이곳으로 돌아올 거니까요."

"지금까지 신세 많이 졌어요. 노엘 언니가 무사히 출산하기를 기원할게요."

"걱정하지 마! 건강한 아이를 낳을 거니까, 다음에 찾아왔을 때 귀여워해줘."

"예. 그 날을 고대하고 있을 게요."

어느새 에밀리아만큼 친해진 리스와 악수를 나눈 노엘은 좀 떨어진 곳에 서 있는 노와르를 데리고 왔다.

"자아, 노와르. 지금 인사를 안 하면 나중에 후회할 거야."

"응. 저기…… 레우스 님……."

"왜?"

"나…… 레우스 님을 위해 강해질게. 그리고 맛있는 요리도 만들 수 있게 될 테니까, 그러니까, 그러니까…… 내가 다 크면…… 해주세요……!"

부끄러워하는 건지 목소리가 점점 작아지더니, 마지막에는 거의 알아들을 수가 없었다.

나는 반사적으로 청력을 강화해서 노와르의 말을 알아들었지만…… 레우스는 들은 걸까?

"잘 안 들렸지만, 기대하고 있을게. 하지만 무리는 하지 마. 노와르가 쓰러지면 나도 슬플 거야."

아쉽게도 듣지 못한 것 같았다. 역시 레우스는 강적이었다.

하지만 순수한 호의가 싫지는 않은지, 레우스는 미소를 지으면서 노와르의 머리를 쓰다듬어줬다.

노와르는 부끄러운지 고개를 숙이고 있었지만, 마음에 둔 이가 머리를 쓰다듬어줘서 기쁜지 만면에 미소를 지었다.

우리가 떠난 후에 울음을 터뜨릴 가능성도 있지만, 레우스의 격려, 그리고 곧 언니가 된다는 사실이 그녀의 마음을 성장시켜준 것 같았다.

앞으로 다양한 경험을 통해 강해질 테니, 앞으로도 웃으면서 재회할 수 있도록 서로가 힘내자.

"호쿠토, 출발하자."

"멍!"

내 말에 맞춰 마차는 앞으로 나아가더니, 에리나 식당이 서서히 멀어져갔다.

짧은 기간 동안이지만 노엘, 디와 함께 보낸 나날은 내 집으로 돌아간 것처럼 안도감을 느끼게 해줬다.

그러니…… 반드시 이곳으로 돌아오자.

이제 너무 멀어져서 잘 보이지도 않지만, 그래도 우리를 향해 손을 흔들고 있는 행복한 가족을 보면서 나는 조용히 맹세했다.

오럼 마을을 나와 길을 따라 나아가던 우리는 작별한 지 얼마 안 되어서 그런지 무거운 분위기에 휩싸여 있었다.

훈련은 좀 더 시간을 둔 후에 시작하는 게 좋을 거라고 생각한 내가 마부석에 앉아서 경치를 바라보고 있을 때, 호쿠토가 마차를 끌며 나를 향해 고개만 돌렸다.

아무래도 나를 걱정해주고 있는 것 같았기에, 나는 안심하라는 듯이 미소를 지었다.

"괜찮아, 호쿠토. 너는 나를 잘 알잖아?"

"크응…….."

"정말. 네가 나를 그렇게 걱정하지 않아도 돼."

걱정이 많은 충견을 향해 쓴웃음을 짓자, 마차 안에서 쉬고 있던 에밀리아와 리스가 내 양옆으로 왔다.

두 사람은 아무 일도 없는 듯이 행동하고 있지만, 역시 마음속 깊은 곳에는 쓸쓸함이 존재하는 것 같았다.

잠시 동안 아무 말 없이 시간이 흘러갔고…… 마을이 완전히 시야에서 사라졌을 즈음, 두 사람은 입을 열었다.

"역시 작별은 하니 쓸쓸하네요."

"응. 다들 좋은 사람이라서 더 그런 것 같아."

"시리우스 님은 쓸쓸하지 않은가요?"

에밀리아가 내 얼굴을 쳐다보며 그렇게 당연한 걸 물어보았다.

"무슨 소리를 하는 거야. 쓸쓸하지 않을 리가 없잖아."

"그런 사람치고는 괜찮아 보여요."

"이래 봬도 꽤 쓸쓸해. 하지만 영원히 작별한 것도 아니니까, 너무 슬퍼할 필요는 없잖아."

"그래. 또…… 만나러 가면 되겠네."

"그래. 오럼은 평화로운 마을인데다, 노엘과 디는 평범한 모험가 정도는 간단히 쫓아버릴 수 있을 만큼 강해. 그러니 걱정할 필요 없어."

저 마을에 머물면서 조사해보니, 노엘 가족이 해를 당할 만한 정보는 입수하지 못했다.

그리고 이 근처를 다스리는 영주의 집에 잠입해서 내 눈과 귀로 확인해보니, 소문대로 올바른 인물이었다.

마을 전체가 휘말리는 큰 사건이라도 벌어지지 않는 한, 에리나 식당은 문제없을 것이다.

맛있는 식사를 준비해주는 가게를 일부러 박살 내려 하는 녀석도 흔치는 않을 것이다.

"그것보다 문제는 우리야. 노엘 가족이 무사하더라도, 우리에게 무슨 일이 생기면 큰일이잖아. 오후부터 훈련을 시작할 거니까, 마음을 단단히 먹어둬."

"형님이 말이 맞아, 누나."

마차 안에서 검을 손질하던 레우스가 내 말에 찬성했다.

너는 마음을 잡는 게 빠르…… 아니, 나를 닮기 시작한 걸려나?

"으으…… 저는 노와르가 울려는 걸 참는 모습이 눈앞에 어른거려서 바로 시작하는 건 무리일 것 같아. 레우스는 강해."

"나도 노엘 누나나 디 형과 헤어져서 슬퍼. 하지만 나는 형님과 누나가 있으니까 그렇게 외롭지는 않아."

"하아…… 그 마음은 고맙지만, 좀 눈치를 길러. 노와르도 골치 아픈 애를 좋아하게 된 것 같네."

"응? 무슨 소리를 하는 거야. 노와르는 아직 애니까 나를 동경하는 것뿐이야. 나이를 먹으면 지금 그 마음도 사라질걸?"

"레우스는 물러 터졌어. 아무리 어리더라도 여자애가 품은 마음은 어마어마하게 강하단 말이야."

에밀리아가 자신만만하게 그렇게 말하자, 설득력이 어마어마했다. 그녀 본인이 그랬던 것이다.

그건 그렇고, 방금 그 말은 과거의 나와 노엘의 대화를 떠올리게 했다.

내가 마음속으로 쓴웃음을 짓고 있을 때, 에밀리아는 나를 쳐다보았다. 그래서 일단 에밀리아의 머리를 쓰다듬어주자, 그녀는 꼬리를 흔들어댔다.

"뭐, 누나만 특이한 거 아닐까? 그리고 상대는 형님이니 그러는 것도 당연해."

"갈 길이 먼 것 같군……."

"……예."

"우리가 어떻게든 해야겠어……."

호쾌하게 웃는 레우스를 보며 한숨을 내쉰 우리를 태운 마차는 길을 따라 나아갔다.

이제 우리는 리스가 태어난 마을에 들릴 예정이다. 이유는 리스의 어머니인 로라 씨의 성묘를 하기 위해서다.

그 후에는 근처 항구 마을에 간 후, 목적지인 아드로드 대륙으로 갈 것이다.

그 뒤에는…… 아드로드 대륙에 도착하고 생각해볼까.

우리라면 웬만한 일에는 눈도 깜짝 하지 않을 테니, 느긋하게 은랑족의 마을을 찾기로 했다.

그리고 점심때가 되자, 우리는 마차를 세우고 점심을 먹었다.

디가 준 바구니 안에는 샌드위치와 여러 반찬이 들어 있었다. 하지만 식사 준비를 하던 에밀리아는 뭔가를 눈치챘다.

"시리우스 님. 이걸 보세요."

그녀가 내민 것은 짤막한 문장이 적힌 세 장의 편지였다.

그 내용은…….

『다녀오십시오. 무사안녕을 기원하겠습니다.』

『언제든 돌아오셔도 돼요. 저희가 항상 기다리고 있을게요.』

"꽤 센스 있는 짓을 했네."
"아, 시리우스 씨. 이건 노와르가 쓴 거야."
"이건 레우스에게 보내는 편지 같네요."
"노와르한테서? 어떤 내용인데?"
레우스는 고개를 갸웃거리면서 편지를 받더니, 소리를 내서 읽었다.

『다 크면, 아내로 삼아주세요.』

그 내용은 노와르가 아까 헤어질 때 했던 말과 같았다.
노엘이 아이디어일지도 모르지만, 그런 쪽으로 어두운 레우스에게는 똑바로 전해야만 한다는 걸 노와르는 이해하고 있는 것 같았다.
자, 노와르에게 고백을 받은 레우스는 어떤 반응을 보일까?
"……아내? 시종이 아니라?"
레우스가 두 누나에게 두들겨 맞은 것은 말할 필요도 없을 것이다.
전투에 관한 교육에는 자신이 있지만, 이성에 관한 교육은 잘못한 걸지도 모른다.
바구니 안에 들어 있던, 에리나 식당의 주역인 에리나 샌드를 먹으면서, 나는 레우스의 교육 방침에 대해 다시 생각해봤다.

—— 디머스 ——

그리고…… 시리우스 님은 떠나셨다.

몇 년 전까지는 어린애 같아 보였던 시리우스 님은 지금은 어엿한 어른으로 성장하셨으며, 나는 어느새 커진 그분의 등을 쳐다보며 배웅했다.

나는 얼마 전에 여행을 떠나겠다고 말씀하신 시리우스 님을 마음 편히 배웅하겠다고 말했지만, 실은 노엘과 마찬가지로 이곳에서 함께 살았으면 좋겠다고 생각하고 있었다.

갓난아기인 시리우스 님과 처음 만난 그날, 은인인 아리아 님이 남긴 이분을 내가 지켜나가겠다……고 결심했었다. 하지만 어느새 내가 저분의 보호를 받고 있었다.

그뿐만 아니라 이런 나를 가족이라 불러주셔서, 정말 기뻤다.

하지만 시리우스 님은 어릴 적부터 아무도 모르는 지식뿐만 아니라, 어른인 나를 압도하는 실력을 지니셨다.

하루가 다르게 성장하는 시리우스 님을 지켜보는 게 기뻤지만, 이분이 어른이 되면 나 같은 녀석의 도움을 필요 없을 거라는 생각이 들었다. 그래서 시리우스 님이 내 도움을 필요로 하지 않게 되면, 내 발로 그분의 곁을 떠나자고 생각했다.

하지만 그런 내 생각을 눈치챈 에리나 씨는 이렇게 말했다.

『설령 자신의 힘이 부족해서 분하더라도, 언젠가 반드시 시리우스 님께 도움이 될 때가 올 거야. 짐밖에 안 된다는 생각이 들더라도, 전력을 다해 그때에 대비한다…… 그게 시종이야. 디, 당신의 충성심은 그것밖에 안 되는 거야?』

그러니…… 지금은 배웅하자.

저분이 돌아올 장소가 되기 위해, 그리고 저분이 원하실 때 언제든 뛰어갈 수 있도록…….

장모님과 노키아, 아라드는 어느새 식당 안으로 들어갔다. 아마 우리 가족을 위해 잠시 자리를 비켜준 것이리라.

시리우스 님의 모습이 완전히 사라지고, 주위에 아무도 없을 즈음, 나는 여전히 손을 흔들고 있는 노엘과 노와르의 어깨를 두드렸다.

"여보. 이제…… 괜찮은 거지?"

"아빠……."

"그래……."

그리고 내 품으로 뛰어들며 우는, 사랑스러운 아내와 딸을 꼭 끌어안았다.

그 무엇보다도 소중한 존재를, 나는 계속 지킬 것이다.

그것이…… 우리를 가족이라 말해주신 분에게의 보답이자, 내 소망이니까…….

『10년 후면 시리우스도 멋진 어른이 되었겠지? 그때 나를 받아달라는 예약이야. 아, 그래도 그쯤이면 너한테 약혼자가 두세 명 정도는 있을 것 같네. 그렇다면 첩이라도 상관없어.』

몇 년 전…… 자신을 구해준 인간족 소년에게, 나는 그렇게 말했다.

내가 생각해도 부끄러운 소리를 했다고 생각하고, 상대도 어린애지만…… 후회는 하지 않는다.

왜냐하면 내가 세계를 10년 간 여행하면서도 그 소년…… 시리우스와 만났을 때 이상의 충격을 받은 적은 없는 것이다.

습격당한 나를 도와줬고, 수많은 어른들을 상대하면서도 전혀 겁먹지 않을 뿐만 아니라, 나를 가볍게 든 채 도망칠 정도로 힘이 강하다는 사실을 알았을 때는 놀랐다.

하지만 내 마음을 가장 세게 뒤흔든 것은 그가 지닌 어린애답지 않은 불가사의한 분위기였다.

나는 희소한 종족이라 불리는 엘프이며, 자화자찬 같지만 남들의 이목을 꽤 모으는 용모를 지녔다.

시리우스는 아직 어린애니까 나에게 반해서 이러는 걸지도…… 하고 생각했지만, 그는 순수한 흥미 때문에 나와 친구가 되고 싶다고 말했다.

어린애가 무리하는 것 같은 느낌은 들지 않았다.

그와 이야기를 나누다 보니, 한 명의 어른으로 여기게 된 시리우스가 나는 신경 쓰였다.

하지만 결정적이었던 것은 바로 그가 하늘을 나는 방법을 가르쳐준 점이다.

계기는 생각나지 않지만, 나는 어릴 적부터 하늘을 날고 싶다고 생각했다.

그래서 바람의 정령이 보이게 되었을 때, 바람을 이용해 하늘을 날 수 있을 거라며 기뻐했다. 하지만 하늘에서는 자세를 제대로 유지할 수가 없었기에, 하늘을 난다는 느낌이 전혀 들지 않았다.

몇 번을 도전했는데도 성공하지 못했다. 그러는 사이 엘프의 규율에 따라 세계를 여행해야 하는 나이가 되었기에, 하늘을 나는 건 일단 보류해둔 나는 바깥 세계로 뛰쳐나갔다.

호기심이 강한 나에게 있어 세계를 돌아보는 여행은 정말 즐거웠고, 하늘을 날고 싶다는 욕구는 점점 옅어졌지만, 마음 한편에는 여전히 하늘에 대한 미련이 남아 있었다.

그리고 10년이 흘러…… 고향인 숲으로 돌아가기 직전, 나는 시리우스의 조언 덕분에 하늘을 나는데 성공했다.

그 방법을 가르쳐준 그에게 고마움만 느끼고 있는 게 아니다.

불가사의한 매력과 지식을 지닌 시리우스와 함께 한다면, 분명 즐거운 일이 일어날 거라는 확신이 들었다.

이야기에 나오는 흔한 말을 쓰자면, 나에게 있어 시리우스는 운명의 상대인 것이다.

하지만…… 앞으로 나는 규율 때문에 10년 동안 고향인 숲에서 나올 수 없다. 그 규율만 없다면 나는 시리우스의 집에 쳐들어갔을 지도 모른다.

겨우 만난 운명의 상대와 10년이나 떨어져 있는 건 힘들었다.

수명이 긴 엘프에게는 얼마 안 되는 시간이지만, 인간족 어린애가 변하기에는 충분한 시간인 것이다.

이미 어른의 정신을 지닌 시리우스라면 변하지 않을 거라고 생각하지만, 이 인연이 끊어지고 말 가능성 때문에 두려움을 느낀 나는…… 시리우스에게 고백을 했다.

역시 너무 느닷없었는지 시리우스는 쓴웃음을 지었지만, 그래도 그는 고개를 끄덕였다.

엘프는 기본적으로 외부와 얽히려 하지 않는 폐쇄적인 종족이지만, 나는 거의 정반대이다. 그래서 엘프 안에서는 상당한 괴짜다.

그런 나를…… 시리우스는 웃으면서 받아들여줬을 때는 정말 기뻤다.

그런 나는 웃으면서 헤어질 수 있었다.

그와 다시 만날 수 있을 거라 믿으며…….

※※※※※

"하지만, 역시 10년은 기네……."

시리우스와 헤어지고 9년이 흘렀다.

나는 집에서 좀 떨어진 곳에 있는 나무 위에 앉은 채 혼잣말을 중얼거렸다.

여행을 하던 시절에는 10년이 순식간에 흘러갔지만, 그냥 기다리기만 하니 이렇게 길게 느껴졌다.

"지금쯤 시리우스는 뭘 하고 있을까? 이제 학교는 졸업했을 것 같은데……."

한때는 그때 느꼈던 감정이 일시적인 거라고 생각했지만, 몇 년이 흘렀는데도 그를 향한 마음은 식지 않았다.

오히려 그 마음은 강하지고 있었으며, 규율을 무시하고 밖으로 뛰쳐나가고 싶다는 충동을 느낀 적도 몇 번이나 있었다.

하지만 규율을 깰 수는 없으며, 엘프들의 수장인 아버지에게 폐를 끼칠 수도 없다.

이제 1년만 더 참으면 되니, 지금은 얌전히 시간이 흐르기를 기다리기로 했다.

"자아, 오늘도 열심히 해야지. 다들 지나치게 힘을 쓰지 않도록 조심해."

그리고 평소 일과를 마치자고 생각한 나는 바람의 정령들에게 말을 걸면서 마법을 발동시켰다.

시리우스와 헤어지고 쭉 연습을 해왔기에, 내 마법은 크게 성장했다.

예전에는 하늘을 나는 것밖에 못했지만, 지금은 하늘을 자유자재로 날아다니면서 공격마법을 쓸 수도 있다.

그 외에도 다양한 마법을 만들었으니, 그걸 시리우스에게 선보이는 날이 벌써부터 고대되었다.

한동안 연습을 한 후, 슬슬 휴식을 취하자고 생각한 순간, 누군가가 이쪽으로 오고 있다는 걸 바람의 정령이 가르쳐줬다.

이 근처에는 나무가 적기 때문에 엘프는 거의 오지 않는 장소이기에, 나 이외에 이곳에 오는 엘프는…….

"언니~!"

예상대로 숨을 헐떡이며 모습을 드러낸 이는 아샤였다.

나보다 어린 엘프이며, 다들 괴짜라 여기는 나를 따르는 특이한 애다.

나를 언니라고 부르지만, 딱히 피가 이어진 것은 아니다.

과거에 이런저런 일이 있어서 묘하게 나를 따르게 됐고, 어느새 나를 그리 부르게 된 것이다.

착각이 심하며 지나친 행동을 자주 하는 애지만, 나에게 있어서는 귀여운 여동생 같은 애다.

그런 아샤는 왠지 평소와 좀 달라보였다.

나를 보더니, 평소 같으면 만면에 미소를 지르며 달려왔을 그애는 초조한 표정을 짓고 있었다.

"언니, 큰일 났어요! 엘더예요!"

"좀 진정해. 자아, 숨을 크게 들이마시고……."

너무 초조한 탓에 자신이 무슨 말을 하는 건지도 모르는 것 같았다.

좀 마음을 가라앉혔으면 하지만, 아샤는 내 어깨를 움켜잡은 채 호들갑만 떨어댔다.

"그럴 때가 아니에요! 언니가 엘더로……!"

"에잇!"

"아얏?!"

이렇게 되면 웬만해서는 정신을 차리지 못하기에, 나는 이 애에게 가볍게 충격을 가하기로 했다.

아샤의 머리에 손날로 가볍게 한 방을 날려주자, 그녀는 낮은 비명을 지르면서 바닥에 주저앉았다.

"자아, 진정했어? 그런데 무슨 일이 벌어진 거야?"

"으으…… 그게 말이죠. 언니, 지금 바로 집으로 돌아가세요. 언니의 아버님이 언니를 찾고 있어요."

"아빠가 나를 찾다니, 신기한 일도 다 있네. 꽤 골치 아픈 일이라도 벌어진 거야?"

"예! 실은 방금 엘더 님이 언니를……."

나는 아샤의 말을 듣고 충격을 받았다.

내가 아샤의 설명을 듣고 서둘러 집에 돌아가 보니, 아빠는 복잡한 표정을 지은 채 테이블 앞에 앉아 있었다.

방임주의이며, 너무 지나친 짓을 하지 않는 한 내가 자유롭게 행동하게 두던 아빠가 오늘은 평소와 달라 보였다.

하지만 그것도 무리는 아니라고 생각하며 테이블 앞에 앉자,

아빠는 깊은 한숨을 내쉬면서 입을 열었다.

"……이야기는 들었겠지?"

"응. 아샤한테서 들었어. 엘더 님이 왔다면서?"

엘더란 우리가 사는 이 숲의 깊은 곳에서 사는 엘더 엘프 님을 말한다.

엘프의 선조이며, 이 마을을 비롯한 광대한 숲의 중심에 있는 성스러운 나무, 성수(聖樹) 님을 지키는 존재라고 아빠한테서 들은 적이 있다.

한 명 한 명이 나라 하나를 위협할 정도의 힘을 지녔지만, 엘더 님은 기본적으로 숲 깊은 곳에서 나오지 않는다.

하지만 극히 드물게 엘더 님이 우리가 사는 마을에 올 때가 있다.

"아까 돌아오신 엘더 님은 너에게 가까운 시일 내에 성수 님의 곁으로 향하라고 말씀하셨다. 준비는 되어 있겠지?"

그건…… 성수 님이 선정한 엘프를 부르기 위해서다.

어떤 기준으로 선정하는 건지는 모르지만, 성수 님은 수백 년에 한 번 정도의 비율로 우리 엘프를 필요로 하며, 자신을 섬기게 한다고 한다.

그리고 성수 님은 모든 엘프에게 있어 절대적인 존재이기에, 성수 님에게 선정된다는 것은 매우 명예로운 일이기도 했다.

인간족으로 치자면, 평민이 왕에게 불려가 섬기게 되는 것과 비슷하지만…… 나와 아빠의 표정은 어두웠다.

"아빠…… 진심으로 그런 소리를 하는 거야?"

"역시 너라면 그렇게 말할 거라 생각했다."

"당연하잖아. 아무리 명예로운 일이더라도, 나는 하고 싶은 일이 있으니까 싫어. 거절할 수 없는 거야?"

성수 님의 곁으로 간 엘프는 지금까지 단 한 명도 돌아오지 못했다.

나는 절대로 돌아올 생각이지만, 무슨 일이 생길지 모르는데다 만약 돌아오지 못한다면…… 시리우스와 만나지 못하게 된다.

마치 산 제물 같은 느낌도 들지만, 다른 엘프가 내 생각을 알면 불같이 화를 낼지도 모른다.

하지만 내 성격을 아는 아버지는 어이없다는 듯이 한숨을 내쉬었다.

"어떻게 거절하느냐 말이다. 정말…… 네가 평범한 엘프였다면 우두머리로서, 아버지로서 너를 자랑스럽게 여기며 보냈을 거다."

"미안하지만 나는 이런 애야. 그리고 아빠도 내가 없어지면 쓸쓸하잖아?"

"부정은 하지 않으마. 하지만 왜 싫은 거냐? 너는 특이하기는 하지만, 이유도 없이 싫다고 할 애는 아니지. 오히려 성수 님의 정체가 궁금하다면서 가보려고 했을 거다."

"그건……."

확실히 시리우스가 없었다면 나는 호기심이 이끄는 대로 행동했을 것이다.

하지만…… 이유를 말하면 분명 반대할 것이다.

내가 입을 다물자, 아빠는 날카로운 눈빛으로 나를 쳐다보았다.

"일전의 여행 때 신경 쓰이는 이라도 발견한 거겠지."

"……이야기한 적은 없는데 말이야."

"네 모습을 계속 보다 보니 얼추 감이 오더구나. 네가 그렇게 신경 쓰는 상대가 어떤 녀석인지 모르겠지만, 엘프가 아니라면 관둬라. 언젠가 상대를 먼저 보낸 후, 후회에 사로잡히게 될 거다."

아빠가 그렇게 말하자, 나는 대답을 하지 못했다.

그리고 밤이 된 후, 저녁 식사를 마치고 방으로 돌아간 나는 가방에 짐을 집어넣었다.

바로 여행 준비를 하고 있는 것이다. 나는 이대로 밤의 어둠을 이용해 집을…… 숲을 빠져나갈 생각이다.

규율도, 아빠도 걱정되지만, 나는 시리우스를 포기할 수가 없었다.

아빠의 말대로 장래에 시리우스는 엘프인 나를 두고 먼저 가 버리겠지만…… 내가 아이를 낳으면 쓸쓸하지 않을 것이다.

엘프가 임신을 할 확률은 매우 낮다지만…… 내가 알 바 아니다.

시리우스와 함께 노력하면 된다.

그리고 어느 쪽을 선택하든 아빠와 헤어져야 한다면, 나는 내가 원하는 길을 선택하고 싶다.

각오를 다진 내가 묵묵히 준비를 하다 보니, 문제가 발생했다.

"……식량이 없네."

여행의 필수품인 휴대식량은 이 집의 보관고에 있겠지만, 그걸 가지러 갔다간 아빠가 내가 무슨 짓을 하려는 건지 눈치챌 것이다.

하지만 만반의 준비를 하지도 않고 떠날 수도 없기에 조용히 방문을 열어 보니, 아빠가 외출했다는 걸 눈치챘다.

"이런 시간에 웬일이지? 그래도 다행이야. 이틈에……."

재빨리 목적을 달성하자고 생각하며 방을 나서보니, 테이블 위에 말린 고기와 열매 같은 음식이 놓여 있었다.

정말…… 정리 도중인 건지는 모르겠지만, 이런데다 먹을 걸 아무렇게나 두면 어떻게 해.

하지만 이건 축하할 일이 있을 때 먹는 고급 음식이잖아.

조금 죄책감이 느껴지기는 하지만, 이렇게 됐으니 사양하지 말고 가져가기로 했다.

성수 님에게 지명을 당하고 도망치는 거니, 이 집의 식량을 멋대로 가지고 가는 건 일도 아니다.

그리고 가방에 식량을 넣고 있을 때, 나무 열매 밑에 놓여 있는 메모를 발견했다.

『내 어머니에게 들은 건데, 과거에 성수 님의 곁에서 도망친 엘프도 있다더구나. 그러니…… 네가 살고 싶은 대로 살거라.』

……분명 아빠는 망설이고 있다.

그러니 이런 메모를 남겨놓고, 나에게 선택권을 넘겨준 것이다.

　얼굴을 마주 보며 이야기할 자신이 없다고 이러는 건 약았다. 굳은 결의가 둔해질 것만 같았다.

　퉁명하고, 말투도 차갑지만…… 이런 나를 사랑하고, 엄마가 죽은 후로도 혼자서 길러준 아빠를, 나는 존경한다.

　그런 아빠에게 폐를 끼치게 되는데다, 이런 집에 아빠를 홀로 두고 가는 것도 마음에 걸렸다.

　하지만…….

　"고마워, 아빠. 하지만……."

　후회만큼은 하고 싶지 않으니까, 나는 갈 거야.

　아무에게도 들키지 않고 마을을 나선 나는 숲을 빠져나간 후, 일전에 시리우스와 헤어졌던 장소에서 멈춰 섰다.

　동생격인 아샤에게는 아무 말도 하지 않고 마을을 떠났지만, 그 애는 억지로라도 나를 따라올 것 같으니, 이러는 편이 나을 거라는 생각이 들었다.

　그리고 만나고 싶으면 바람의 정령을 통해 말을 전해서, 아샤에게 숲 밖으로 나와 달라고 하면 된다.

　9년 동안…… 시리우스가 나를 맞이하러 와주는 걸 상상했지만, 설마 내가 그를 찾아가게 될 거라고는 생각도 못했다.

　"뭐…… 됐어. 역시 나는 기다리는 것보다는 쫓아가는 게 성격에 맞잖아."

이 세상에 딱 한 명뿐인 남자를 찾는 것은 쉽지 않을 거라고 생각한다.

하지만 단서는 있으니 분명 괜찮을 것이다.

그때 시리우스는 성장하면 세상을 여행할 거라고 했지만, 그 전에는 엘리시온이라는 마을에 있는 학교에 다니겠다고 말했다.

그러니 그곳으로 향해서 가다 보면, 시리우스의 흔적을 찾을 수 있을 가능성이 크다.

게다가 어느 정도 가까워지면 바람의 정령이 시리우스를 찾아 내줄 테니, 두 번 다시 못 만날 거라는 불안은 느껴지지 않았다.

오히려 가장 큰 문제는 시리우스에게 아내나 약혼자가 있을 경우다.

나는 시리우스의 곁에 있을 수만 있다면 첩이라도 상관없지만, 상대는 그렇게 생각하지 않을 테고, 결국 험악한 사이가 될지도 모른다.

여러모로 불안하기는 하지만, 그런 것들은 시리우스와 재회한 다음 생각해보기로 했다.

그러니 지금은…….

"기다려, 시리우스."

다시 여행을 떠나는 기쁨, 그리고 머지않아 재회할 시리우스를 향한 마음을 가슴에 품고, 나는 다시 바깥세상으로 뛰쳐나갔다.

번외편 《'G' 출몰》

—— 노엘 ——

시리우스 님이 여행을 떠나고 벌써 몇 달이 흘렀습니다.

에리나 식당은 여전히 장사가 잘 되었으며, 저희 가족은 바쁘면서도 충실한 나날을 보내고 있어요.

평소와 다른 걸 꼽자면, 제 배겠죠.

시리우스 님께서 진단하신 것처럼, 저는 디 씨의 아기를 가졌어요. 그래서 배가 아주 약간 커졌죠.

아기가 순조롭게 자라고 있다는 증거지만, 아무튼 배가 고파서 정말 큰일이에요.

하지만 제 남편인 디 씨가 그때마다 식사를 준비해주기 때문에 불만은 없어요. 게다가 제가 질리지 않도록 맛에도 신경써주죠. 정말 최고의 남편이라니까요.

그래서 디 씨는 요즘 정말 바빠요.

저를 위해 식사도 준비해야 하고, 에리나 식당도 경영해야 하는 데다, 밤에는 노와르에게 요리를 가르쳐주고 있죠. 정말 눈코 뜰 새 없는 나날을 보내고 있어요.

그래도 저와 단둘이 있을 때는 제 배를 쓰다듬으면서 행복하게 웃는 걸 보면, 힘들다고는 전혀 생각하지 않는 것 같아요.

그래도 피로가 쌓였을 테니 좀 쉬라고 매번 말해요. 아내로서 남편의 버팀목이 되어주는 건 당연한 일이니까요.

그리고 오늘 영업과 뒷정리가 끝난 후, 오늘도 노와르의 신부 수업이 시작되었어요.

"오늘은 고기와 채소를 잘라서 볶아볼까. 잘 들으렴. 칼을 쓸 때는 잠시도 방심하면 안 된단다."

"응."

"요리를 배울 때는 그런 식으로 대답하면 안 된다고 내가 가르쳐줬잖니?"

"예!"

레우 군을 위해 요리를 배우고 있는 노와르를 보고 있으니, 과거의 에미가 생각나네요.

그 시절…… 지금도 마찬가지지만, 에미는 시리우스 님의 시종이 되기 위해 저희에게서 많은 걸 배웠답니다.

노와르는 에미나 레우 군만큼 강해지는 건 무리겠죠. 그래도 레우 군의 버팀목이 되어줄 수 있는 어엿한 시종으로 길러내고 말겠어요.

디 씨는 요리에 관해서는 엄격한 사람이며, 노와르라도 봐주지를 않아요.

하지만 마음속으로는 노와르에게 요리를 가르쳐주는 게 기뻐서 견딜 수 없는 것 같아요. 아내인 저는 알 수 있죠.

하지만 상대가 레우 군이라고 해도, 딸이 남자를 위해 이렇게 노력하는 것 때문에 마음이 복잡한지, 때때로 술을 마시며 딸을 보내줄 수 있을까…… 하고 푸념을 늘어놓아요. 심정은 이해하지만, 레우 군은 노와르를 행복하게 해줄 테니 우리 참아요.

그런 행복한 하루하루를 보내던 어느 날…… 그 사람은 나타났어요.

임신은 했지만 아직 평범하게 움직일 수 있기에, 저는 몸에 무리가 가지 않을 만큼 웨이트리스로서 일하고 있었어요.

오늘도 단골들과 담소를 나누며 요리를 제공하고 있을 때, 식당의 문이 열리면서 새로운 손님이 들어왔죠.

저는 입구에 등을 돌리고 있었기에, 노키아가 먼저 뛰어갔는데…… 뭔가 분위기가 이상해요.

"어서…… 오세요."

지금까지 손님으로서 찾아온 다양한 모험가와 이야기를 나눠봤던 노키아가 동요하고 있네요.

대체 누가 왔나 싶어 돌아보니, 몸집이 커다란 할아버지가 있었어요.

한 손에 커다란 상처를 입기는 했지만, 디 씨에게 지지 않을 만큼 눈빛이 날카롭고, 통나무처럼 두꺼운 근육을 지닌 할아버지죠.

몸집도 엄청 컸고, 지금까지 봐온 모험가가 애송이로 보일 정도로 박력이 엄청났어요. 노키아가 안내해준 자리에 앉더니, 주위의 손님들은 고개를 돌리면서 그 할아버지와 시선을 마주치지 않으려 했죠.

게다가 그 할아버지는 자기 몸집만한 검을 메고 있었는데, 그걸 근처에 있는 의자에 기대놓자, 의자가 삐걱거리기 시작했어요. 시리우스 님이 설계한 의자가 아니었다면 저 검의 무게를 견뎌내지 못했을 거예요.

그런 할아버지의 박력 때문에 노키아는 당황한 것 같지만, 어찌어찌 견디면서 테이블에 놓인 메뉴를 그 할아버지에게 보여줬어요.

"어서 오세요. 먹고 싶은 요리를 이 메뉴에서 골라주세요."

"음, 이 가게의 모든 요리를 전부 주문하지."

오오, 저런 주문을 하는 사람은 처음 봤어요!

노키아는 그 말을 듣고 도움을 청하듯 저를 쳐다봤기에, 저는 바로 그녀의 곁으로 향했어요.

자아, 이 언니만 믿어요!

"어서 오세요. 손님, 죄송하지만, 주문 내용을 한 번 더 말씀해주시겠어요?"

"이 메뉴에 적힌 모든 메뉴를 다 내오라는 거다."

"전부…… 말이군요."

이 할아버지의 박력에 노키아는 위축됐지만, 저는 시리우스 님 덕분에 남의 박력에 익숙했기에, 어찌어찌 버틸 수 있었어요.

준비 못할 건 없지만, 슬슬 폐점 시간이 다 되었기에 좀 무리……라고 생각하고 있을 때, 할아버지는 품속에서 꺼낸 자루를 테이블 위에 놓았어요.

"혹시 돈 걱정을 하는 것이냐? 어떠냐? 이 정도면 충분하지?"

그리고 자루를 열더니, 안에 들어 있던 금화를 테이블에 쏟았어요. 적어도 스무 닢은 되어 보이네요.

저도 그 광경을 보고 동요했지만, 손님 앞에서 이러고 있을 수는 없죠.

저는 심호흡을 하면서 마음을 진정시킨 후, 금화를 두 닢만 쥐었어요.

"으음…… 저희 가게의 요리는 그렇게 비싸지 않으니 이 정도면 충분하답니다."

"전부 다 가져가도 되느니라. 하도 맛있는 가게라고 해서 기대하고 있으니까 말이야."

그 할아버지는 호쾌하게 웃더니, 그렇게 말하면서 남은 금화를 집어넣으셨어요.

디 씨의 요리라면 저 할아버지의 기대에 부응할 수 있겠지만, 저는 문득 어떤 의문이 들었어요.

타인과는 상식 자체가 명백하게 다른 느낌…….

처음 만난 사람인데, 비슷한 행동과 모습을 지닌 애가 얼마 전까지 곁에 있었던 것 같은 느낌이 들어요.

그런 생각을 하고 있을 때, 저에게 다가온 노키아가 귓속말로 이렇게 말했어요.

"저기, 언니. 이 사람…… 왠지 레우스 군과 닮은 것 같지 않아?"

그래요! 레우 군이에요!

근육질 거구에, 자신의 몸집만한 대검을 가지고 다니는 모습이 영락없는 레우 군이에요.

게다가 금화를 아무렇게나 다루는 저 비상식적인 모습을 본 순간, 시리우스 님과 관련이 있는 분이라는 확신을 가졌죠.

그러고 보니 예전에 시리우스 님은 강검(剛劍) 라이오르 님과 만난 적이 있다고 했고, 레우 군은 강검에게 검술을 배웠다고 말했어요.

즉, 이분은…….

"저기, 실례일지도 모르는 질문을 하나만 드리겠어요. 혹시 강검 라이오르 님이신가요?"

"나는 강검 같은 게 아니라, 평범한 여행자다."

주위에 있던 손님들이 놀랐지만, 할아버지가 부정을 하자 낙담했어요. 강검은 최강의 검사이자, 동경의 대상이니 저러는 것도 당연해요.

그건 그렇고, 틀림없다고 생각했는데 말이죠.

혹시…… 이름과 신분을 숨기고 있는 걸까요?

그런 생각이 든 저는 작은 목소리로 이런 질문을 던졌어요.

"시리우스 님을 아시나요? 검은 머리카락에 요리를 잘하고, 엄청 강한 어린이인데요."

"……그 이름을 어디서 들었지?"

"저는 시리우스 님의 시종이자, 레우 군……이 아니라, 레우스 군의 선배예요."

"호오! 아가씨는 그 녀석과 꼬맹이의 관계자였군. 이런 데서 만나게 될 줄은 몰랐구나."

"그럼 당신은 역시……."

"음. 아가씨의 상상이 맞지만, 비밀로 해줬으면 좋겠구나."

아무래도 이분은 라이오르 님이 틀림없는 것 같아요.

이름을 숨긴 이유는 모르겠지만, 일단 상대방이 원하는 대로 비밀로 해주죠.

좀 더 질문이 하고 싶었지만, 바로 그때 노키아가 제 어깨를 두드렸어요.

"저기, 언니. 지인인 건 알지만, 지금은 일하는 중이야."

"아, 그랬죠. 으음, 모든 요리를 다 준비하려면 시간이 걸리니, 완성된 것부터 내와도 될까요?"

"좋다. 그러고 보니, 그 녀석이 얽혀 있다면 여기 음식이 맛있는 것도 납득이 되는구나!"

일단 아직 업무 중이기에, 저는 주문 내용을 전하기 위해 디 씨에게 갔어요.

디 씨는 주문을 듣고 놀랐지만, 시리우스 님의 관계자라는 말을 듣고 납득하시더니 곧 음식을 만들기 시작하셨죠.

나중에 이런저런 이야기를 들어보자고 생각한 저는 가장 먼저 만들어진 에리나 샌드를 가져다주며, 폐점 시간 후에도 가게에 남아줬으면 한다고 부탁을 드렸어요.

"흠…… 좋다. 나도 물어보고 싶은 게 있거든."

"감사해요. 그럼 에리나 식당의 명물은 에리나 샌드를 맛보시죠."

"오오, 바로 이거니라! 그립구나. 그 녀석이 자주 가지고 왔었지."

라이오르 님은 환하게 웃으시더니, 한 입에 빵 하나를 먹어치우셨어요.

으음…… 시리우스 님이 말씀하셨던 것처럼 정말 호쾌한 분이 군요.

그러고 보니 이렇게 멍하니 쳐다볼 때가 아니었죠. 이대로 가다간 금새 다 먹어치우실 테니까요.

"카레를 가지고 왔어. 다른 손님은 내가 상대할 테니까, 언니는 이 사람을 맡아."

"혼자 괜찮겠어?"

"손님도 줄기 시작했으니까 괜찮을 거야. 언니야말로 무리하지 마."

폐점 시간이 다 되었기에, 남은 건 사람이 줄어들기만 기다리면 되니까요.

그래서 노키아에게 다른 손님들을 맡긴 후, 저는 라이오르 님에게 집중하기로 했어요. "이건 카레예요. 좀 맵지만, 정말 맛있죠."

"이게 뭐지? 붉은색 수프에 새하얀 알갱이라니, 이상한 요리…… 맛있군! 다른 요리를 가져와라!"

"벌써 다 먹었어요?!"

제가 다음 요리를 가지러 갔다 오는 사이 카레를 다 먹으셨네요. 이거, 상당한 강적일 것 같아요.

이런 일을 몇 번 반복하는 사이 가게는 문을 닫을 시간이 되었고, 드디어 다른 손님들이 전부 돌아가셨어요.

남은 손님은 라이오르 님 뿐이기에, 노키아와 협력해서 요리를 옮기다 보니 테이블에서는 뜻밖의 광경이 펼쳐졌죠.

"그때, 레우스 님이 검을 붕붕 휘둘러서 나를 구해줬어!"

"호오, 꼬맹이도 꽤 강해졌나 보구나."

어느새 노와르가 라이오르 님의 맞은편에 앉아서 사이좋게 이야기를 나누고 있었어요.

낯가림까지라고 말하기 힘들지만, 초면의 상대와 이렇게 사이좋게 이야기를 나누는 건 드문 일이죠. 라이오르 님에게서 레우군과 비슷한 분위기를 느낀 걸까요?

하지만 노와르는 라이오르 님의 대답을 듣더니, 테이블을 내려치면서 화를 냈어요.

"꼬맹이가 아니라 레우스 님이야! 이름으로 부르란 말이야!"

"하지만 나는 자신이 인정한 상대 이외에는 이름으로 부르지 않는다. 미안하지만 포기하거라."

"레우스 님! 레우스 님! 레, 우, 스, 님!"

"으음…… 꼬마 아가씨, 좀 봐다오."

오오…… 역시 제 딸이에요.

말싸움이라고는 해도 저 강검에게 이겼어요. 가슴을 펴며 자랑스러워하고 싶은 충동을 참으면서, 저는 두 사람의 대화에 끼어들었죠.

"오래 기다리셨습니다. 그리고 제 딸이 실례를 범했군요. 죄송해요."

"신경 쓸 필요 없다. 그것보다 이곳도 맛있구나. 이 가게의 요리는 정말 최고인걸.”

“그렇지? 우리 아빠의 요리는 정말 최고야!”

“그래, 최고 중의 최고구나! 하하하!”

왠지 두 사람은 죽이 잘 맞는 것 같아요.

레우 군의 이야기에 따르면, 엄청난 검술 실력을 지닌 위험한 할아버지 같았는데, 지금은 손녀를 좋아하는 할아버지 같아 보여요.

노키아가 접시를 정리하면서 귀를 쫑긋 세우고 있는 가운데, 디 씨가 요리를 들고 조리실에서 나타났어요.

“처음 뵙겠습니다. 시리우스 님의 시종인 디머스라고 합니다.”

“호오, 네가 이 요리를 만든 녀석인가. 정말 멋진 실력이구나.”

“감사합니다. 만족하셨다니 저도 기쁩니다.”

“음, 만족했지. 그런데 다음 요리는 나오려면 멀었나?”

“지금 끓이고 있는 중이니, 잠시만 더 기다려주십시오.”

이미 수십 인분은 먹었지만, 라이오르 님은 더 먹으려는 것 같군요.

그 후에도 라이오르 님은 나오는 요리를 전부 먹었고, 어른 몇 명이 먹어도 될 만큼 많은 우동을 혼자 다 먹고야 만족을…….

“더 먹을 수 있지만, 오늘은 그만 먹도록 할까. 내일은 다른 요리를 주문하지.”

……하지 않으신 것 같았어요.

하지만 맛있는 요리를 먹고 기분이 좋아지셨는지, 디 씨가 준비한 와인을 컵에 따르지도 않고 벌컥벌컥 들이키며 웃으셨죠.

저희도 일이 끝났으니, 이제 마음 편히 이야기를 나눌 수 있을 것 같아요.

그래서 마실 것을 가지고 온 저희는 라이오르 님과 한 테이블에 앉았어요.

"다시 소개를 드릴게요. 제 이름은 노엘이고, 이쪽은 딸은 노와르예요."

"노와르야. 잘 부탁해, 할아버지!"

"할아버지…… 좋구나. 아, 나도 자기소개를 해야겠구나. 아가씨들이 알다시피, 나는 라이오르다."

""어?!""

근처에서 듣고 있던 노키아와 아라드가 화들짝 놀랐어요.

특히 아라드는 최강이 눈앞에…… 하고 중얼거리면서 흥분했지만, 라이오르 님은 그 말을 듣더니 웃음을 터뜨리셨죠.

"하하하! 유감스럽게도 나는 이제 최강이 아니다. 나는 그저 스스로를 단련하고 있는 할아범에 지나지 않지. 그러니 나는 당천이라고 부르거라."

아하, 이름이 바뀐 것은 패배를 경험하고 다시 태어났기 때문이군요.

그 후, 당천 씨는 시리우스 님과의 만남과 패배에 대해 이야기를 해줬는데, 자신의 힘들었던 과거 이야기도 웃으면서 즐겁게 해주셨어요.

이제 과거는 신경 쓰지 않는 거겠지만, 이렇게 즐겁게 이야기를 하니 어떤 반응을 보여야 할지 모르겠군요.

"정리를 하자면, 나는 약했고, 시리우스가 강했다…… 그게 다지."

"할아버지는 자기한테 이긴 시리우스 님을 쓰러뜨리기 위해 수련을 하고 있는 거지?"

"음, 그렇지! 아가씨는 머리가 좋구나. 그리고 할아버지라고 더 불러줬으면 좋겠구나."

노와르는 콧김을 뿜으면서 으스대듯 가슴을 쫙 폈어요.

그런 노와르를 칭찬해주고 싶지만, 초면인 사람한테 무례한 말을 하면 안 된다고 나중에 일러둬야겠네요.

당천 씨는 호쾌한 사람이니 괜찮지만, 나쁜 사람 중에는 태연하게 폭력을 휘둘러대는 이도 있으니까요.

"나와 그의 이야기는 이게 전부다. 괜찮다면 그대들의 이야기를 들려주지 않겠나?"

"좋아요. 저희는 시리우스 님께서 태어나실 때부터 같이……."

당천 씨도 과거를 이야기해줬으니, 저희도 이야기를 하기로 했어요.

눈물 없이는 들을 수 없는 이야기죠.

시리우스 님의 아기일 적 이야기에, 저희가 가르치는 건 고사하고 오히려 가르침을 받게 되었으며, 에리나 씨와의 슬픈 작별까지도 전부 이야기했어요.

"그런 사람이 진짜로 있을 리 없다고 생각했지만, 직접 만나보고 생각이 달라졌다니깐."

"나도 시리우스 씨에게 더 배우고 싶었어……."

"쿨……."

밤이 깊어서 그런지 노와르는 잠들어버렸지만, 이야기를 끝낸 당천 씨는 웃으면서 고개를 끄덕였다.

"그 에리나라는 시종은 멋진 신념을 지닌 여성이었구나. 그 녀석이 몇 번이나 말했기에, 한 번 만나보고 싶었는데 아쉬운 걸."

어라, 시리우스 님보다 에리나 씨에게 더 관심을 가지네요.

강검이 만나보고 싶다고 말하다니, 정말 에리나 씨도 대단해요.

"결심했다! 나도 그 에리나라는 사람의 무덤에 인사를 하러 가야겠군."

"예?! 그건 고맙지만, 시리우스 님을 쫓아가지 않을 건가요?"

"오, 깜빡했구나! 그 녀석은 지금 어디에 있는지 아느냐?"

"유감이지만, 얼마 전에 아드로드 대륙으로……."

시리우스 님은 아드로드 대륙에 은랑족을 찾으러 간다고 하셨죠.

그 이야기를 해주자, 당천 씨는 고개를 푹 숙이며 아쉬워하셨어요.

"으음…… 한 발 늦었구나. 에밀리아를 만나고 싶었는데……."

"지금부터 서두르시면 따라잡을 수 있을지도 몰라요."

시리우스 님은 눈에 띄지 않게 행동하겠다고 하셨지만, 지금은 호쿠토 씨와 같이 행동하니 엄청 눈에 띄죠.

그러니 쫓아가기 쉬울 거라는 생각이 들어 그렇게 말했지만,

당천 씨는 고개를 저었어요.

"마음 같아서는 그러고 싶다만, 나는 엘리시온에 가야만 한다. 거기에 사는 짜리몽땅하고 편협한 망할 영감에게 내 파트너를 손질해달라고 해야 하거든."

"무기는 소중히 여겨야겠죠."

전직 모험가인 디 씨는 당천 씨의 말에 공감하듯 고개를 끄덕였어요.

서로가 할 말은 다 했기에, 당천 씨는 내일 또 오겠다며 돌아가시려고 했어요. 저는 그런 당천 씨를 불러 세웠죠.

"숙소는 이미 잡으셨나요?"

"아니, 지금부터 찾아볼 거다. 안 되면 이 근처에서 노숙을 하면 되겠지."

"그럼 저희 집에 빈 방이 하나 있으니 거기서 묵으시지 않겠어요? 좀 좁지만, 자기에는 충분할 거예요."

"흠…… 그래도 된다면 부탁을 하도록 할까."

호쾌한 만큼 결단도 빠른 사람이네요.

그리고 방으로 안내하자, 당천 씨는 저희에게 자루 하나를 건네줬어요.

이건 혹시…….

"자아, 숙박비다. 전부 받거라."

"역시 그런 건가요?!"

아까 테이블 위에 올려놨던 금화 자루잖아요!

숙박비 치고는 너무 많은데, 너무 순순히 내주는 거 아니에요?

이 사람의 금전 감각은 대체 어떻게 되어먹은 걸까요…….

"이, 이렇게 많이는 필요 없어요!"

"내일 식사비까지 포함하면 딱 적당할 것 같다만?"

"그래도 너무 많아요! 필요한 몫은 내일 계산할 테니, 오늘은 품속에 넣어두세요!"

"어쩔 수 없구나…….."

제가 거절하자, 당천 씨는 정말 귀찮다는 듯이 자루를 다시 품에 넣었어요.

강하기 그지없을 테지만, 여러 의미에서 걱정이 되는 분이네요.

다음 날…… 제가 가게에서 개점 준비를 하고 있을 때, 아침에 일어난 노와르가 제 앞으로 왔어요.

"엄마, 할아버지는 아침에 일찍 일어나네. 지금 뒤편에서 레우스 님처럼 검을 휘두르고 있어."

"그럼 곧 아침 식사 준비가 다 되니까, 할아버지를 같이 부르러 갈까?"

"응."

그리고 저는 노와르를 데리고 에리나 식당의 뒤편에 있는 광장으로 갔어요.

이곳은 시리우스 님과 에미들이 프리스비를 하거나 훈련을 하던 장소인데, 오늘은 당천 씨가 거기서 묵묵히 검을 휘두르고 계세요.

그건 그렇고…… 강검이라 불리는 분답게 정말 대단하시네요.

저는 검술에 대해선 잘 모르지만, 레우 군과는 명백하게 다르다는 게 느껴져요.

검을 그저 수직으로 휘둘렀는데, 팔이 움직인 것 같다는 생각이 든 순간 검이 원래 위치로 되돌아가 있었어요. 한 번 움직일 때마다 발치의 잡초가 흔들리고 있기에, 검을 휘두른 건 틀림없어 보여요.

시리우스 님은 이런 달인에게 대체 어떻게 이긴 걸까요?

"오오, 너희구나. 오늘은 훈련하기 딱 좋은 날씨구나."

"안녕, 할아버지!"

"좋은 아침이에요. 곧 아침이 완성되니, 라이…… 아니지, 당천 씨도 같이 드시지 않겠어요?"

"그렇게 하지. 아침 식사를 빼먹을 수야 없으니 말이야."

그리고 당천 씨는 리스 양에게 버금가는 기세로 아침 식사를 먹어치웠어요.

당천 씨는 원래 오늘 이 마을을 떠날 예정이었지만, 디 씨의 식사를 더 먹고 싶어서 내일 떠나기로 결정했다고 해요.

하지만 에리나 식당은 점심때부터 영업을 하기 때문에 그때까지 식사를 할 수 없다는 걸 안 당천 씨는 검을 짊어지며 가게를 나섰죠.

"마을을 둘러보고 오마."

마을을 산책하는 건 좋지만, 내버려 뒀다간 돈을 펑펑 써버릴 것 같아요.

그래서 어제 그 금화 자루는 제가 맡아두기로 하고, 당천 씨에게는 금화를 두 닢만 줬어요.

왜일까요……. 마치 용돈을 주고 있는 듯한 기분이 들어요.

그런 당천 씨를 배웅한 후, 저는 노와르와 함께 시장을 보러 갔어요.

식당이 문을 열기 직전에 돌아올 예정이었지만…… 바로 그때, 사건이 터졌죠.

"잔돈 받아."

"고마워요. 또 올게요."

단골 가게 주인과 잡담을 하면서 시장을 보고 있을 때, 노와르가 근처 노점에서 고기 꼬치를 사달라고 했어요.

그리고 그걸 사고 돌아본 순간, 노와르의 고함소리가 들려왔죠.

"엄마──! 이 사람, 수상……해…….."

처음 보는 남자가 노와르에게 이상한 가루 같은 것을 맡게 해서 재우고 있었어요.

그 남자…… 저를 괴롭혔던 노예 사냥꾼이나 노예 상인과 비슷한 분위기를 띄고 있어요.

그 남자는 잠든 노와르를 안아 들고 도망치려 했지만, 저는 마법을 발동시키기 위해 마력을 집중했죠.

이럴 때에 대비해 시리우스 님에게 다양한 마법을 배웠고, 함께 개발하기도 했어요.

그리고 마법을 발동시키려던 순간…… 노와르의 목소리를 들은 주위 사람들이 고함을 질렀어요.

"어이, 너! 노와르를 어쩌려는 거야?!"

"아니?! 이 자식, 뭐하는 거냐!"

"이런 백주대낮에 이딴 짓을 벌여? 정신이 나간 놈이네!"

그 목소리에 주위 사람들이 상황을 눈치채더니, 화를 내면서 그 남자를 쫓기 시작했어요.

저 사람들은…… 에리나 식당에 자주 와주는 단골들이군요.

노와르를 안아 든 남자는 화들짝 놀라면서 도망치려 했지만, 점점 쫓는 사람이 늘어나기 시작했어요.

"저쪽으로 갔다! 막아!"

"누님의 손녀가 다치기라도 하면 큰일이라고!"

"네 탓에 에리나 샌드를 못 먹게 되면 어쩔 건데!"

"이, 이 녀석들은 대체 뭐야?!"

어느새 엄마의 제자들인 건장한 남자들도 여자들까지 나섰어요.

저는 배 속에 아기가 있어서 마음껏 뛸 수가 없지만, 다른 분들이 쫓아가준 덕분에 어디로 도망쳤는지 금방 알았죠.

노와르가 납치됐지만, 저분들을 보니 눈물이 날 것 같아요.

하지만 눈물은 나중에 흘리기로 하고, 우선 노와르부터 구하도록 하죠.

한동안 추격전은 계속되더니, 그 남자를 쫓는 이는 스무 명으로 늘어났어요.

그 후로 어찌어찌 그 남자를 벽으로 몰아넣었지만, 궁지에 몰린 그 남자는 노와르의 목에 칼을 댔어요. 그래서 함부로 손을 쓸 수 없는 상황이 벌어졌죠.

"다, 다가오지 마! 젠장, 이 마을은 어떻게 되어먹은 거야?!"

으으…… 큰일 났네요.

사람들의 살기 때문에 저 남자는 완전히 겁먹었으니, 진짜로 노와르를 상처 입힐지도 몰라요.

우선 안전을 확보하자고 생각한 저는 근처에 있는 아저씨에게 말을 걸었어요.

"젠장, 정신 못 차리는 녀석이군. 노엘, 미안해. 이렇게 되기 전에 일을 처리하고 싶었는데……."

"저한테 생각이 있어요. 그러니 저 남자의 주의를 끌어주지 않겠어요?"

"흠…… 좋아. 주의를 끌기만 하면 되지?"

어릴 적부터 알고 지내던 이웃 아저씨는 고개를 갸웃거리면서도 제 부탁을 들어줬어요.

"어이, 꼬맹이! 그런 어린 아이를 인질로 잡는 게 부끄럽지도 않은 거냐!"

"시, 시끄러워! 한 명이라도 더 잡아가지 않으면 내가 죽는다고!"

제가 원하던 대로 되고 있네요. 저는 이 틈에 마력을 집중한 후, 마법을 날릴 준비를 마쳤어요.

표적은…… 칼을 든 오른손이죠.

아마 이 마법을 맞으면 저 남자는 팔을 못 쓰게 될 가능성이 커요.

하지만 노와르를 위해서라면, 저는 그 어떤 짓이든 다 할 수 있어요.

각오를 다진 제가 마법을 날리려고 한 순간…….

『그럼 그 전에 내가 해치워주지..』

갑자기 위압감 넘치는 목소리가 들려오더니, 뒤편에 있는 벽이 부수며 튀어나온 팔이 그 남자의 오른팔을 움켜잡았다. 잡힌 팔에서 우직우직하는 소리가 나더니, 그 남자는 칼을 떨어뜨렸죠. 그리고 벽에서 튀어나온 또 하나의 팔이 그 남자의 목을 움켜잡았어요.

벽에서 튀어나온 팔이 남자를 제압하는 기묘한 광경을 본 저희는 얼이 나가버렸죠.

"왜 그러지? 빨리 꼬마 아가씨를 보호하거라."

"아…… 예! 노와르!"

예상대로, 벽을 부순 사람의 바로 당천 씨였어요.

당천 씨가 그 남자를 제압한 사이, 저는 노와르를 구출했어요. 아무래도 잠만 들었을 뿐, 다친 곳은 없었어요.

아아…… 정말 다행이야.

"고마워요. 여러분, 그리고 당천 씨."

"신경 쓰지 마. 노와르가 무사해서 다행이야."

"그래. 에리나 식당의 차기 얼굴 마담한테 무슨 일이 생기면 큰일이잖아."

"이런 한심한 일로 식당이 문을 닫기라도 하면 곤란하거든."

"하하하! 만약 꼬마 아가씨가 털끝 하나라도 상했다면, 이 꼬맹이의 머리를 박살 내줬을 거다."

협력해준 사람들은 노와르가 무사하다는 사실에 진심으로 기뻐해줬어요.

마을 사람들에게 이렇게 사랑받아서…… 저희는 정말 행복해요.

곧 마을 자경단이 오더니, 당천 씨가 잡고 있던 남자를 데려갔어요.

그 전에 당천 씨가 심문을 해서 알아낸 정보에 따르면, 그 남자는 얼마 전에 이 마을에 온 노예 상인의 부하인 것 같아요.

못 보던 사람이라 싶었더니, 그렇게 된 거였군요. 게다가 마을 아이들을 납치해서 노예로 삼으려 하다니, 정말 악당이에요.

부하에게는 할당량이라는 게 있는데, 그 남자는 아직 성과를 올리지 못해서 초조해하고 있을 때, 비싸게 팔릴 것 같은 노와르가 눈에 들어온 것 같아요.

뒷골목으로 끌고 가서 납치할 생각이었지만, 노와르가 수상하다고 큰 목소리로 외친 바람에 동요한 나머지, 무심코 수면제를 썼다고 하네요.

아무리 근처에 있었다고 해도, 딸에게서 눈을 뗀 저한테도 잘못이 있어요. 반성해야겠어요.

하지만 수상한 남자를 보고 고함을 지르라고 노와르에게 교육을 시킨 건 잘한 일 같아요. 이번에는 자기 몸을 지킬 수 있도록 마법을 가르쳐야겠어요.

그 후, 저희는 당천 씨와 함께 집으로 돌아갔어요. 그리고 진상을 안 디 씨는 노와르를 꼭 껴안은 후, 당천 씨에게 몇 번이나 고맙다고 말했죠.

"답례는 오늘 식사로 해줬으면 좋겠구나. 그래. 아까 꼬마 아가씨를 구해주려고 한 이들에게도 한턱 쏘는 게 어떠냐? 돈이라면 내가 내마."

그 말을 듣더니, 걱정이 되어서 따라온 사람들이 환성을 질렀어요.

좀 이르지만 에리나 식당을 개점하고 사람들에게 식사를 했으며, 일을 하러 가야 하는 사람들에게는 에리나 샌드와 포장 가능한 요리를 나눠줬죠.

이렇게 사람들에게 사랑을 받다니, 지금까지 열심히 하길 잘했어요…….

그 후, 정신을 차린 노와르는 수면제로 잠이 들었던 탓에 무슨 일이 일어났는지 기억하지 못했고, 평소처럼 웃으며 사람들을 안심시켜줬어요.

이렇게…… 유괴 소동은 무사히 해결됐어요.

하지만…… 사건은 아직 마무리되지 않았어요.

그날 밤, 노와르를 재우고, 노키아와 아라드에게 식당을 맡긴 저희는 에리나 식당 인근의 건물 뒤편에 숨어 있었어요.

움직이기 쉬운 복장을 하고, 정체가 드러나지 않도록 두건으로 얼굴을 가린 우리는 식당을 나서는 당천 씨를 보고 모습을 드러냈죠.

"음? 그런 수상한 복장으로 이런데서 뭘 하고 있는 거지?"

"……가시는 건가요?"

당천 씨가 가려는 곳은 아마 노예 상인의 아지트일 거예요.

유괴 소동을 일으킨 남자를 심문할 때, 당천 씨는 노예 상인의 아지트인 빈 집의 위치를 알아냈죠.

하지만 그걸 자경단에게 보고하지 않는 걸 보고, 당천 씨가 혹시…… 하고 저는 생각했어요.

"흠, 눈치챘던 거냐. 하지만 그대들의 딸은 무사하니 괜한 일에 끼어들 필요는 없을 텐데?"

"그런 자들을 내버려둘 수는 없으니, 저희가 도울 일이 없을까 싶어서……."

"저희는 이 마을에 대해 잘 알고, 웬만한 이들에게는 지지 않을 자신도 있습니다. 그리고 시리우스 님께서 저희에게 이런 말씀을 하신 적이 있죠. 가족을 상처 입힌 적에게는 인정사정 봐주지 마라고요."

저녁에 마을 자경단에서 일하는 동생이 가게에 왔는데, 아직 아지트를 찾지 못했다고 했어요.

하지만 그럴 만도 해요. 당천 씨가 그 남자에게 발설을 하지 말라고 협박했으니까요.

그 녀석들은 저희의 귀여운 노와르를 납치하려고 한 악당이기에, 저는 그 광경을 못 본 척 했어요.

나쁜 짓이지만, 자경단 사람들이 대처하는 것보다, 압도적인 실력을 지닌 사람이 그들을 제압하는 편이 그들을 더 후회하게 만들 것 같았기에, 동생에게는 아무 말도 하지 않았어요.

즉…… 저희는 공범인 거죠.

"하하하. 너희는 그 녀석의 시종이 틀림없구나. 하지만 그대들은 매번 이런 일을 할 생각인 거냐?"

"아뇨. 이번에는 당천 씨가 계시기 때문에 이러는 거예요."

제가 이런 짓을 하려고 하면 디 씨가 전력으로 말리거든요.

이번에도 자기 혼자만 가겠다며 저를 말렸지만, 당천 씨가 동행을 허락해주면 같이 가도 된다는 조건으로 이 자리에 있는 거예요.

제가 솔직하게 이야기를 하자, 당천 씨는 흉흉한 미소를 지으면서 걸음을 옮겼어요.

"좋다. 따라와라. 내가 앞으로 나서서 검을 휘두르는 것밖에 못하니, 내가 놓친 녀석이 있으면 맡아다오."

"감사합니다. 그럼 가죠, 여보."

"그래. 노엘은 내 앞으로 나서지 마."

시리우스 님과 다른 의미에서 믿음직한 당천 씨의 등을 쫓으면서, 저희는 노예 상인이 숨어 있는 아지트로 향했어요.

"그런데…… 그 남자가 말한 저택은 어디에 있지?"

"위치도 모르면서 아지트에 가려고 했던 거예요?"

"이럴 때는 감에 따르면 어떻게 되거든. 지금까지도 그렇게 해왔지."

실력 면에서는 나무랄 때가 없지만, 다른 면에서는 불안한 분이에요.

노예상인들이 아지트로 삼는 장소는 마을 외곽에 있는 귀족의 저택이에요.

몰락한 당주가 버리고 떠난 이 저택의 문은 여전히 튼튼했지만, 저에게는 비책이 있죠.

"제가 나설 차례군요. 시리우스 님과 함께 만든 마법, '버너'로 태워버리겠어요."

마력이 대량으로 소비되지만, 손가락 끝에 만들어낸 짤막한 불꽃 나이프로 철조차 자르는 마법이에요.

전투는 디 씨와 당천 씨에게 맡기면 되니, 저는 이런 식으로 활약할 생각이었지만…….

"우랴아아아아압——!"

당천 씨가 검을 휘둘러서 문을 두 동강 냈어요.

이거…… 철제 문 맞죠?

하지만 레우 군도 이 정도는 할 수 있으니, 딱히 놀랄 일은 아닐지도 몰라요.

"무슨 일이냐?! 벌써 놈들이 냄새를 맡은 건가?!"

바로 그때, 문이 쓰러지는 소리를 듣고 한 남자가 저택에서 튀어나왔어요. 이곳은 빈집인데, 사람이 있는 것만으로도 충분히 수상하네요.

하지만 저희가 찾는 사람들이 아닐 수도 있어요. 그래서 일단 말을 걸어서 확인을 해보려 했지만, 그러기도 전에 당천 씨가 그 남자의 머리를 움켜쥐었다.

"뭐 좀 물어보마. 너희가 얼마 전부터 여기에 눌러앉았다는 노예상인 패거리냐?"

"큭?! 무, 무슨 소리…… 크아아아악——!"

"빨리 대답하는 편이 좋을 거다. 나는 질질 끄는 걸 싫어하거든."

"아, 아아아?! 마, 맞습니다! 저희가 그 패거리예요!"

우와…… 저 남자의 머리가 우직우직하는 소리를 내면서 금방이라도 박살 날 것 같네요.

시리우스 님의 '아이언 클로'가 장난처럼 보일 정도예요.

"그래? 그럼 너는 지금까지 애들을 납치한 적이 있느냐?"

"없어…… 이, 있어요! 지금까지 세 명의 애들을…… ."

"하압!"

그 남자가 말을 끝까지 잇기도 전에, 당천 씨는 그를 저택의 문 쪽으로 집어던졌어요.

그리고 그 남자는 그대로 저택의 문을 박살 냈고, 그 소리를 들은 남자들이 저택 곳곳에서 튀어나왔어요.

모험가 같은 복장을 하고 있는 그 남자들은 저희를 보자마자 무기를 빼어들며 달려들었지만…… .

"이 영감은 뭐야? 우리한테 무슨 볼일이라도 있어?"

"따끔한 맛을 보고 싶지 않다면……."

"우랴아아아압――!"

""끄아아아아아――!""

……그것은 싸움이라고 할 수 없는 광경이었어요.

당천 씨가 검을 휘두를 때마다, 사람들이 나뭇잎처럼 날아갔거든요.

이렇게 간단히 사람들이 날아가는 광경을 본 건 훈련 중에 시리우스 님에게 내던져진 레우 군을 봤을 때 이후로 처음이에요.

"저, 저기를 봐! 저쪽에도 적이 있어!"

"뭐?! 그럼 나한테 맡겨!"

"바보 자식! 저쪽은 내가 맡을 테니, 너는 저 영감을…… 끄아악!"

곧 저희를 발견한 남자들이 몰려왔어요.

하지만…… 당천 씨에게서 도망치듯 우회하면서 이쪽으로 뛰어오는 모습이 정말 한심하군요. 뭐, 심정은 이해하지만요.

그중에는 당천 씨에게 베인 사람도 있었지만, 그래도 네 명 정도의 남자가 저희에게 다가왔어요. 그리고 저희쯤은 이길 수 있다는 듯이 실실 웃었지만…….

"노엘. 나한테서 떨어지지 마."

"물론이죠! 당신의 등은 제가 지키겠어요!"

얕보지 마세요.

저희는 서로의 등을 지키듯 전투 준비를 시작했어요.

—— 디머스 ——

"저 영감과 같이 왔잖아. 그러니 이 자식들을 인질로 잡으면 저 영감도 꼼짝 못할 거야!"

"빈약해 보이는 남자와 여자잖아. 우리가 동시에 달려들면……."

나쁜 방법은 아니지만, 상대를 겉모습만으로 판단하는 건 좋지 않다. 내 주인님은 겉모습과 실력이 크게 차이나는 것이다.

내가 무심코 쓴웃음을 짓고 있을 때, 두 남자가 정면에서 나에게 달려들었다. 하지만 시리우스 님이나 레우스에 비하면 느려터진 움직임이기에 쉽게 공격을 간파할 수 있었다.

나는 그 두 남자가 휘두른 검을 손쉽게 막은 후, 빈틈을 이용해 한 남자의 배에 주먹을 꽂아서 기절시켰다.

그리고 동요한 다른 한 명에게 무릎 차기를 날린 후, 뒤늦게 달려드는 한 남자의 검을 피하면서 그의 뒤편으로 이동한 후, 등을 때려서 지면에 쓰러뜨렸다.

"젠……장! 이렇게 약해보이는 녀석에게 내가……."

나는 식당 경영을 하느라 매일 바쁘지만, 가족을 지키기 위해 최소한의 수련을 계속해왔다.

나는 분통을 터뜨리며 올려다보는 그 남자를 검으로 겨누면서 말했다.

"……나는 요리사다. 그러니 목숨을 빼앗지 않겠어."

그리고 주먹을 휘둘러 그 남자를 기절시킨 후, 등 뒤에서 싸우고 있는 사랑하는 아내를 향해 고개를 돌렸다.

"이게, 이게! 저한테 다가와도 되는 건, 디 씨와 가족뿐이에요!"

"아, 아뜨?! 이, 이게 뭐야?!"

노엘에게 달려들던 남자는 그녀가 손에 쥔 불꽃 채찍 '플레임 휩' 마법 때문에 접근조차 할 수가 없었다.

마력의 실인 '스트링'에 불꽃을 두른, 시리우스 님의 아이디어로 만들어낸 그 마법은 상대에게 휘감아서 화상을 입히거나, 예측 불가능한 움직임을 선보이며 공격을 할 수 있다. 그래서 상대를 겁먹게 할 수 있는 것이다.

노엘도 마법으로 적을 제압할 수 있겠지만, 역시 그녀는 싸움보다는 노와르가 웃으면서 함께 노는 모습이 더 어울렸다.

나는 불꽃 채찍 때문에 겁먹은 그 남자에게 다가가서 복부에 주먹을 날려 기절시켰다.

"노엘, 괜찮아?"

"저는 괜찮아요. 당신이야말로 정말 멋졌어요."

노엘의 매력적인 미소에 빨려 들어갈 것만 같았지만, 아직 싸움은 끝나지 않았다.

아쉬워하면서 다음 상대에 대비했을 때…….

"하하하! 뭐하는 거지? 이렇게 많은 녀석들이 영감 한 명 당해내지 못하는 거냐!"

"히, 히이이이익——?!"

"사, 살려…… 아아아아——?!"

"……예상은 했지만, 저희가 도울 필요도 없는 것 같네요."

"……그래."

강검 라이오르…… 지금은 일기당천이라는 이름을 쓰고 있는 저분이 모든 적을 웃으면서 해치우고 있기에, 우리에게 달려드는 적 자체가 없었다.

하지만…… 소문대로 강검은 정말 대단했다.

자유자재로 거대한 검을 휘둘러 상대의 무기를 박살 내고, 방어 같은 건 무의미하다는 듯이 남자들이 두들겨 맞고 튕겨져 나가는 모습은 살아 있는 전설이라는 명성에 걸맞은 광경이었다.

과거에 레우스의 재능을 보고 경악했지만, 역시 강검은 격이 달랐다.

하지만 시리우스 님의 밑에서 수련을 한 레우스라면 언젠가 저 경지에 도달할 것이다. 그 정도로 강해진다면 노와르를 맡겨도…… 아니, 지금은 그런 생각을 하지 말자.

검이 자아낸 바람이 볼을 매만지는 가운데, 나는 노엘과 함께 전투…… 아니, 압도적인 힘에 의한 유린이 끝날 때까지 쳐다보고 있었다.

── 노엘 ──

그리고 일방적인 전투가 끝나자, 마지막으로 남은 남자의 머리를 움켜쥔 당천 씨는 그를 자기 눈높이로 들어 올리며 이렇게 말했습니다.

"자아, 너희의 두목은 어디 있지? 그리고 납치해둔 애들과 노예가 있다면 말해주실까."

"아…… 으…… 리, 리더는……."

"그럴 필요 없습니다."

저택 입구 쪽을 쳐다보니, 호리호리한 청년이 서 있었어요.

우아한 미소를 지은 그는 평범한 청년처럼 보이지만, 제 눈은 속일 수 없어요.

저 미소의 깊숙한 곳에는 노예 사냥꾼과 노예 상인 특유의 어둠이 존재해요. 이 남자는 그게 특히 강했고, 이미 상처가 아문 저조차도 몸이 떨릴 정도예요.

그런 상대를 본 당천 씨는 잡고 있던 남자를 던지더니, 그를 향해 검을 들었어요.

"호오, 꽤 벨 맛이 있어 보이는 녀석이 나타났구나. 네가 이놈들의 두목이냐?"

"예. 제가 그들의 고용주이자, 노예로 장사를 하고 있는 자입니다. 그럼 자기소개라도……."

"그럴 필요 없다. 이제부터 내 검에 베일 멍청이의 이름 따위는 들을 이유가 없거든."

"성급한 분이군요. 하지만 당신의 실력을 높이 사서 일단 물어보기로 하죠. 당신, 저희의 동료가 되지 않겠습니까?"

저조차 몸이 떨릴 정도의 살기를 맞고도 냉정을 유지한 저 노예 상인은 당천 씨에게 그런 소리를 했어요. 저 사람은 수많은 위기를 극복하며 여기까지 온 것 같아요.

하지만 당천 씨는 귀찮다는 듯이 검을 지면에 꽂았어요.

"나에게 덤비는 녀석은 좋아하지만, 너 같은 멍청이는 싫어하지. 닥치고 내 검에 베이기나 해라!"

"그럼 이러면 어떻습니까?"

노예 상인이 자신의 뒤편에 있는 남자에게 눈짓을 보내자, 그 남자는 당천 씨를 향해 커다란 자루를 던졌어요.

둔탁한 소리를 내며 지면에 떨어진 자루 안에는…… 금화가 들어 있었죠.

어제 당천 씨가 보여준 것보다 몇 배는 많아 보이는 금화가 지면을 굴러다녔어요.

"금화 이백 닢입니다. 백금화도 괜찮겠지만, 이럴 때는 금화가 훨씬 현실적으로 느껴질 테니까요."

으음…… 금화 한 닢을 버는 것도 엄청 힘든데 말이죠. 당천 씨나 이 사람 때문에 금전 감각이 이상해질 것 같아요.

권유에는 돈이 최고지만, 당천 씨는 돈 욕심이 없으니 효과는 거의 없을 것 같아요.

"저희가 하는 일은 뛰어난 노예를 조교해서, 단골 귀족에게 파는 겁니다. 하지만 적도 많기에, 당신 같은 강자가……."

"귀찮은 녀석이구나. 자아, 내 대답은 이렇다."

지면에 꽂힌 검을 뽑아서 어깨에 걸친 당천 씨는 금화를 짓밟았어요. 금화가 전혀 효과가 없군요.

명확한 거부 의사를 본 노예 상인은 놀랐지만, 곧 표정 관리를 하더니, 어쩔 수 없다는 듯이 한숨을 내쉬었어요.

"이런, 이렇게 돈 욕심이 없는 사람도 드물죠. 어쩔 수 없네요……. 해치워."

노예상인이 옆으로 물러서더니, 몸집이 큰 남자와 왜소한 남자가 앞으로 나섰어요.

그 두 사람은 아까 싸운 모험가들과는 분위기가 달랐어요.

저희도 도울까 했지만, 당천 씨는 그럴 필요 없다고 말하면서 검을 휘둘렀죠.

괜히 도왔다간 진짜로 화를 내실 것 같으니, 저와 디 씨는 물러서기로 했어요.

"이 형제는 뒷세계에서 수십 년이라 살아온 강자들입니다. 이 형제가 진다면, 저는 순순히 항복하죠."

"호오? 그거 재미있겠구나. 그럼 덤벼봐라."

당천 씨가 즐거워하면서 검을 들자, 그 형제는 동시에 달려들었어요.

먼저 달려든 건 커다란 자루를 짊어진 거한이었는데, 그는 커다란 검을 휘둘렀죠. 그 검은 라이오르 님의 검보다 작았어요.

"호오! 힘은 괜찮은 편이구나!"

당천 씨는 그걸 막아내더니, 즐겁다는 듯이 미소를 지으셨어요. 시리우스 님이 일전에 당천 씨는 전투 바보라고 말했는데, 그게 사실인 것 같아요.

하지만 적은 한 명 더 있어요. 체구가 왜소한 그자는 당천 씨가 거한의 공격을 막아내는 틈을 이용해 나이프를 쥐고 당천 씨의 발치로 파고들었죠.

그 사실을 눈치챈 당천 씨는 반사적으로 검에서 한 손을 떼더니, 그 손으로 다가오는 남자의 안면을 잡아서 지면에 내리꽂았어요.

그리고 당천 씨는 한 걸음 더 내딛더니, 거한을 힘으로 밀쳐냈죠. 하지만 그 순간, 거한이 짊어진 자루에서 나이프가 튀어나오더니, 당천 씨의 팔에 꽂혔어요.

왜 자루에 나이프가…… 하고 생각한 순간, 자루 안에 조그마한 남자가 들어가 있다는 게 판명됐죠.

그 후 대치 상태에서 서로가 거리를 벌리자, 노예 상인은 팔에 꽂힌 나이프를 뽑는 당천 씨를 보면서 의기양양한 미소를 지었어요.

"형제라는 말을 듣고 두 명 뿐이라고 생각했나요? 아무튼, 이제 끝난 것 같군요."

"이 정도 상처는 아무것도 아니다."

"아뇨. 이제 끝났습니다."

"윽?!"

뽑은 나이프가 지면에 떨어진 순간, 당천 씨는 쥐고 있던 애검을 놓쳤어요.

아무래도 손이 희미하게 떨리면서 힘이 들어가지 않는지, 몇 번이나 손을 쥐락펴락 하고 계셨죠.

"무리는 하지 않는 편이 좋을 겁니다. 그들의 나이프에는 파리어 리저드의 마비 독이 듬뿍 묻어 있으니까요. 이제 서 있는 것도 힘들 텐데요?"

"파리어 리저드?"

"한 번 당하면 한나절은 꼼짝도 못할 만큼 강한 독이지만, 죽지는 않으니 안심하세요. 하긴, 저들 앞에서 안심할 수 있을 리가……."

"그래. 묘하게 그리운 느낌이 든다 싶더니, 그 마물의 독이었군. 마비력은 상당하지만, 베는 맛은 좋지 않은 마물이었지."

"……예?"

당천 씨는 떨어진 검을 다시 줍더니, 시험 삼아 몇 번 휘둘러 봤어요. 아까와는 검을 휘두를 때 나는 소리가 조금 다른 걸 보면, 마비의 영향이 남아 있는 것 같네요.

뭐…… 당천 씨는 마비 독에 내성이 있으니, 검을 휘두르는 데는 문제가 없는 것 같지만요.

저희와 노예 상인이 멍하니 쳐다보는 가운데, 당천 씨는 이상하다는 듯이 적들을 노려보았다.

"그건 그렇고 너희는 나를 얕보는 것이냐? 이런 나이프로 찔렀다고 의기양양하면 어쩌자는 거냐!"

당천 씨가 언짢은 표정을 지으며 한 걸음 내딛자, 그 박력에 압도당한 거한이 검을 휘둘렀어요. 하지만 당천 씨는 한 손으로 그 검을 받아내…… 어, 어라?!

"여보…… 맨손, 맞죠?"

"그, 그래……."

당천 씨는 장갑도 끼지 않은 손으로 적이 휘두른 검을 움켜잡았어요.

"검의 무게에 너무 의지하는구나. 내 손도 베지 못하는 게 그 증거지."

저, 저기, 그건 좀 이상하거든요?!

유심히 보니, 손으로 칼날을 막아낸 게 아니라 손가락으로 칼날을 잡은 것 같아요.

아하, 그러면 납득……할 수 있을 리가 없잖아요!

"왜 그렇게 놀라는 거지? 이런 건 상대의 움직임을 읽으면 누구나 할 수 있는 거다. 내가 아는 그 녀석이라면, 네놈이 처음 공격을 날렸을 때 해치웠겠지."

시리우스 님이라면 공격을 간단히 피한 다음, 반격으로 가볍게 해치울 것 같아요. 그분은 그 정도로 실력이 뛰어나니까요.

당천 씨는 그런 시리우스 님에게 공격을 명중시키기 위해, 몇 년 동안 기술을 갈고닦았다고 얼마 전에 말씀하셨어요. 아무래도 이게 그 편린이겠죠.

한순간 움직임이 멈춘 거한은 몸에 힘을 줬지만, 검은 꼼짝도 하지 않았어요.

아뇨. 그뿐만 아니라 당천 씨가 서서히 검을 밀어내고 있었죠.

"발치를 노리는 건 좋지만, 그럴 거면 등 뒤에서 노려라!"

그 틈을 이용해 체구가 작은 남자가 당천 씨의 발치를 노렸어요. 하지만 당천 씨가 날린 무릎이 안면에 꽂히자, 둔탁한 소리가 울려 퍼지더니, 그대로 무너졌죠.

마지막으로 거한의 자루 안에 숨어 있던 남자가 나이프를 휘두르려 한 순간…….

"무기라는 건…… 이렇게 휘두르는 거다!"

당천 씨는 한 손으로 쥐고 있던 검을 휘둘러서 거한과 그 남자를 한꺼번에 두 동강냈어요.

검사겸사 무릎으로 한 방 먹여준 남자도 같이 베면서, 셋을 한꺼번에 해치웠죠.

무시무시한 점은 종이를 베듯 동시에 셋을 베었다는 거예요. 저는 상상도 못할 정도의 힘과 기술이 저 공격에 담겨 있는 거겠죠.

저기…… 레우 군.

아무리 생각해봐도, 레우 군이 이 사람을 이기는 모습을 상상할 수가 없는데…… 대체 어떻게 이기려는 거야?

"자아, 다음은 네놈…… 음, 어디 간 거지?"

"여기 있습니다."

문 앞에 서 있던 노예 상인은 어느새 저택 2층에 있는 발코니에 서 있었어요.

그건 그렇고, 당천 씨의 실력을 봤는데도 묘하게 여유가 넘치는 군요.

유심히 보니 노예 상인의 옆에는 종마로 보이는 중형 조류 마물이 있었어요. 아무래도 저 마물을 타고 도망칠 심산인 거겠죠.

"당신이 뜻밖에도 너무 강해서 말이죠. 저는 이대로 도망치겠습니다."

"뭐냐. 도망치려는 것이냐? 아까는 항복한다고 했지 않느냐."

"후후, 뒷세계에서는 약속도 중요하지만, 목숨보다 중요한 것은 없으니까요. 그럼 이만…… ."

"그렇게는 안 돼요!"

그 순간, 제가 몰래 늘려두었던 '스트링'이 노예 상인의 다리에 감겼어요. 저는 디 씨와 힘을 합쳐 그걸 잡아당겼죠.

곧 '스트링'은 끊어졌지만, 마물을 타려다 그런 짓을 당한 노예 상인은 그대로 베란다 밖으로 떨어지고 말았어요.

이렇게 잘 풀릴 줄은 몰랐지만, 저는 정말 나이스하다니까요!

그리고 무방비하게 떨어진 노예 상인을 쳐다보던 당천 씨는 무시무시한 미소를 지으며 검을 치켜들었어요.

"하하하! 꽤 하는 구나, 노엘! 디! 자아, 너에게는 저승길 선물로 강파일도류의 극치를 맛보여주마."

"가, 강파……?! 그럼 당신은……?!"

"우오오오오——!"

강파일도류의 극치라고 했지만, 그 일격 자체는 그저 단순히 검을 휘두른 것처럼 보였어요.

하지만 그 공격은…….

당천 씨가 노예 상인을 벤 후…… 신호 삼아 불꽃 구슬을 하늘에 날린 저희는 몰래 집으로 돌아갔어요.

그 후로 어떻게 됐는지는 자경단인 동생에게서 들을 수 있었죠.

정체불명의 불꽃을 본 자경단이 저택에 가보니, 그곳은 재해가 일어난 것처럼 엉망이 되어 있었어요.

문은 두 동강이 나있고, 수상한 남자들은 지면에 박혀 있었죠. 이야기를 듣기 위해 그들을 파내는 것도 힘들었다면서 투덜댔죠.

그리고…… 저택 전체가 두 동강이 나있었다고 해요.

대체 뭘 어떻게 하면 바람 마법으로 저택을 깔끔하게 두 동강을 낼 수 있는 걸까, 하고 자경단 사람들이 중얼거리면서 고개를 갸웃거렸다더군요.

으음…… 그건 직접 본 사람만 알 수 있겠죠. 뭐, 봐도 믿기지 않는 광경이었지만요.

물론 저택을 두 동강 낸 사람은 바로 당천 씨예요. 공격 범위 안에 관계없는 사람이 있으면 어떻게 할 작정이었는지 물어보니…….

『근처에 그 녀석들만 있다는 건 알고 있었다. 그리고 마비가 완전히 풀리지 않아서 힘 조절을 좀 실패했지. 즉, 독을 쓴 그 놈들 잘못이다.』

……그다지 반성하지 않는 것 같아요.

그리고 저택 지하에서 잡혀온 아이들이 발견됐기에, 자경단이 무사히 보고했다고 해요.

그리고 조사를 해본 결과, 그 노예 상인은 상당한 악당이며, 길드에서 지명수배를 한 사람이었다고 해요.

잡고 싶어도 각지를 전전하기 때문에 좀처럼 잡을 수가 없다더군요.

몇 달 전부터 이곳을 거점으로 삼았으며, 수상하게 여겨지지 않도록 마을 사람이 아니라 외부에서 온 모험가만 노렸다고 해요.

하지만…… 이번에는 운이 없었던 것 같네요.

곧 거점을 바꾸려던 시기에 노와르를 납치하려고 한 바람에 소동이 일어났고, 그 틈을 이용해 도망칠 예정이었지만, 당천 씨가 전부 박살을 내준 거죠.

마지막으로 바닥에 박혀 있던 남자들의 증언을 통해 이 사건을 당천 씨가 해결했다는 게 판명되었고, 지명수배자의 토벌을 비롯해 마을에서 주는 특별 보수를 받게 되었어요.

금화가 가득 들어 있는 자루를 들고 온 당천 씨는 귀찮다는 표정을 짓고 있었어요.

보수를 준 귀족들에게서 저녁에 파티를 열 테니 참가하라는 말을 들었다고 하네요. 감사의 표시로 파티를 열었다고 했지만, 실은 당천 씨를 영입하기 위한 파티일 테죠.

하지만 당천 씨는…….

"음…… 맛있군! 이 장어 구이는 양념이 끝내주는 구나."

파티가 시작될 시간이 다 되었는데도, 에리나 식당에서 음식을 먹고 있어요.

맞은편에 앉은 노와르가 같은 요리를 먹으면서 고개를 갸웃거렸죠.

"저기, 할아버지. 파티에 안 갈 거야?"

"귀찮아서 말이다. 그러니 이걸 먹고 나면 이 마을 떠날 거란다."

모험가가 귀족의 파티에 초대받은 것은 큰 영광이라고 들었어요.

강검의 라이오르 님이라는 게 밝혀지지 않았으니, 실력을 인정받아서 초대를 받은 거겠지만, 당천 씨는 참가할 생각이 없나 봐요.

그 증거로, 금방이라도 여행을 떠날 수 있도록, 짐이 가득 찬 가죽 가방을 옆에 뒀죠.

그 안에는 디 씨가 만든 보존식량이 가득 들어 있어요.

"그렇구나. 잘 가."

"에이, 더 슬퍼해도 괜찮은데 말이다. 아니면 확 안겨도 된다."

"으음…… 미안해."

당천 씨가 양손을 벌리며 그렇게 말했지만, 노와르는 고개를 저으면서 거부했어요.

이건…… 좀 문제네요. 혹시 제가 저런 식으로 거부를 당했다면 한동안 침울할 거예요.

"할아버지는 무슨 일이 생기든 괜찮을 거잖아. 게다가 나는 아빠와 레우스 님에게만 안기기로 결심했어."

맙소사.

노와르는 저 나이에 이미 정조관념을 가지게 된 것 같아요.

성장한 딸을 보며 감동하고 있을 때, 당천 씨는 양손으로 머리를 감싸쥐며 천장을 올려다봤어요.

"으으으으으──! 그 꼬맹이 때문인 거냐!"

"레우스 님이야!"

"그렇게 부를 수는 없다! 에밀리아라는 어엿한 누나가 있으면서, 노와르까지……! 다음에 만나면………… 할까."

레우 군…… 목숨만은 건지기를 비는 것밖에 하지 못하는 나를 용서하렴.

고함을 지른 덕분에 개운해진 듯한 당천 씨는 다시 식사를 시작하더니, 결국 모든 메뉴를 다 먹어본 후에야 만족하셨어요.

"……휴우, 잘 먹었다. 그럼 가볼까."

"잠깐만요. 돈을 깜빡하셨어요."

"맛있었으니, 그냥 주마."

"안 돼요! 자아, 품속에 넣어두세요."

"어쩔 수 없구나……."

당천 씨가 먹은 몫, 그리고 일전에 사람들에게 대접한 대금을 뺐는데도, 아직 금화가 열 닢 이상 남아 있어요.

본인이 돈 욕심이 없다고 해도 상당한 거금이니, 제대로 가지고 있는지 확인하지 않으면 저도 안심이 안 될 것 같아요.

그래서 맡아뒀던 돈 자루를 돌려주고, 당천 씨가 품속에 넣는 걸 본 후에야 겨우 안심했어요.

아…… 그러고 보니 걱정거리가 남아 있네요.

"그런데…… 진짜로 지금 출발하실 거예요? 곧 어두워질 테니, 파티가 싫으시면 저희 집에 묵었다가 내일 아침에 가시는 편이……."

"하하하. 밤길도 나쁘지 않지. 마물의 기척이 느껴져서 심심할 겨를이 없거든."

하아…… 노와르의 말대로, 걱정할 필요가 없을 것 같군요.

당천 씨는 노와르의 머리를 쓰다듬어주더니, 자리에서 일어나, 짐을 짊어지셨어요.

"그럼 잘 지내라. 또 여기 음식이 먹고 싶어지면 들르지."

"예. 정말 감사했어요."

"다음에는 요리 종류를 더욱 늘려놓겠습니다."

"할아버지, 잘 가."

갑작스럽게 나타났던 당천 씨는 또 갑작스럽게 떠나셨어요.

이렇게 당천 씨…… 아니, 강검 라이오르 님은 저희를 돌아보지도 않으며 사라지셨어요.

시리우스 님에게서 호쾌한 분이라는 이야기는 들었지만, 같이 지내다 보니 정말 마음고생을 엄청 하게 되네요.

그런데도 싫어지지 않는 건, 저분이 겉과 속이 똑같은 분이기 때문이겠죠.

정말 불가사의한 매력을 지닌 분이세요.

그 후, 오늘 영업을 마친 제가 테이블의 식기를 치우고 있을 때, 노와르가 제 곁으로 왔어요.

"엄마, 이거 줄게."

"어머? 이게 뭐지……. 어, 이건?!"

노와르가 내민 것은 당천 씨가 보수로써 받았던 금화가 들어 있는 자루였어요.

이, 이게 왜 여기 있는 걸까요?

"이 마을에서 준 보수인데, 할아버지가 자기는 필요 없다며 주고 갔어. 밤에 엄마한테 주라고 했어."

"당천 씨——! 돈——!"

노와르와 친해지고 이틀 후…… 나는 에리나 식당의 뒤편에 있는 공터에서 식당 개조 계획과 슬슬 마을을 떠날 생각을 하면서 훈련을 하고 있었다.

　"휴우…… 이쯤 할까."

　이미 점심 피크 타임이 지났으니, 지금은 에리나 식당의 일을 돕지 않아도 되는 시간대다.

　아니, 애초에 우리가 오기 전부터 식당은 큰 문제없이 잘 돌아가고 있었으니 도울 필요가 없다. 우리는 정식으로 고용되지 않았으며, 디와 노엘도 때때로 미안해하는 것이다.

　"하지만…… 지금은 괜찮을지 몰라도 한 명이라도 건강을 해치면 위험할 거야."

　여차하면 노엘의 가족들이 도와주겠지만, 그래도 확실성이 떨어진다. 그러니 새로운 종업원을 고용해야 한다는 생각이 들었다.

　이렇게 번성하고 있는 가게라면, 종업원을 한 명 더 늘려도 괜찮을 것이다.

　그런 생각을 하면서 땀을 닦고 있을 때, 물을 준비해 온 에밀리아가 나를 보며 고개를 갸웃거렸다.

　"시리우스 님, 왜 그러시죠? 왠지 멍해 보이시는데……."

　"아, 생각을 좀 했어."

내 생각을 에밀리아에게도 들려주자고 생각했을 때, 이 공터로 다가오는 몇몇 사람들의 기척이 느껴졌다.

곧 이 광장에 마차 한 대가 서더니, 안에서 여러 명의 남자들이 내렸다. 그리고 그중에서 가장 젊은 남자가 공터 중앙에서 검을 휘두르고 있는 레우스에게 말을 걸었다.

"너, 거기서 뭘 하고 있는 거야?"

"흡…… 흡!"

"저기, 내 말 들려?"

레우스는 훈련에 전념한 탓에 주위의 목소리가 듣지 못할 때가 때때로 있다.

뭔가 위험한 상황이 벌어지거나 살기를 느끼면 바로 눈치채지만, 저 남자가 무해하다고 본능적으로 이해한 건지 그의 목소리를 무시하며 검을 계속 휘두르고 있었다.

"적당히 해. 여기는……."

"우랴아아앗――!"

마지막 한 번인지 기합을 넣으면서 휘두른 검은 주위에 풍압을 일으키며, 근처에 잇던 남자가 튕겨져 날아갔다.

"휴우…… 어? 너는 누구야?"

그제야 그 남자의 존재를 눈치챈 레우스는 엉덩방아를 찧은 그를 쳐다보며 고개를 갸웃거렸다.

나와 나이가 비슷해 보이는 남자가 레우스의 기백에 압도당했지만, 겁먹은 표정을 필사적으로 숨기며 몸을 일으켰다.

"너, 너한테 볼일이 있어서 말을 건 거야."

"미안해. 훈련에 몰두해서 눈치 못 챘네. 무슨 일이야?"

"아, 아냐…… 이제라도 눈치챘으니 됐어."

그 남자는 표정을 관리하며 설명을 하려고 했지만, 뒤늦게 마차에서 내린 귀족 느낌의 남자가 억지로 대화에 끼어들었다.

"이익! 네놈은 저딴 놈을 쫓아내는 것도 제대로 못하는 것이냐!"

"죄, 죄송합니다."

"여전히 쓸모없는 녀석이구나. 그런데 네놈은 내 땅에서 뭘 하고 있는 거지? 함부로 들어오지 마라."

"내 땅? 여기는 에리나 식당의 뒤뜰이잖아? 게다가 나는 멋대로 들어온 게 아니라, 디 형에게 허락을 받았어."

"에리나 식당의 뒤뜰?"

이대로 레우스에게 맡겨두면 상황이 복잡해질 것 같은 느낌이 들었기에, 내가 귀족 남성에게서 이야기를 들어봤다.

그는 좀 떨어진 마을을 다스리는 귀족이며, 며칠 전에 우연히 들른 이 마을이 마음에 들어서 별장을 짓기로 한 것 같았다.

"……그리고 이 땅을 발견한 거구나."

"음. 이렇게 넓은 토지라면 나에게 어울리는 멋진 별장을 지을 수 있겠지."

참고로 디에게 들은 이야기에 따르면, 이 땅은 이 마을의 영주가 디의 요리가 마음에 들었다면서 내어준 토지라고 한다.

하지만 식당을 세우고도 남은 이 광대한 토지를 디는 어떻게 이용해야 할지 딱히 좋은 생각이 없는 것 같았다. 실제로 아무것도 없는 이 공터는 현재 우리의 훈련 혹은 강아지들의 프리스비 놀이용 장소로 쓰이고 있었다.

진짜로 원하는 사람이 나타난다면 양보해줄 거라고 말했는데, 아무래도 이 남자가 바로 그 사람인 것 같았다.

아직 디와 만나지 않은 것 같지만, 고급스러운 복장과 자신만만한 태도로 볼 때 상당한 재력과 지위를 갖춘 것 같았다. 드디어 이 땅도 유효 활용될 때가 온 것이다.

레우스는 우리의 대화를 듣더니, 옆에서 고개를 몇 번이나 끄덕였다.

"여기에 별장을 지으면 디 형의 요리를 언제든 먹을 수 있을 테니 정말 좋겠네."

"무슨 소리를 하는 거냐. 나에게 어울리는 거대한 별장을 지을 거니, 저런 조그마한 가게는 방해밖에 안 된다."

"뭐?!"

식당에 대한 험담을 듣고 레우스가 화를 냈지만, 나는 그의 머리에 손을 얹으며 말렸다.

"형님, 왜 말리는 거야! 저기는 디 형 가족의 집이란 말이야!"

"알아. 하지만 좀 조용히 있어봐."

상대의 언동으로 볼 때, 디의 식당을 박살 내려고 해도 이상할 게 없었다.

물론 에리나 식당이 위험해진다면 나도 가만히 있지 않겠지만, 아직 아무 짓도 하지 않은 귀족을 건드리는 것은 좀 그랬다.

나는 일단 레우스를 물러나게 한 후, 귀족에게 질문을 했다.

"마을 사람들에게 사랑받고 있는 식당이니, 그런 말은 입에 담지 않는 편지 좋지 않을까요. 그리고 식당을 부수지 않더라도 이 정도 땅이면 건물을 짓기에 충분할 것 같습니다만……."

"흥, 뭘 모르는 구나. 내가 사는 건물의 구석에 저런 초라한 가게가 있는 꼴사납지 않으냐."

우리의 태도와 말에 사사건건 화를 내지는 않지만, 꽤나 제멋대로인 남자 같았다.

하지만 그런 조건으로는 이 토지를 얻기 힘들 거라는 걸 설명해두기로 할까.

"이 토지는 인근의 식당을 운영하는 청년의 것입니다. 하지만 저 식당은 이 마을의 영주님이 애용하는 가게이니, 까딱하면 영주님과 마찰을 빚게 되지 않을까요?"

"그게 사실이라면 성가시지만, 그 녀석이 자기 발로 나간다면 문제가 될 게 없지. 조그마한 가게를 경영하는 평민 따위야 금화 몇 푼 쥐어주면……."

"그건 무리겠죠. 그는 돈에 움직일 사람이 아니니까요."

"이익, 아까부터 시끄럽구나. 상관없는 녀석은 닥치고 있어라!"

"상관이 없지는 않습니다. 저희는 그 청년의 가족이니까요."

그는 계속 딴죽을 거는 나를 노려봤지만, 우리는 태연한 표정을 짓고 있었다.

폭력을 행사해도 전혀 상관없지만, 레우스가 뿜는 위압감을 느끼고 이길 수 없다고 판단한 듯한 귀족 남성은 혀를 차면서 마차로 돌아갔다.

"흥. 입으로는 못할 말이 없지. 나중에 두고 보자."

제멋대로이기는 하지만, 위험을 감지할 지성은 지닌 것 같았다.

그리고 언짢은 듯한 귀족을 태운 마차가 멀어지더니, 아까 레우스에게 말을 걸었던 젊은 남자가 마부석에 앉은 채 우리를 향해 미안하다는 듯이 고개를 숙였다.

"저 녀석, 이대로 가게 둬도 돼?"

"일단 디에게 보고를 하자. 우리가 멋대로 나섰지만, 결국 결정은 디가 내려야 하니까 말이야."

에리나 식당으로 돌아간 우리는 디에게 자초지종을 이야기했다.

"그런 사람이……."

"응. 이 식당은 어찌 되든 상관없다는 듯한 남자였어. 우리가 멋대로 나서서 미안해."

"아뇨. 저도 그 자리에 있었다면 시리우스 님과 같은 말을 했을 겁니다."

"시리우스 님이 먼저 나서주셔서 다행이에요. 만약 저였다면 상대방에게 마구 화를 내며 무례한 태도를 취했을지도 모르니까요."

"형님, 이제 어떻게 할 거야?"

"영주님과 만나서 이 토지를 사들이면 큰일 아냐?"

"으음…… 적어도 그럴 일은 없을 겁니다."

"그렇겠지. 디 씨의 요리를 그렇게 좋아하는 사람이니까 말이야."

그 영주는 디의 요리가 마음에 들었다면서, 광대한 토지를 내
줬다.

게다가 변장을 하고 이 식당에 빈번하게 올 정도로 빠졌으니,
적어도 이 식당을 박살 내려고 하지는 않을 것이다.

참고로 나도 독자적으로 영주에 대해 조사해봤는데, 악행을
저지를 만한 인물이 아니며, 마을의 발전을 위해 최선을 다하고
있기에 마을 사람들도 믿고 따르는 것 같았다.

적어도 디 가족의 편이 되어줄 사람이라고 나는 확신했다.

"아무튼 머지않아 어떤 식으로든 움직임이 있을 거야. 그러니
마음의 준비를 해둬."

"예. 상대는 귀족이니 여러모로 대비를 해두겠습니다."

"만약 이 식당을 힘으로 어쩌려고 한다면, 제 마법으로 태워
버리겠어요!"

"노엘 누나가 나설 필요도 없어. 내가 확 베어버릴 거야!'

"멋져요, 레우스 님!"

"뭐…… 온건한 방법으로 해결하자."

본능적으로 움직이는 모녀와 제자를 보며 일말의 불안감을 느
끼며 준비를 시작했지만, 문제는 그날 바로 터졌다.

"네가 이 가게의 주인이냐. 이야기는 저 남자에게 들었을 테지?"

마지막 손님이 돌아가고, 슬슬 식당을 닫으려던 시간대에, 아
까 그 귀족이 쳐들어온 것이다.

레우스를 경계한 것인지 건장한 남자들을 몇 명 데리고 가게

에 들어온 그 귀족은 인사도 제대로 하지 않고 테이블을 향해 금화가 들어 있는 자루를 던졌다.

자루의 크기로 볼 때 아마 50닢 이상 들어 있을 것이다.

"나는 번거로운 짓을 싫어하지. 이걸로 이 땅을 넘기지 않겠느냐?"

즉, 금화를 줄 테니 식당에서 나가라는 소리다.

금화 50닢이면 새로운 가게를 세울 수 있고, 토지도 영주에게 잘 말하면 마련해줄 것이다.

귀족에게 찍힐 바에야 나쁘지 않은 제안 같지만…….

"사양하겠습니다."

디는 주저없이 그렇게 말했다.

그 뿐만 아니라 금화를 힐끔 쳐다보기만 할 뿐, 전혀 흥미를 가지지 않았다.

"제정신이냐? 이 정도 금액이면 이런 하찮은 식당보다 훨씬 좋은 식당을 차릴 수 있을 텐데?"

"이 식당은 저희 가족이 살아가고…… 또한 돌아올 집입니다. 결코 넘길 수 없습니다."

"혹시 이 돈이 가짜라고 생각하는 것이냐? 의심하는 것도 무리는 아니지만, 이렇게 조그마한 집에 살 바에야…….""

"……내 장모님이 지어주신 집을 무시하지 마라."

옛날부터 눈빛이 날카로웠던 디는 아버지가 되고 관록이 붙어서 그런지, 진짜로 상대를 노려보자 박력이 엄청났다.

그 날카로운 안광 때문에 귀족의 말문이 막히자, 디는 가볍게 헛기침을 하면서 말을 이었다.

"아무튼 이 돈이 진짜라 할지라도 제 대답은 같습니다. 제 눈에는 이 금화가 빛이 바란 것처럼 보이니까요."

"빛이 바랬다고? 이렇게 아름답게 빛나고 있지 않느냐."

"과거에 어떤 사람에게서 받은 금화는…… 그 무엇보다 찬란히 빛났습니다. 그걸 아는 저에게 있어, 이건 받아들일 가치조차 없군요."

과거…… 내가 저택에서 준 금화를 말하는 건가?

그때 준 것은 저 돈의 절반도 되지 않는데, 디는 꽤나 멋진 말로 꾸며줬다.

"여보, 최고예요!"

"으으…… 역시 멋져."

"디 씨, 우리는 신경 쓸 필요 없어요!"

아무래도 노엘뿐만 아니라 노키아와 아라드 또한 같은 심정인 것 같았다.

그건 그렇고, 귀족이 상대인데도 디가 꽤나 굳건한 태도를 취해서 좀 놀랐다. 가족이 함께 살아온 집이라 애착이 있겠지만, 그 외에도 다른 이유가 있는 걸까?

내가 마음속으로 의문을 품고 있을 때, 뜻대로 되지 않는 현실 때문에 짜증이 난 듯한 귀족이 테이블을 내려쳤다.

"아까부터 영문 모를 소리나 늘어놓는 구나. 온건하게 해결하려 했더니, 너희의 그딴 태도를 보니 그럴 마음이 가셨다! 평민이 귀족의 뜻을 거스르면 어떻게 되는지 가르쳐주지!"

귀족이 그렇게 말하자, 그의 옆에 있던 건장한 남자들이 앞으로 나서려했다. 하지만 그들은 단 한 걸음밖에 내딛지 못했다.

왜냐하면…….

"더 다가오면…… 뒷일은 책임 못 져."

내가 살기를 뿜으며 위압했기 때문이다.

숫자는 꽤 되지만, 이 정도 살기에 움츠러들 정도면 실력은 뻔할 뻔 자다.

하지만 나는 무른 편이며, 나 덕분에 저들은 목숨을 부지한 것이나 다름없다.

내가 말리지 않았다면, 더 위험한 녀석들이 날뛰었을 테니까 말이다.

"얼마든지 상대해주겠어요!"

"더 다가오면…… 벨 거야."

"크르릉……."

마법을 펼치려 하는 노엘과, 검을 쥔 레우스, 그리고 창밖에서 얼굴을 내밀며 으르렁거리는 호쿠토가 날뛰면 목숨을 잃을 수도 있는 것이다.

그리고 내 살기에 삼켜져서 숨도 제대로 못 쉬는 귀족을 향해, 디가 말했다.

"제 식당 뒤편에 있는 토지라면 얼마든지 드릴 수 있습니다. 하지만 이 식당이 방해가 된다고 하신다면…… 저는 단호히 맞설 겁니다."

"이놈……."

"가족을, 그리고 제 요리를 맛있게 먹어주는 사람들을 배신하고 싶지는 않으니까요."

실력행사도 못하게 된 데다, 결의에 찬 디의 눈을 보고 결국 포기하고 만 듯한 귀족이 짜증을 내며 금화를 회수하더니, 그대로 식당을 빠져나갔다.

귀족이 사라진 후, 음료수를 마시며 한숨 돌리고 있을 때, 디는 가족들을 향해 돌아섰다.

"미안하다. 하지만 나는……."

"아뇨. 저희도 같은 마음이에요."

"아빠, 멋졌어!"

"……고마워. 자아, 이제부터 바빠지겠구나."

"예! 저는 내일이라도 영주님을 찾아가서 이 일을 이야기 드리겠어요."

"엄마한테도 이야기해야겠네. 안 했다간 나중에 화낼 거야."

"나는 동생을 통해 정보를 모을게."

"그럼 나는 아빠의 어깨를 주무를래!"

귀족의 눈 밖에 난 가게가 박살 나는 일은 의외로 흔하니 보통은 절망을 해야겠지만…… 이 가족은 정말 다부졌다. 일치단결을 했다고나 할까? 정말 멋진 가족이었다.

아무튼 디의 가족은 괜찮은 것 같지만, 문제는 이제부터다.

그 귀족이 타협을 할 것 같지는 않은 데다, 아까 그 태도로 볼 때 포기한 것 같지도 않았다. 분명 무슨 짓을 벌일 게 뻔하지만,

이번 일로 실력행사로는 무리라는 것을 눈치챘을 것이다. 그러니 다음에는 약아빠진 수를 쓰게 틀림없다.

우리도 곧 여행을 떠날 테니, 이 문제는 빨리 해결해야겠다.

다음 날…… 그 귀족의 방해공작이 시작되었다.

손님으로서 가게에 와서 말도 안 되는 트집을 잡아서 주위에 폐를 끼치는, 요리점에 흔히 써먹는 방해공작을 펼친 것이다.

정체를 숨기고 대충 모험가를 고용해서 일을 벌이면 들통 나지도 않을 테니, 단순하면서도 효과가 좋지만…….

"어이! 이 가게는 이딴 요리를……."

"손님이 돌아가신댄다!"

"어?"

"멍!"

"우와아아아앗──?!"

그런 짓을 꾸미는 녀석은 티가 난다.

가게에 들어올 때부터 주시했다가, 뭔가 일을 벌이려고 하면 레우스가 창밖으로 던져버린 후, 밖에서 대기하고 있던 호쿠토가 그대로 장난감 삼아 가지고 놀면 끝이다.

게다가 에리나 식당에 오는 손님은 노엘의 폭주 덕분에 이런 일에 익숙하다고나 할까, 웬만한 소동은 여흥으로 여기기 때문에 손님 숫자가 줄지도 않았다.

영업시간 동안 세 팀의 모험가가 장사를 방해하러 왔지만, 하나같이 공터에 머리만 빼꼼 내민 채로 파묻혔다. 여전히 재주가 좋은 녀석이다.

거대한 늑대와 놀며 공포에 질린 녀석들을 심문해봤지만, 모르는 사람이 돈을 주며 이런 일을 시켰다고만 말했다.

나는 그 녀석들을 자경단에 넘긴 후, 독자적으로 정보 수집을 시작했다.

[이 가게가 틀림없지?]

[그럼 빨리 끝내자. 어이, 기름 내놔.]

[……멍.]

[좋아. 이걸로…… 어?]

한밤중…… 다들 잠들었을 즈음, 식당 뒤편에 존재하는 기척을 느끼고 눈을 뜬 나는 레우스에게 집안을 지키라고 말한 후, 밖으로 나갔다.

원래라면 서둘러 뛰쳐나가야 할 상황이지만, 이미 서두를 필요가 없었다.

밖에 나가보니, 호쿠토의 발치에는 기절한 남자 두 명이 쓰러져 있었다. 군대가 쳐들어와도 간단히 쫓아낼 듯한 관록은 그야말로 최강의 파수견이라 해도 과언이 아니었다.

"멍!"

"수고했어, 호쿠토. 그리고…… 이 녀석들이구나."

기절한 남자들 앞에는 기름을 비롯해 불을 지르는데 필요한 도구가 떨어져 있었다.

방해공작이 통하지 않자, 불을 지르려 하다니……

"이건 그냥 넘어가줄 수 없겠군."

나는 꼬리를 흔드는 호쿠토의 머리를 쓰다듬으며 칭찬해준 후, 그 귀족이 후회하게 만들어주기로 결심했다.

원래라면 디 가족도 깨워서 보고를 해야 할지도 모르지만, 오늘은 여러모로 준비와 대책을 세우기 위해 뛰어다니느라 지쳤을 것이다.

"그쪽이 그렇게 나온다면, 나도 봐줄 필요가 없겠지."

밖에 나와 보는 사람이 더는 없다는 걸 확인한 후, 나와 호쿠토는 그 남자들을 짊어지고 식당에서 조금 떨어진 곳에 있는 숲으로 이동했다.

이곳에서 소란이 일어나도 식당에 있는 이들은 알아차리지 못할 것이다. 그곳에 그 남자들을 내려놓은 후, 가지고 있던 무기를 빼앗고 구멍을 팠을 즈음, 그들은 정신을 차렸다.

"으…… 여기는 어디지?"

"방금, 커다란 늑대가……."

"정신이 들었나 보네. 너희가 어떤 상황인지는 이해했겠지?"

"너, 너는 누구야?!"

"우리한테 무슨 짓을 했어?!"

"닥치지 않으면 또 잠들게 만들어주겠어."

바로 그때, 자신들의 등 뒤에 있는 호쿠토를 본 남자들은 공포에 질리며 입을 다물었다. 나는 그런 그들을 심문하기 시작했다.

"그럼 질문을 시작해볼까. 너희는 아까 어느 식당에 불을 지르려고 했지? 누가 그러라고 시켰는지 가르쳐줬으면 하는데 말이야."

"모, 몰라. 우리는 이 녀석이 느닷없이 달려들어서 기절했을 뿐이라고!"

"이 늑대는 네 종마지? 종마가 인간을 덮친 게 알려지면……!"

"멍!"

그 순간, 호쿠토는 앞발을 휘둘러서 지면에 앞발 모양을 한 깔끔한 구멍을 만들었다.

"아무것도 모른다면 그걸로 됐어. 저 녀석이 판 구멍에 너희를 묻어버리고 돌아가면 되거든."

""………….""

"아, 잠깐만 있어봐. 그냥 묻지 말고 유효활용을 해볼까. 보다시피 이 녀석은 몸집이 커서 식비가 많이 들거든."

내 시선을 눈치챈 호쿠토는 혀로 입을 핥으면서 그 남자들을 지그시 쳐다보았다.

호쿠토는 마력을 먹으니 방금 그건 연기지만, 그 사실을 알 리가 없는 저 남자들은 공포에 질린 것 같았다.

"요즘 이 근방의 도적들이 사라졌다는 소문 못 들었어? 아, 못 들었으면 됐어. 곧 그 소문의 진상을 알게 될 테니까 말이야."

그 말이 방아쇠가 된 것처럼, 그 남자들은 전부 실토했다.

예상대로, 이 두 사람은 그 귀족에게 고용된 모험가이며, 에리나 식당에 불을 지르라는 지시를 받았다고 한다.

중급 모험가인 이들의 실력이라면 해낼 수 있을 거라고 생각한 것 같지만, 공교롭게도 나와 호쿠토의 눈을 피하지는 못했다.

낮에 모은 정보와 이 남자들의 정보는 일치하니, 이제 그만 다짐을 받으러 가야겠다.

"수고했어. 이제 가도 돼."

"저, 정말?"

"그래. 숲의 입구는 저쪽이야."

우리가 놔줄 생각이라는 걸 안 그들은 내가 가리킨 방향을 향해 도망치듯 뛰어갔다.

청력을 강화하니, 나를 바보 취급하는 저 두 사람의 목소리가 희미하게 들렸지만, 바보는 저 녀석들이라고 나는 마음속으로 생각했다.

이곳은 한밤중의 숲이며, 무기가 없는 저 녀석들이 향하고 있는 곳은 다이나울프의 소규모 무리가 있는 곳이다. 습격을 당하면 살아남지 못할 것이다.

방화 의뢰를 받아들이는 녀석들이 죽어봤자, 아무도 문제 삼지 않을 것이다.

"자아, 빨리 끝내러 가볼까."

"멍!"

나는 '콜'로 이제 안심해도 된다고 레우스에게 전한 후, 마을로 돌아갔다.

그리고 다음 날 아침, 그 문제의 귀족이 새벽부터 에리나 식당에 왔다.

어제와 달리 여유가 전혀 없는 표정으로 나타난 그 귀족은 나를 보더니 죽일 듯이 노려보았다.

"네놈……."

"무슨 문제라도 있었습니까?"

뭐, 화를 내는 것도 무리는 아니다.

내 정체를 가르쳐줬을 뿐만 아니라, 저 녀석에게 있어 아픈 부분을 집어줬던 것이다.

조사를 해보니, 이 귀족은 과거에 엘리시온에서 살았다고 한다.

능력이 뛰어난 건지, 좌천을 당한 건지는 모르겠지만, 이런 지방의 영주를 맡게 된 저 귀족은 윗사람의 눈이 닿지 않는 곳에서 처벌을 당해도 이상하지 않을 부정적인 짓을 몇 개나 저질렀다.

나는 그것들을 조사한 후, 어떤 조건을 제시하지 않는다면 엘리시온의 왕족에게 전부 보고하겠다고 적은 종이를 여관 침대에서 자고 있던 저 녀석의 머리맡에 두고 왔던 것이다.

자신이 저지른 악행이 세세하게 적인 그 종이를 본 데다, 내 뒤편에서 에밀리아가 그 귀족에게 보이도록 엘리시온의 망토를 펼쳐들고 있으니, 무시할 수 없을 것이다.

그 광경을 보고 내가 손을 썼다는 사실을 눈치챈 디는 나를 향해 가볍게 고개를 숙였지만, 인사를 받기에는 아직 이르다.

"그런데 오늘은 무슨 일이죠? 이 식당은……."

"……너에게 도전을 하러 왔다. 내가 이기면 이 토지와 식당을 넘겨라. 네가 이기면 그 돈을 준 후, 이곳을 포기하마."

"꽤나 갑작스러운 이야기군요."

"시끄럽다! 받아들일 건지 말 건지나 빨리 대답해라!"

"그 전에 승부 내용을 들어보죠."

"내 요리사와 네놈이 요리 승부를 하는 거다."

내가 귀족을 협박해서 제시하게 한 조건이 바로 이것이다.

이 귀족은 상당한 미식가로 알려져 있으며, 전속 요리사도 뒀다고 한다.

게다가 그 요리사는 꽤나 이름이 알려진 인물이며, 과거에 엘리시온에서 개최된 요리 대회에서 준우승을 한 적도 있다고 한다.

귀족이 그 점을 설명하자, 디는 약간 당황했지만……

"디. 너는 에리나 식당의 주인이잖아? 네 손으로 직접 지켜."

매일 가족과 식당을 지켜온 네 실력이라면, 귀족의 요리사가 상대라도 충분히 해볼 만할 거야.

내가 자신감을 가지라는 듯이 어깨를 두드려주자, 디는 결의를 다지듯 고개를 끄덕였다.

"알았습니다. 그 승부를 하겠습니다."

깔끔하게 요리로 승부를 내기로 했기에, 준비는 금방 됐다.

승부는 공평을 기하기 위해 이번에 문제가 된 공터에서 하기로 했고, 돌과 책상을 가지고 와서 간이 조리장을 만들었다. 노엘의 어머니인 스텔라도 도와주러 온 덕분에 거의 같은 수준의 조리장이 꾸며졌으니 서로가 불만은 없을 것이다.

약점을 잡히기는 했지만, 귀족의 성격을 생각하면 약아빠진 짓을 꾸밀 것 같지만, 내가 눈을 부릅뜨고 지켜보며 그딴 짓은 전부 막을 생각이다. 이런 상황이니 정정당당하게 승부를 해줬으면 한다.

그리고 이 요리 승부가 마을의 영주에게 전해지자, 영주가 심사위원이 되고 싶다는 뜻을 알려왔다. 그리고 손님들을 통해 이 이야기가 순식간에 퍼져나가더니, 조그마한 축제라도 벌어진 것 같았다. 그리고 서로가 대화를 통해 세세한 룰을 정하기로 했다.

대략적으로 설명하자면, 서로가 조수를 한 명씩 두기로 했으며, 식재료는 각자가 준비하고, 만드는 요리도 자유롭게 정해도 된다.

최종적으로 더 많은 심사위원을 만족시킨 쪽이 승리하는 것이다.

그리고 승패를 결정짓는 심사위원은 영주를 포함해 총 다섯 명이며, 그중 세 명은 이 마을에서 유명한 미식가다. 귀족이 추천한 이들이기에 수상하지만, 디를 아끼는 영주도 포함되어 있다는 점을 귀족이 거론하자, 반대할 수 없었다.

뭐, 딱히 문제가 되지는 않을 것이다. 그 대신 우리는…….

"에헤헤…… 좀 찜찜하지만, 그래도 기쁘네."

리스를 심사위원으로 삼을 수 있었던 것이다.

대식가이기도 하지만, 리스는 서민부터 왕족의 요리까지 전부 먹어본 적이 있으니 어찌 보면 미식가라 할 수 있다.

우리 쪽 사람이기는 하지만, 그녀는 요리에 관해서는 누구의 편도 들지 않을 만큼 엄격하니, 승패는 디의 실력에 달려 있다.

왠지 우리가 불리하기만 한 것 같은 느낌이 들지만, 이제 가족이라 여기는 리스에게 맛있는 음식을 먹여주기 위해 디가 의욕을 불태우고 있으니 딱히 문제는 없을 것이다.

그리고 이틀 후 아침…… 빈 공터에 모인 관객들 앞에서 요리 승부가 시작됐다.

요리는 먼저 완성한 사람부터 내놓아도 되며, 시간제한도 해가 질 때까지이니 서두를 필요는 없다.

서로가 조수와 함께 요리를 만들고 있는 가운데, 디의 조수인 노엘이 상대방 요리사를 쳐다보며 낮은 신음을 흘렸다.

"으음…… 대단하네요. 저 사람이 그 소문 자자한 산체 씨인가요."

"그래. 엄청난걸."

귀족의 전속 요리사인 산체라는 남자의 실력은 대단했다. 식재료를 다듬는 실력부터 우리와는 수준이 달랐다. 그야말로 프로라고 할 수 있었다.

"게다가 식재료도 엄청 좋네요. 저 고기…… 반짝거리는 것 같지 않나요?"

"고르베라드…… 고급 식재료군. 한 번 정도는 저걸 요리에 써보고 싶어."

"저도 디 씨가 만든 걸 먹어보고 싶어요. 하지만 지금은……."

"그래. 평소처럼 요리하자."

여러모로 차이가 나고 있지만, 부부는 딱히 부담을 느끼지 않고 있으니 아마 괜찮을 것이다.

디만 계속 쳐다보고 있을 수는 없기에 산체 쪽을 때때로 쳐다보니, 거기서는 아까부터 계속 고함 소리가 들려왔다.

"접시를 왜 이렇게 늦게 내놓는 거냐. 서둘러라."

"죄, 죄송합니다!"

별장을 세우러 온 거라 사람이 없는 건지, 귀족과 처음 만났을 때 봤던 젊은 남자가 산체의 조수 역할을 맡고 있었다.

하지만 작업은 산체가 홀로 하고 있었으며, 그는 접시를 내놓는 것 같은 자잘한 일만 맡고 있었다.

그런데도 몇 번이나 혼나는 건, 그가 디와 산체의 솜씨를 진지하게 관찰하고 있기 때문이다.

불가사의하게 생각하면서도 부정행위를 하지 않나 싶어 쳐다보고 있을 때, 나와 다른 위치에서 귀족을 쳐다보던 남매가 돌아왔다.

"시리우스 님. 아직은 별다른 움직임은 없어요."

"응. 하지만 저 녀석이 의기양양한 표정을 짓고 있으니 짜증이 치솟네."

"디의 식재료를 보고 자기 요리사가 질 리가 없다고 생각하는 거야. 내버려 둬."

확실히 디가 쓰는 것은 평소에 마을에서 사서 쓰는 식재료들이다. 하지만 그게 좋은 것이다. 이 승부의 승패조건을 생각하면, 일부러 비싼 식재료를 쓸 필요가 없는 것이다.

대결을 시작한지 얼마 안 되었지만 아직 요리가 완성되려면 시간이 걸리기에, 노엘은 심사위원들이 마실 홍차를 준비했다.

"어이어이, 이런다고 평가가 달라지지는 않아."

"당연하죠. 모처럼 와주셨는데, 그냥 기다리게만 하는 것도 죄송하잖아요. 여러 종류의 홍차가 있는데, 혹시 원하시는 게 있나요?"

노엘이 때때로 심사위원들과 그런 잡담을 나누는 사이 시간은 흘렀고, 디가 먼저 요리를 완성했다.

"오오, 여전히 맛있어 보이는걸."

"하지만…… 딱히 특이하지는 않지?"

"어이, 내건 이것밖에 안 되는 거야?"

"에헤헤. 역시 디 씨는 뭘 좀 안다니까요."

디가 만든 요리는 심사위원에 따라 전부 달랐다.

카레도 있고, 고기 요리도 있고, 묽은 수프와 밥…… 차에 말아먹는 물밥과 비슷한 것도 있었다. 아무튼 양과 종류가 전부 달랐던 것이다.

참고로 리스 용으로는 여러 종류의 덮밥 요리를 전부 곱배기로 준비했다.

그런 디가 만든 요리를 본 심사위원들은…… 매우 만족했다.

"더 주세요."

리스만 더 달라고 하는 가운데, 심사위원들의 얼굴을 쳐다보던 귀족이 의기양양한 미소를 지었다.

"흥, 종류가 많으면 좋다고 생각한 건가? 멍청하군. 산체, 저들에게 궁극의 요리를 맛보여줘라!"

"맡겨주시길."

심사위원들이 식사를 마칠 즈음에 산체도 요리를 완성하더니, 그들 앞에 놓았다.

겨우 한 종류지만, 궁극의 감칠맛이 농축된 고기 요리는 냄새만 맡아도 군침이 돌 것 같았다.

게다가 채소를 세공해서 꾸민 플레이팅은 아름다웠으며, 왕족이 아니면 맛볼 수 없을 듯한 요리가 완성되었다.

일제히 요리를 향해 손을 뻗던 심사위원들은 고기의 부드러움을 확인하더니 놀라면서 그걸 입에 넣었다.

"이거…… 대단한걸."

"맛있어! 이렇게 맛있는 고기는 처음 먹어봐."

"더 주세요."

"있을 리가 없지. 이걸 만드는데 얼마나 많은 수고가 들었는지 알기는 하는 거냐?"

"예?! 이렇게 맛있는데……."

"리스. 닭고기 달걀덮밥이라면 남아 있어."

"와아~!"

심사위원 중 일부는 분위기가 달랐지만, 그들은 산체가 만든 요리는 궁극이라 불릴 만하다며 찬사를 보냈다.

그리고 서로의 요리를 먹어본 결과, 승패는…….

"3대2로⋯⋯ 디머스가 이겼다."

"어째서냐!"

귀족은 영문을 모르겠다는 듯이 고함을 질렀지만, 너희가 진 이유는 눈앞에 있는 요리를 보면 알 수 있을 것이다.

산체가 만든 요리는 분명 궁극의 요리라고 할 수 있을 것이다.

하지만 고급 식재료의 농후한 감칠맛도 너무 과하면 느끼하게 느껴지는 법이다. 한참 뒤에나 더 먹고 싶다고 생각하게 될 것이다.

하지만 디는 심사위원들의 기분과 몸 상태에 맞춘 요리를 준비했다.

익숙한 맛을 선호하는 자.

좀 볼륨이 있는 고기를 먹고 싶은 자.

몸 상태가 좋지 않은지 위의 상태가 나빠 보이는 자에게는 가벼운 음식⋯⋯ 그렇게, 전원이 식사를 즐길 수 있도록 배려한 것이다.

그리고 심사위원들의 몸 상태를 꿰뚫어 본 사람은 바로 노엘이다. 도중에 홍차를 준비하거나 잡담을 나눈 것은 다 그걸 위해서다.

이기기 위해서가 아니라, 순수하게 상대를 배려하는 부부의 마음이 궁극의 요리를 뛰어넘은 것이다.

이번 승부는 맛있는 요리를 만드는 게 아니라, 심사위원들을 만족시키는 것이다. 그러니 디가 이기는 게 당연했다.

요리 실력으로는 뒤질지도 모르지만, 그렇다고 엄청나게 차이가 나지도 않는 것이다.

하지만 귀족이 저렇게 떠들어대는 것은 자기 입김이 닿은 심사위원이 배신할 거라고는 생각하지 못했기 때문이다. 미안하지만 그 점은 이미 내가 손을 써뒀다.

약간 난폭한 방식이지만, 귀족의 협박과 유혹은 내가 막아줄 것이며, 미식가라면 진정으로 만족한 요리를 고르라고 설득한 것이다.

처음에는 그들도 고민했지만, 지금은 다들 개운한 표정을 짓고 있으니 문제는 없을 것이다.

"헛소리 하지 마라! 그렇게 맛있게 먹어놓고, 왜 저 평민을 고르는 것이냐!'

"……이제 관두시죠. 이번에는 제가 저들이 원하는 것을 내놓지 못했을 뿐이니까요."

바보같은 귀족을 섬기고 있지만, 산체는 요리사로서의 긍지를 가지고 있는 것 같았다. 그는 의연한 태도로 패배를 인정하려 했다.

하지만 귀족은 납득을 하지 못한 것처럼 계속 떠들어대고 있었기에, 내가 귓속말을 해서 그를 얌전하게 만들었다.

그리고 분통을 터뜨리며 사라지는 귀족을 배웅한 후, 철수 작업을 진행하고 공터에서, 디와 노엘은 먼 곳을 쳐다보며 이야기를 나누고 있었다.

"오늘은 룰 덕분에 이긴 거나 다름없어. 요리사로서의 실력은 내가 졌지."

"괜찮아요. 저희는 앞으로도 계속 성장할 거니까요."

"……그래. 노엘이 옆에 있어준다면, 얼마든지 노력할 수 있어."

"저도 마찬가지예요, 여보."

"노엘……."

위기에서 벗어난 부부의 인연은 더욱 깊어졌다……고 믿고 싶지만, 이미 정점을 찍은 상황이기에 딱히 유별나지도 않았다.

이 부부는 평생 이런 느낌일 것이다.

다음 날, 평소처럼 성황리에 영업을 마친 에리나 식당에서 여자들만의 모임이 개최됐다.

노엘과 에밀리아와 리스, 그리고 노엘의 딸과 여동생, 이렇게 다섯 여성이 가게 안의 테이블에 과자와 음료수를 올려놓고 즐겁게 이야기를 나누고 있었다.

참고로 에밀리아는 과일 음료를 마시고 있지만, 노엘과 노키아는 영업시간이 끝났기에 술을 마시고 있었다.

그녀들의 화젯거리는…….

"역시 남자는 일할 때의 모습이 가장 멋있어요! 바로 제 디 씨처럼요."

"남편 자랑은 이제 그만해. 하아…… 나도 빨리 디 씨 같은 남자를 만나고 싶어."

"노키아한테도 디 씨는 안 줄 거예요!"

"나도 알아!"

남자의 매력에 관해 이야기를 하다 보니, 어느새 노키아의 남자 운에 관한 이야기로 이어진 것 같았다.

그녀는 아직 결혼을 서두를 나이는 아니지만, 매일 같이 노엘과 디의 금실을 보더니 두 사람이 정말 부러워하는 것 같았다.

"하지만 노키아를 노리는 손님은 꽤 많잖아요?"

"응. 진짜로 사귀자는 사람도 몇 명 있었던 것 같아."

"그건…… 이 가게에 있는 여성 중에 꼬실 만한 사람이 나뿐이기 때문이야. 언니는 귀여운 얼굴마담이라기보다 푼수 얼굴마담이니까, 필연적으로 나를 노리는 거지."

"푼수 얼굴마담?!"

"게다가 그런 남자들 중에 내 이상형은 없어. 진지하고 성실한 사람을 좋아하는데, 하나같이 제멋대로에 될 대로 되라 주의의 모험가들이거든."

"그럼 레우 군은 어때? 센데다, 엄청 올곧은 애야."

"레우스라. 확실히 믿음직한 애이기는 한데, 나는 요리를 하는 남자를 좋아하거든……."

"노키아. 레우스는 사실 요리를 잘해요."

"관찰력도 뛰어나서 시리우스 님을 쳐다보다 이것저것 익힌 것 같아. 게다가 날붙이도 잘 다루지."

"그래? 아…… 하지만 노와르가 마음에 둔 사람을 빼앗는 것도 좀……."

"레우스 님은 내가 돌볼 거야!"

"그래그래. 안 빼앗을 테니까 안심해. 하아…… 이런 푼수 언니를 진심으로 좋아해주는 사람도 있는데, 왜 내 앞에는 나를 좋아해주는 사람이 나타나지 않는 걸까…….”

노키아는 술에 취했는지 본심을 털어놓고 있었다.

바로 그때, 노엘이 벌떡 일어서더니 다른 곳으로 향했다.

“어라, 언니. 어디 가는 거야?”

“디 씨에게 물어보고 올게요. 제가 푼수라서 좋아하게 된 건지…….”

“디 씨라면 아름답다고 말할 게 뻔하잖아! 좀 현실을 봐!”

“남편에게 아름답다는 말을 듣는 걸 누가 싫어하겠어요!”

“그저 그 말이 듣고 싶은 것뿐이잖아!”

꽤나 시끌벅적하지만, 역시 평소와 마찬가지로 자매 싸움 중인 것 같았다.

자아, 저 모임에 참가하지 않은 내가 어떻게 자초지종을 알고 있는 거냐면…….

“……라는 일이 있었어요.”

호쿠토의 털을 빗겨주고 있는 나에게, 에밀리아와 노엘이 보고를 하러 온 것이다.

나는 기분 좋은 듯이 드러누워 있는 호쿠토의 털을 빗겨주면서 가장 먼저 머릿속에 떠오른 의문에 대해 물어보기로 했다.

“그런데, 왜 나한테 그런 걸 가르쳐주는 거야?”

여성들 간의 이야기니까 남자들에게 알려주고 싶지는 않을 것 같은데 말이다.

내가 고개를 갸웃거리자, 에밀리아가 보충 설명을 했다.

"노키아 씨를 차마 볼 수가 없어서……."

"나와 상의를 하고 싶은 거구나. 노키아의 이상형은 어떤 사람이야?"

"진지하고 올곧으며…… 요리를 잘하는 성실한 사람이에요. 노키아는 꽤 눈이 높다니까요."

"그리고 얼굴은 신경쓰지 않는 거 같아요. 얼굴보다는 내면이라고 몇 번이고 푸념도 했어요."

"완전 디네. 옆에 있으면 마음이 복잡할 거야."

"으으…… 그렇죠? 시리우스 님, 좋은 방법 없을까요?"

자주 다투기는 해도, 노엘은 동생을 진심으로 걱정하는 것 같았다.

흠…… 여자 마음이라는 건 매우 어려운 거지만, 내가 생각해 볼 때…….

"식당에서 웨이트리스를 하다 보면, 다가오는 남자들도 하나같이 그녀의 겉만 보고 다가오는 거겠지. 우선 이상형에 가까운 남자를 찾아서, 한동안 사귀어보는 편이 좋을지도 몰라."

"그 애가 그런 사람과 만날 수 있을까요?"

"서두를 필요는 없어. 노엘도 여러 우연이 겹쳐서 디와 만난 거잖아. 운명의 상대는 느닷없이, 혹은 생각지도 못한 상황에서 만나게 되는 법이야."

"그렇군요……."

"아무튼 너무 이상형만 찾지 말고, 한 남자와 같이 있는 시간을 늘려보라고 해. 서로를 알아가야 사랑이든 뭐든 피어날 거 아냐."

이건 어디까지나 내 지론이며, 당연한 소리일지도 모르지만, 노엘은 납득한 것처럼 고개를 끄덕였다.

뭐…… 너무 진지한 것도 좀 그렇지만, 노키아는 가족을 소중하게 여기는 상냥한 여성이다.

남자를 사로잡을 충분한 매력도 지녔으니, 언젠가 그녀를 진심으로 사랑해주는 남자가 나타날 것이다.

"크응……."

"아, 미안해."

너무 생각에 잠긴 바람에, 빗질을 대충 했다.

호쿠토가 귀엽게 항의를 하자, 나는 다시 빗질에 집중했다.

—— 노엘 ——

시리우스 님이 여행을 떠나고, 당천 씨가 떠나고 며칠 후…….

그 날, 영업 종료 후의 에리나 식당에서 큰 목소리가 울려 퍼졌어요.

"저를…… 제자로 받아주세요!"

시리우스 님과 비슷한 또래로 보이는 남자애가 디 씨 앞에서 무릎을 꿇더니, 깊이 고개를 숙인 거예요.

이 애…… 어딘가에서 본 적이 있는 것 같은데, 어디서 본 걸까요?

"노키아. 이 애는 누구야?"

"전에 봤잖아. 디 씨와 승부를 했던 요리사의 조수였던 애야."

그러고 보니 저런 애가 있었던 것 같은 느낌이 드네요.

제가 그때 일을 떠올리고 있을 때, 그 남자애의 진지한 표정이 신경 쓰인 디 씨가 이유를 물었어요.

"너는 산체 씨의 제자지? 왜 내 제자가 되려는 거야?"

"디 씨의 요리야말로 제가 생각하는 이상적인 요리이기 때문이에요!"

그는 요리사가 되는 것이 꿈이며, 고향을 떠나 우연히 산체 씨를 만나서 잡일이든 뭐든 다 할 테니 제자로 받아달라고 했다는 것 같았다.

"그 어떤 잡일이든 요리에 관한 거라면 즐겁게 할 수 있었어요. 하지만 귀족님의 요리를 만드는 산체 씨를 보고 있으면……."

"위화감이 느껴진다……는 거지?"

"그래요! 산체 씨는 엄청난 요리를 만들 뿐만 아니라, 기술도 본받고 싶다는 생각이 들 정도로 엄청나지만…… 뭔가가 달라요. 왜 그런지 몰라 고민하고 있을 때, 디 씨가 요리를 만드는 모습을 본 거죠. 그 모습을 본 순간…… 저, 저는 엄청 감동했어요!"

그러고 보니, 디 씨가 전에 말한 적이 있어요.

아리아 님의 저택에서 만든 귀족을 위한 화려한 요리보다, 시리우스 님이나 다른 사람들을 위해 만드는 소박한 요리를 만들 때가 더 즐겁다고요.

분명 이 애는 디 씨와 같은 마음인 거겠죠.

귀족에게 제공할 호화로운 요리가 아니라, 다른 사람과 즐겁게 먹으며 몸도 마음도 따뜻해지는 요리를 만들고 싶은 걸 거예요.

이렇게 늦게 저희를 찾아온 것은 신세를 진 산체 씨와 주위 사람들에게 보답을 하기 위해서였다고 해요. 정말 진지한 남자애인 것 같아요.

그리고 비슷한 경험을 한 적이 있는 디 씨도 그에게 흥미를 가진 것 같아요.

게다가 종업원을 더 고용하고 싶다고 전부터 이야기를 했었으니, 마침 잘된 걸지도 몰라요.

"……좋아. 하지만 우선 잡일부터 해야 해. 네 진심을 보여 봐."

"예. 감사합니다!"

"나도 후배가 생겼네. 이거, 정신을 딴 데 팔면 안 되겠는걸."

잡일을 해야 한다는 말을 듣고도 저렇게 눈을 반짝이는 걸 보면, 진짜로 요리를 좋아하는 애 같아요.

불가사의할 정도로 디 씨를 닮았…… 어?

"저기, 노키아. 나중에 네가 저 애에게 이 식당에 대해 가르쳐줘."

"그건 괜찮은데…… 언니, 왜 그래? 보통 이런 건 언니가 솔선해서 하잖아."

"아무것도 아냐. 나는 노와르의 시종 교육에 전념할 거니까, 노키아가 저 애에게 잘 가르쳐주렴."

"뭐, 알았어. 그럼 앞으로 잘 부탁해."

"예. 잘 부탁드립니다."

진지하고, 디 씨처럼 요리에 일편단심인 남자애.

자아, 이 애는 노키아가 애타게 찾던 운명의 상대가 될 수 있을까요?

후기

이 책을 구매해주신 여러분, 오래간만입니다. 네코입니다.

우선 멋진 일러스트를 그려주신 Nardack님. 이번에도 새로운 의상을 입은 캐릭터들을 비롯해, 늑대 호쿠토를 그려주셔서 정말 감사합니다.

그리고 이 책의 제작에 참가해주신 많은 분들, 응원해주신 여러분에게 진심으로 감사드립니다.

자아, 지난 권에서 학교를 졸업한 시리우스 일행의 여행이 그려진 5권은 어떠셨습니까?

큰 사건이 벌어지지는 않았지만, 캐릭터들이 자아내는 따뜻한 분위기를 즐겨주셨으면 합니다. 아, 다음 권에서는 다른 대륙에 갑니다.

이미 알고 계신 분도 있겠지만, 이 작품이 코미컬라이즈되고 있으며, 이 5권의 발매에 맞춰 코믹스 1권이 발매됩니다.(일본 현지)

어릴 적, 네코는 만화가가 되고 싶다는 꿈을 품었고, 언젠가 그것은 소설가로서 책을 낸다는 꿈으로 변했습니다만, 이걸로 그 두 꿈을 이뤄졌습니다.

코미컬라이즈에서는 소설과는 또 다른 느낌의 귀여움으로 무장한 에밀리아 일행이 그려지니, 흥미가 있으신 분은 꼭 읽어주시길.

그럼 여러분, 6권에서 다시 뵙겠습니다.

월드 티처 이세계식 교육 에이전트 **5**

2017년 7월 1일 1판 1쇄 발행
2018년 8월 1일 1판 3쇄 발행

저   자 네코 코이치
일 러 스 트 Nardack
옮 긴 이 이승원
발 행 인 유재옥
본 부 장 조병권
담당편집자 김민지
편   집 강혜린 김다솜 김민지 김혜주 박상엽 박은정 정영길 조찬희 이문영
라이츠담당 박선희 오유진
디 지 털 최민성 박지혜
발 행 처 ㈜소미미디어
등   록 제2015-000008호
주   소 서울시 마포구 토정로 222, 403호 (신수동, 한국출판콘텐츠센터)
판   매 ㈜소미미디어
마 케 팅 한민지 이모토 요코
전   화 편집부 (070)4164-3962, 3963 기획실 (02)567-3388
         판매 및 마케팅 (070)4165-6888, Fax (02)322-7665

ISBN 979-11-5710-999-9 04830
ISBN 979-11-5710-455-0 (세트)

2017년 7월 애니메이션 방영!!!

어서 오세요 실력지상주의 교실에
4

키누가사 쇼고 **지음**
토모세 슌사쿠 **일러스트**
조민정 **옮김**

후반전 개시!!!
이번에는 초호화 여객선에서 그룹전이다──!!

◆ 초판한정 ◆
스페셜 책갈피
어나더커버
쇼트스토리 리플릿
증정

©Syougo Kinugasa 2016
Illustration : TomoseShunsaku
KADOKAWA CORPORATION

"난 그냥 협력자가 필요할 뿐이야."

여름방학을 이용한 특별시험 전반전── 무인도 서바이벌은 무사히 종료되고, 이제 무대는 초호화 여객선에서의 그룹전으로 바뀐다. 후반전의 시험 내용은 전반전과 정반대로 사고력을 시험하는 두뇌전. A~D반의 모든 학생을 간지에 따라 12개의 그룹으로 나누고, 각 그룹에서 단 한 사람만 존재하는 '우대자'를 찾아내는 것이었다. 반 대항이라는 기존 사고방식을 파괴하는 이 시험에 학생들은 경악했지만, 카츠라기와 류엔 등 각 그룹의 실력자들은 시험의 노림수를 간파하고 음지에서 활약을 펼치기 시작한다. 한편 아야노코지 키요타카는 같은 그룹이 된 카루이자와 케이에게서 이질적인 모습을 발견하는데──! "나는── 기생충. 혼자서는 살아갈 수 없는, 연약한 생물."

살인귀들의 즐거운 스쿨 라이프는 끝나지 않는다!!!!!!!

사이코메
UNPLAGUED OMNIBUS

미즈시로 미즈키   지음
나마니에   일러스트
이희정   옮김

LOVE=KILL 사랑에 빠질수록 위험한 하드코어계
러브코미디, 대망의 단편집!

◆ 초판 한정 ◆
스페셜 책갈피
무지노트
증정

"반드시 만나러 갈게."

푸르가토리움 갱생 학교에서의 생활에도 익숙해지면서 시간이 남아도는 쿄스케 일행. 렌코의 제안으로 학교 7대 불가사의의 진상을 파헤치다 숨겨진 '여덟 번째 7대 불가사의'를 알아버리는데……. 〈살인귀 학교의 7대 불가사의〉. 쿄스케가 학교를 그만둔 뒤 이사장의 조수가 된 마이나. 첫 번째 업무인 교내 순찰을 돌다 보니 여기저기서 사랑의 소문이?! 〈연옥 데이즈〉 외에도, 샤마야가 신입생일 때의 이야기와 인격이 바뀐 모히칸과 쿠루미야의 위험한 여름 보충수업 등 총 다섯 가지 이야기가 수록된 러브&사이코 단편집!